銀行家たちのロマン主義

～一九世紀フランスの文芸とホモ・エコノミクス～

柏木 治 著

関西大学出版部

【本書は関西大学研究成果出版補助金規程による刊行】

目次

はじめに

一九世紀は「金」が前景化する時代である。「金」をめぐる問題は小説ではきわめてあたりまえの素材となり、かつ重要なテーマとなった。当然のことながら、金の間近にいる銀行家も小説には必須の存在となる。一九世紀文学のなかで、銀行家は近代の神話になったといっても過言ではない。

しかしながら、それがゆえに銀行家は一段とみえにくくもなった。というのも、凡庸が支配するブルジョワ社会の代名詞のように色づけされ、拝金主義の権化、狡猾なユダヤ的金融といった古くからある平板なステレオタイプに還元され、ときには現実の銀行家の幅広い活動を隠してしまう結果にもなったからである。しかも小説家はもっぱら特定の人物の個別的な金銭を書くためか、社会経済全体との関係で銀行家が描かれることはまれだ。そのためだろうか、文学研究における銀行家への視点はほとんどの場合、個別事例的現象への言及に終始し、それを経済活動全体のなかに位置づける方向にはまず向かわない。

そもそも文学研究では、伝統的な作家研究はもちろん、作品分析においても経済的要因は二の次であった。文学は芸術であり、芸術であるかぎりその芸術性のありかを問うことが第一でなければならない――そういう暗黙の共同了解があったからでもあろう、いまだに芸術と金は対極的な位置関係のなかで捉えられている。また、文学は人間を描くものであるという前提から、さまざまな哲学的あるいは心理学的用語を駆使して、心の内奥に分け入るがごとく作品に切り込むことが先決であった。金への言及があったとしても、それは文学の社会学的研究として、あくまでも芸術性や人間性にかかわる問題を論じるための前座の地位にとどまるものであった。まして銀行家や投機家など、資本主義社会となった一九世紀の小説世界になくてはならない登場人物ではあるにしても、そこに深遠な思想を語る場を見いだすことはまず考えられない。証券取引をテーマにした小説や戯曲は一九世紀後半にあまた書かれているが、そのほとんどは芸術的価値のないものとして等閑に付されてきた。本格的な研究はようやく緒に就いたばかりである。(1) 近代小説は「人間」を書こうとするものだが、銀行家は人間であるまえにどこまでも銀行家なのだ。

さらに厄介なのは、経済や経済史の専門家でない文学研究者にとって経済現象は理解しにくいということである。とくに外国文学の場合、かりにナポレオン時代の国債の話が出てきたとしても、同時代の経済に関する知識が薄ければ、それがどのような意味をもっているか正確に判断することは難しい。その部分は深く読み込まれぬままさきに進むというのが通常だろう。それゆえ、文学研究において経済的因子はつねに後回しにされてきたといってよい。作家研究において経済を扱う数少ない著作においてもやはり、対象作家の身辺の経済事情の叙述に終わる場合が多い。しかも金融家・銀行家については、経済の分野でもそれほど深く掘り下げられない。経済学は経済思想、経済理論、経済史について多くを語るが、銀行家に関してはほとんど黙している。本書でもたびたび言及するペレゴーやラフィットにどれほどの頁が割かれてきただろうか。おそらく銀行史においてきわめて重要な名前であるはずだが、ほとんどの場合、挿話的にしか語られていないのである。

おそらくこのような事情が重なってのことだろう、小説における銀行家のモデルのほとんどが丁寧な検証や検討もなくロスチャイルドという名に結びつけられてしまう。たしかに一九世紀前半のフランス社会において、ロスチャイルド男爵の影響力には凄まじいものがあり、多くの小説の銀行家にその影を落としている。しかし、現実社会にはそれ以外にも多くの銀行家が存在していたのであり、さまざまな活動をしていたのである。にもかかわらず、われわれの知識のなかでロスチャイルドという固有名詞だけが突出している。

このように銀行家はいつも端役であり、正面から取り上げられることはほとんどない。とはいうものの、本書の目的はそうした研究上の欠落を埋めることにあるのでもなければ、文学のなかの銀行家を逐一分析することにあるのでもない。むしろ、そもそも一八世紀末から一九世紀前半、すなわち革命、第一帝政、王政復古、七月王政という激動の時代に銀行家という存在がいかにして社会文化的地位を築いてきたか、その結果、一九世紀のブルジョワ社会にどのようなイメージを供給してきたか、という点を吟味することに主眼がおかれている。したがって、ここで扱われる金融家や銀行家は、社会の経済的因子としてのそれではなく、むしろ文化的因子としてのそれである。誤解を恐れずにいえば、近代社会の銀行家は多くの点で文化に浸潤している（「文化」の概念は広いので、ひとまずここでは芸術文化を念頭においている）。かれらは、本当の意味で文化を理解しているかどうかとはべつの次元で、その財力によって文化を「囲い」、文化を「買い」、ときには文化を「育てる」。場合によっては文化を巧妙に「利用」する。文化を創造していると自負する者にとってこれは冒瀆のようにもみえようが、そもそも文化は金の動きと切り離せない。歴史に残る文化といわれるものの大半は資産家の懐で育まれてきたものだし、財力によって維持されてきたものだ。銀行家の興味深いところは、伝統的に卑しいとされてきた金銭にいちばん近いところにいながら、それと対蹠的な関係にある文化の担い手になっていくという事実である。そしてそれが顕著に、かつ広範囲に観察できるようになるのが一九世紀なのだ。

エミール・ド・ジラルダン（Émile de Girardin 一八〇二〜八一）は喜劇『長者の娘』（*La Fille du millionnaire* 一八五八）の冒頭に、一九世紀半ばの時代をつぎのように叙している。

蛹の状態にあるこの世界、黄昏の状態にあるこの世界、移行期にあるこの世界は、いま世紀の半ばにあって、もはや形をなさない貴族階級といまだ組織されない民主主義のあいだ、入墓して己の法をなくした世代と己の法をいま模索しつつある揺籃の世代のあいだ、なお残る偏見と生ま

れつつある思想のあいだ、紋章と巨億の富《ミリオン》のあいだ、これらのあいだに位置している。(2)

「巨億の富」をもつ銀行家は、かつての貴族のあとに座り、その文化を受け継ぐ立場にある。時代はますます混沌の度を増し、社会は複雑にして妖気を発する怪物のように肥大化するけれども、平等の民主社会に近づけば近づくほど物事を測る尺度は奇妙にも単純化する。すなわち「金」が万物の基準となるのだ。悲しいかな、人間はどこまでも経済的動物であって、かつて人びとを護っていた宗教や同業組合といった共同体が弱体化し、個人が個人としての資格で社会にあらわれざるをえなくなると(これは「個の解放」として望まれた結果でもある)、階級の上下にかかわらず、個を支えるものは結局のところ、金しかなくなるのである。ジュール・ヴァレス(Jules Vallès 一八三二〜八五)は『金』(*L'Argent, par un homme de lettres devenu homme de Bourse* 一八五七)という作品の結論部で以下のように記した。

個人主義、この容赦なき神は、手に通帳をもって、たび重なる革命の血塗られた手によって深く穿たれた深遠のほとりに座る。(3)

いずれの階級に属そうとも、どのような職業につこうとも、あるいはどこに生まれようとも、あらゆる個人を貫いているのは金銭であり、その証となるのが銀行券であり通帳である。そしてそれを自在に操っているのが銀行家である。銀行家はしたがって、どの領域においても重要なテーマをなす。以下、おもに革命以降の思想と文学の周囲をめぐりつつ、時代に特有のいくつかのトピックと絡めながら、どのようにして銀行家が文化的地位を築いていったのかを粗描してみたい。

（1）たとえば投機については、Christophe Reffait, *La Bourse dans le roman du second XIXe siècle. Discours romanesque et imaginaire social de la spéculation*, Honoré Champion, 2007.

（2）Émile de Girardin, *La Fille du millionnaire*, Paris, Librairie nouvelle, 1858, p. II.

（3）Jules Vallès, *L'Argent, par un homme de lettres devenu homme de Bourse*, Ledoyen, 1857, « Conclusion », p. 185.

第一章　「成り上がり」の世紀と職業意識

（一）「金《かね》」の時代

小説が文学の中心に位置づけられるようになった一九世紀は、産業と銀行の時代でもあった。フランスの場合、政治情勢がやや安定するようになった王政復古時代、イギリスにひと足遅れて産業化の波が訪れるのだが、産業の急速な発達によって生まれたのは、進歩に対する感嘆や楽観主義よりはむしろ、不安と落胆の交錯する複雑な感情であった。もちろん産業化は社会のあらゆる層で物質的欲求を満足させる可能性をひらいたが、当時のフランスにおいてその最先端にいた実業家や技術者の頭から離れなかったのは、自国の繁栄以上にイギリスの覇権、逆にいえばフランスおよび大陸の国々の後れであった。革命以来、四半世紀におよぶ動乱のあと、比較的平和であった王政復古期の一五年間をへても、その凋落ぶりは覆いようもなく、一八三〇年ごろにはイギリスとの差はだれの目にもあきらかなものとなる。一例を挙げれば、綿紡績はイギリス人に牛耳られていたといってよく、一七八〇年に三千トンだった消費量が一八〇〇年には二万五千トン、一八二〇年には七万トン、七月王政期の一八三五年には一四万トンに達し、じつにフランスの四倍にもなっていた。(1) 当然、工場設備もそれに相応するように差が開く。他の領域でも概ね同様の姿を呈していた。

こうしたフランスの産業体制の後れにはいくつかの原因が考えられるが、最大のものは公共事業や新規開拓企業を背後から支える金融体制が整っていなかったことであろう。一九世紀前半、フランスの銀行の状況はといえば、世紀のはじまりとともにナポレオンのもと、フランス銀行（Banque de France）が発券銀行として創設されたが、そもそもフランス銀行券自体の流通はきわめて限定的で、首都パリ周辺にとどまっていた。地方はというと、小規模な個人銀行がその業務を行っていたにすぎない。フランス国内には相当の貯蓄があったにもかかわらず、それを産業興進のために供給できるしくみにはなっていなかったのである。それらは受け入れた預金をもとに短期貸付をする金融機関であり、長期にわたって大きな資金を提供することは基本的になかった。資金供給するいくつかのオート・バンクはあったものの（その代表がロスチャイルド銀行である）、不動産等の担保をとることが前提となっていたから、公共事業はもとより、新規に起業するための資金確保の目処が立たず、結果として産業振興にはつながりにくかったのだ。

銀行体制の確立において世紀前半は過渡期であり、それゆえいまだ統制のない混乱の状況のなかで産業家と銀行家の結びつきには恣意的なところも多く、疑惑の目が向けられるような事件にも事欠かなかった。べつの言いかたをすれば、銀行家にはかなり自由な裁量が与えられており、広く活動できる場をもてたということである。

ところで、小説が花開いたのはまさにこのような経済状況のさなかである。文学のなかに伝統的な主題とはやや異なる姿で「金」があらわれ、また新しいテーマとして「銀行」や「銀行家」が登場するのは、こうした時代状況と無関係ではない。フランスで古典派経済学がかたちをなすのも同じ時代であって、ここにいたって文学の「金銭《アルジャン》」と経済学の「貨幣《モネ》」がより親密な関係をもつようになったといってよい。この事態をもっとも鋭敏に嗅ぎ取り、最初に物語空間のなかに取り込んだのがオノレ・ド・バルザック（Honoré de Balzac 一七九九〜一八五〇）のようなリアリズムを標榜する小説家たちであった。「金」にまつわる物語は昔からあるが、たとえばシェイクスピア（William Shakespeare 一五六四〜一六一六）の『ヴェニスの商人』（*The marchant of Venice* 一六〇五年初演）はユダヤ人高利貸しを軸にユダヤ教からキリスト教への改宗が説かれる結末になっているし、モリエール（Molière / Jean-Baptiste Poquelin 一六二二〜七三）の『守銭奴』（*L'Avar* 一六六八）は吝嗇の人格劇の要素が強く、これらはまだ社会を複雑に動かす経済的動因としての金と人間の関係がテーマになっているとは言いがたい。教訓や寓意をはなれて、金が金として人間存在にかかわるさまをリアルに描きはじめるのは一九世紀になってからなのである。

本章では、「銀行家」という文学的主題がどのような状況のもとに形成されていったのかを検討するにあたり、その準備作業として、銀行家の社会的地位をパリという都市空間のなかで歴史的に確認することからはじめたい。

（二）「成り上がり」の世紀

一九世紀は「成り上がり」の時代であった。堅固な階層意識に裏打ちされていた身分社会が前世紀末の革命によって崩壊し（もちろん身分的階層が消えたわけではないが、革命は少なくとも身分や階級というものが「打破」されうるものであることを人びとの意識に植えつけた）、下層階級出身者が社会に君臨する、あるいは地方人が中央に勇躍し、権力を掌握することが生じうる時代へと移行するのが一九世紀前半である。ある者たちはコルシカ島出身の皇帝にそれを見、そのようなヴィジョンは地方の下層階級を出自とする『赤と黒』の主人公、ジュリアン・ソレルにも凝縮されている。

もっとも、「成り上がり」の観念は古く、語史的にみれば、« parvenu »（「成り上がった」）という形容詞の登場は一七一八年であり、これを経済的に言い換えた« nouveau riche »（「成金」）もほぼ同じ時期の一七二一年にあらわれている。ここで確認できるのは、一七世紀にモリエールらによって辛辣に滑稽化された「成り上がり」風情が、一八世紀初頭にはすでに特定のイメージとして観念化され、人びとに共有されていたということである。さらに、マリヴォー（Pierre Carlet de Chamblain de Marivaux 一六八八～一七六三）の代表作のひとつに『成り上がり百姓』（*Le Paysan parvenu* 一七三四～三五）があることからすれば、下層階級の出自をもちながら社会的栄達をはたすという現象は、すでに一八世紀によく目にするものだったのではないかとの推測も成り立つかにみえる。しかしながら、現実はそれほど単純ではない。実際の社会現象として一般化するにはまだ時間が必要で、マリ゠エレーヌ・ユエが示していたように、たしかに首都パリへ上る若者の数は増えているものの、だからといって「成り上がり」を多く生み出したわけではない。(2) 植田祐次氏もユエの研究を踏まえて、「一七世紀末から緩慢化する立身出世という名の成り上がり現象は、一八世紀を通じて変わらなかった」としたうえで、「この世紀の小説に描かれる成り上がりは、実は民衆のうちに潜む上昇願望を作者が創造の世界に託したと考えなければならない」と結論づけている。(3)

要するに、一八世紀はまだ現実に「成り上がり」を実現できるような社会状況にはなく、実現したとしてもごく例外的な事例にとどまっていたということである。むしろその例外性ゆえにこそ、文学のなかにおける「成り上がり」は一層際立ってみえるのであって、それは、支配階層の恩恵に与れない多くの人びとの心のうちに希望的可能態としてイメージされた形象であり、同時に上層階級からは蔑まれ滑稽化される人物造形のひとつでもあった。「成り上がり」が社会的に認知されるのは一九世紀を待たなければならない。

さて、「成り上がり」を構成する最大の要素は、いうまでもなく「金」である。《parvenu》という語は時とともに《nouveau riche》(直訳すれば「新しい金持ち」)という表現に置き換えられていくが、(4)この《riche》という語からも「金」とのかかわりはいっそうくっきりと透けてみえるだろう。これらの言葉は一九世紀に入って急速に社会性を帯び、従来とはちがう階級意識のなかで使用されるようになる。すなわち、資本主義経済の進行のなかで、富は貨幣単位によって数値にあらわされ、土地や建物などの実物資産もその価格によって客観的に見積もられるようになったことから、「貴族」や「平民」という身分上の階級ではなく、「金持ち」と「貧乏」というかたちの経済的格差、あるいは対立として可視的になったのである。金はそれ自体では軍事力のような顕在的な力にはならない。しかし、すべてを買うことができるという「購買力」が他のあらゆる力以上に威力を発揮する時代が到来したのである。アダム・スミス(Adam Smith 一七二三〜九〇)はつぎのようにいう。

ホッブス氏がいっているように、「富は力である」。だが、巨大な財産を獲得したり相続したりする人が、かならずしも市民または軍人としての政治的権力を獲得したり相続したりするとはかぎらない。おそらくかれの財産はこの両者を獲得する手段をかれに与えるだろうが、しかし、その財産をただ所有しているだけでは、このどちらをもかれにもたらすとはかぎらない。この所有がただちに、しかも直接にかれにもたらす力は、購買力である。すなわち、そのときその市場にあるすべての労働、またはすべての労働の生産物にたいする一定の支配力である。かれの財産の大きさは、この力の大きさに正確に比例する。
すなわちその財産でかれが購買または支配しうる他の人々の労働の量、または同じことであるが、他の人々の労働生産物の量、に正確に比例する。あらゆる物の交換価値はその所有者にもたらされるこうした力の大きさにつねに正確に等しいにちがいない。[5]

モノであれ労働力であれ、何でも「買える」力こそが金のもつ価値なのであり、あらゆるものが貨幣単位によって整然と秩序化される価値世界においては、金こそが支配力の源となる。「豊かさ」が「金持ち」と等式で結ばれ、さらに「金をもつこと」が「力」であるような時代になったのである。「金」がこのような力をもつのは、完全な資本主義市場原理の成立が前提になっている。

じつはヨーロッパにおいて、あらゆる生産が市場での販売を目的になされ、どのような所得もそのような販売に起因しているようなメカニズム、すなわち統制的な市場から自己調節的市場へと移行するのは、一八世紀末になってからである。重商主義はたしかに国家の政策として商業化を強力に推し進めはしたが、今日いうところの「市場経済とは正反対の方向で市場を考えていた」。[6] つまり、重商主義は国家による産業への干渉が広範囲に許容されていたのであり、また、「労働と土地の商品化という考え方——市場経済の前提条件——にはひとしく反対した」のである。[7] カール・ポランニーは、

「英仏いずれにおいても、一八世紀の最後の十年に入るまでは、自由労働市場の設立が議論されたことさえなかった」と断じたうえで、「一八世紀末における統制的市場から自己調節的市場への移行は、社会構造の完全な転換をあらわすものであった」と述べている。[8]

　経済が政治的領域から切り離されて万能の力をもちはじめると、そこでは古くからあった清貧の思想——たとえばそれはジャック・ル＝ゴフが描きだした、「金銭に対する闘いだけでなく、金銭の拒絶を含」む托鉢修道会の基本的行動方針や[9]、ジョルジョ・アガンベンが中世社会にみた、モノの使用と所有が無関係であるような「生」の形式のうちに精神的豊かさをもとめようとする価値観の[10]系譜——は、ごく限られた例外的な場へと拉致され、逆に、資本や財貨といった経済的価値が中心的な地位を占めるようになるのはあきらかであろう。もはや「いと高き貧しさ」（*Altissima povertà*）に共鳴する感性は風前の灯に等しい。これに代わるように「金持ちになれ」（Enrichissez-vous）という標語が声高に叫ばれるようになって[11]、「金」を語ることへの羞恥も自制もにわかに薄れ、経済的優位性がそのまま政治的支配を意味するようになる。やがて、社会制度以上に経済体制が優先されるにおよんで、一九世紀半ば以降、富は時に労働搾取の結果とみなされ、不平等と不公平の力学によるものであるとの認識が広がり、大規模資本家への富の集中がしだいに批判の対象となっていく。たとえば、伝統的な職人組合の再編成を試み、ジョルジュ・サンドらとも長く親交のあったアグリコル・ペルディギエ（Agricol Perdiguier 一八〇五〜七五）らも激しい非難の声をあげている。「かれら〔金持ち〕は、フランスのありとあらゆる金、富、資本を自分たちに引きつけている。これを進歩とみるべきだろうか。個人で仕事をする労働者をどこに見出すことになるのか。人びとはどうなるのか。かれらの将来の運命はどうなるのか。[12]」

　さて、このように金が君臨し経済の原理が優先される歴史的経緯のなかで、産業資本家とならんで銀行家の役割がきわめて重要なものになっていくことに疑問の余地はあるまい。「吝嗇家」というレッテルのもとに個々の人格に張りついていた金は、個人を超えて銀行という巨大な組織、そしてその歯車のひとつである銀行家のもとへ吸引されていく。モリエールの『守銭奴』からバルザックの『ニュシンゲン銀行』（*La Maison Nucingen* 一八三七）やエミール・ゾラ（Émile Zola 一八四〇～一九〇二）の『金』（*L'Argent* 一八九一）への変化は、まさにそのような変遷の文学的反映であるといってよい。と同時に、「金がすべて」という価値観の専制は、金に支配されるケチくさい小市民をも造形する。小金をためた者たちは「世界を銀行紙幣に折りたたみ、財布のなかに入れて[13]」持ち歩くのである。

銀行家ジャック・ラフィット

　いずれにしても、一九世紀初頭から半ばにおける銀行家の急速な台頭は、七月王政初期にジャック・ラフィット（Jacques Laffitte 一七六七～一八四四）が短期とはいえ政権の中枢に座ったことに象徴されよう。のちに詳しく検討するように、ラフィットこそは純然たる地方出身者であると同時に下層階級の出であり、清貧の思想が遠ざけていた金を扱う金融界から頭角をあらわし、やがて社会の頂点を極めるという点で、「成り上がり」の時代にふさわしく、もっとも一九世紀的である。「ジャック・ラフィットの生涯は、それだけで一九世紀初期における力学のすべてを要約している」(14)というヴィルジニー・モニエの言葉はその意味で当を得ている。

(三) 一九世紀前半の職業意識

銀行家がきわめて一九世紀的な職業であったことは理解できるが、この地位は一般の人びとからどのように見られていたのだろうか。

すでに触れたように、この世紀を特徴づけるのは、あらゆる意味において金が支配するようになったという事実である。この事態を如実に反映する文学作品はいくらもあるが、なかでもバルザックの『ユルシュール・ミルエ』(*Ursule Mirouët* 一八四一)には、最後に孤児ユルシュールの伴侶となる名門貴族の息子サヴィニャン・ポルタンデュエールが金の威力をまざまざと認識する場面が描かれている。

この一週間のあいだ、サヴィニャンはいまの時代についてさまざまな思考をめぐらしていた。何事においても競争であることは富をなそうとする者にはたいへんな労がもとめられる。非合法なやり口のほうが公明正大な探求よりも才能と地下工作が要るのだ。社交界での成功は、地位を与えてくれるどころか、時間を浪費させ、膨大な金を喰う。母がかれに全能だというポルタンデュエールという名前は、パリでは何の役にも立たなかった。従兄弟の下院議員ポルタンデュエール伯は、上院や宮廷と対峙している下院の只中でぱっとしなかったし、大した信用を勝ち得ているわけでもなかった。［中略］サヴィニャンは、演説家や下位の社会環境から貴族にのぼってきた人びと、あるいは小貴族たちが影響力のある人物になっているのをみてきた。要するに、金こそがイギリスの社会を模してルイ一八世が創ろうとした社会の要（pivot）であり、唯一の方途（unique moyen）であり、唯一の原動力（unique mobile）なのである。(15)

この小説は王政復古末期から七月王政初期にかけての時期を背景として、遺産相続者となる孤児の周囲にいる姻戚者たちが、謀を巡らし手管を弄して孤児から遺産を奪おうとする物語である。ここに示されているのは、社会環境がもはや血筋や家柄によって秩序づけられる時代ではなく、金の力によって価値の組み換えが起きていることを身に沁みて感じている人びとの姿だ。社会の基本的構造を決定するものが、継承される土地所有から金融投資へと変化したのである。

時代はブルジョワジーを核とする中間層の拡大という意識へ人びとを導いていった。たしかに金持ちと貧者の差はあるにせよ、その両極のあいだにはひと続きの中間階層があって、感知できないようななだらかな傾斜によって結びつけられている、という意識である。言い換えれば、階層のあいだに絶縁や断絶はなく、直近の上層に行きつこうと思えばそれが可能なのであり、逆に下手をすれば下層に落ちる危険も間近にある。互いの階層は、異なる階層に属する者を絶対的他者と感じるほど遠いものではなくなっていた。実際、一八三〇年代あたりの記述には、そのような平等主義が浸透してきたことを窺わせるものが増えている。一八三七年、国民議会で公的奨学制度が議論された際、ソルボンヌの教授を務めるとともに教育行政にも深くかかわることになるサン＝マルク・ジラルダン（Saint-Marc Girardin 一八〇一～七三）[16]は、議場でつぎのように発言して左翼系議員から喝采を浴びた。曰く、今日文明と知識を託された階級たるブルジョワジーがさもしく国家予算をわがものにしていてはならない、遅れた階級に手を差しのべ、かれらを自分の階級に引き入れるべく心を広くして保護するのが進んだ階級の務めであり、名誉でもある……。[17]かれはさらに議論を進めて、そもそものような階級を分ける考えかたそのものが時代遅れで無意味だという。

もはやブルジョワジーもなければ階級もなく、はっきりとした越えられないような境界もない。ブルジョワジーが生き、永続するのは、もっぱら大地からブルジョワジーを出現させたその方法によるのであり、財産や栄光や知識においてその下に位置づけられている階級のなかに人間を求め続けることによるのである。そのような階級のなかにこそ、ブルジョワジーはエネルギーと力と豊穣さと未来を汲み取るのだ。そこにこそみずからの血があり、みずからの生命の尽きない泉がある。今日、貴族階級が存在しないようにブルジョワジーももはやない。あるのは国民のみなのだ。(18)

善きにつけ悪しきにつけ、下層の階級に生のエネルギーをみる傾向はこの時期あちこちに観察できるのだが、ジラルダンもこのような時代の変化を感じ取り、これを力説して議会を方向づけたのであった。

かつての階級が平準化して、しだいに大きな社会的中間層を形成していくという実感はかなり共有されていたようで、たとえばバルザックの言葉を借りるならば、国家は「革命のお祭り騒ぎ《サトゥルナリア》」の結果たる「万人の平等を宣言して、物事のあらたな秩序」(19)を確立したのであり、それによって、パリでは「貴族議員も店員も、公証人も砂糖菓子屋も同じ燕尾服を着用し、同じ言葉をしゃべるようになった。ひとも家も、すべては均《なら》され」(20)たのである。ジュリアン・ソレルの夢を実現する社会は整いつつあった。スタンダール(Stendhal 一七八三〜一八四二)の未完小説『リュシアン・ルーヴェン』(*Lucien Leuwen* 執筆時期一八三四〜三六)でも、「[……] もとからの貴顕や貴族が落ちぶれるなかで、金だ

エドゥアール・シャルトン

けが唯一の頼りであり続けているからで、何の心配もなく金があることこそがよきことのなかでもいちばんなのだ」[21]という台詞がある。

では、このような新しい意識のなかで、貴族的価値はことごとく放擲されたのだろうか。結論からいえば、もちろんそうではない。旧体制のような階級としての貴族は否定され、意識のうえでは中間層の拡大が進むなか、人びとのあいだで職業を媒介とした階級意識へと大きく変化していったのである。市民の多くは、流動化した社会のなかでなお生き続ける旧貴族階級、金融によって力をつけた新貴族階級、商業や工業たずさわるいわゆる産業家、職人、工場労働者などがより複雑に絡み合いながら、いっそう定義しがたいかたちで現前する格差を感じとっていた。それは生まれや土地所有といったわかりやすい指標によるちがいではなく、どのような職業につくかということに直接かかわっているような格差意識である。

親の職業を継ぐのが当たり前であった旧体制とはちがって、個人の努力と適性が新しい職業への道をひらき、親の世代とはまったく異なる人生を歩むことも可能になった時代にあって、職業選択は格段に重視される問題になったのはいうまでもないだろう。

『マガザン・ピトレスク』(*Magasin pittoresque*)を発刊したことで知られるエドゥアール・シャル

トン（Edouard Charton 一八〇七〜九〇）に『職業選択のためのガイドブック』（*Guide pour le choix d'un état*）という興味深い著作がある。これは一八四二年に出され、すぐに版が改められて『辞書』という副題がつけられるが、一九世紀末になっても版を重ねた。この書によれば、人を幸福にする職業は以下の三つの条件を満たす必要があるとされる。第一に生活に必要なものを獲得させ、家庭を築くことを可能にし、倹約によって老後のための十分なゆとりをもつことが可能な職業であること、第二にその職業は個人の能力の行使を促し、心の緊張を解くとともに精神の涵養に必要な余暇をもたらすようなものであること、第三に社会に有用であること、である。(22)

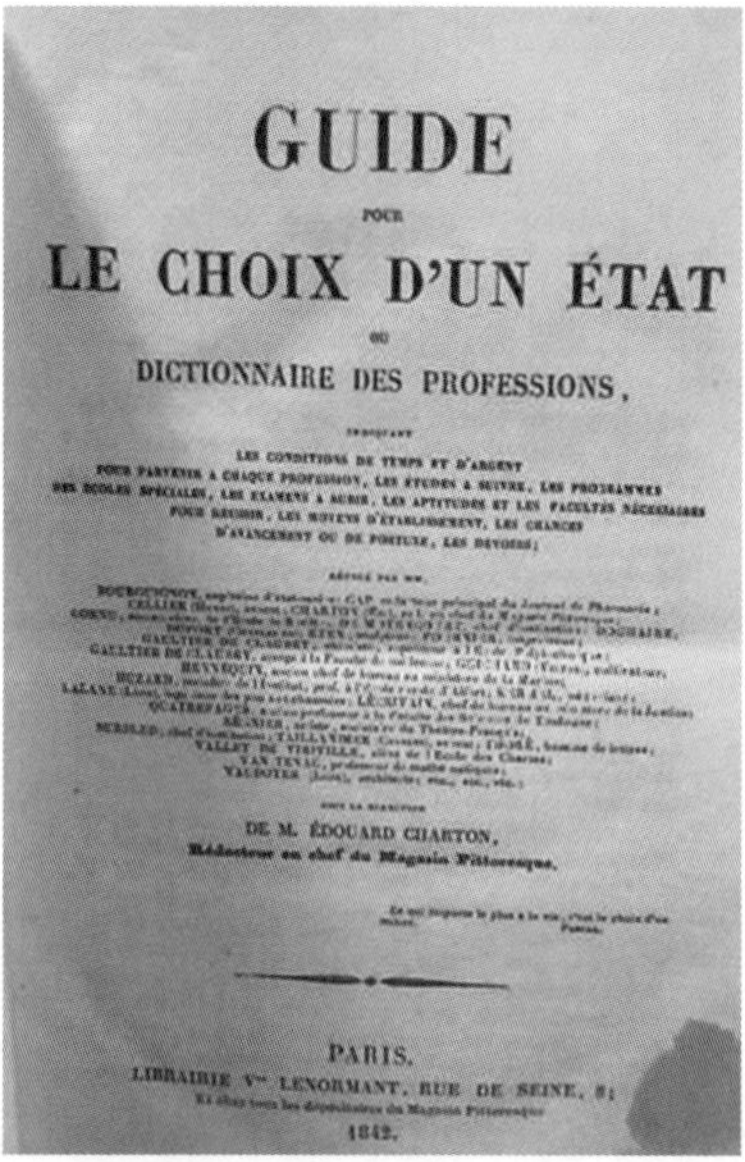

『職業選択のためのガイドブック』

ここで説かれているのは、経済的自立、能力の発揮、社会的有用性の三つといってよいだろう。第一はいうまでもなく職業選択の重要な要素として金を考慮するということ、第二は、個人に求められる才能や能力が職業選択に深くかかわりはじめたということ――これらはブルジョワ支配の重要な側面である。同時に見落としてならないのは第三の点で、社会にとって有用か否かという価値観である。本章冒頭でも述べたように、一九世紀はたしかに「成り上がり」の世紀であるが、ブルジョワジーの支配がそのまま金銭万能の世界を生んだかのように考えるのは短絡的であろう。「成り上がり」のなかにも「成り上がり」のままとどまる者と、時を経てそのようには見られなくなった者がいる。アドリーヌ・ドーマールがいうように、「ティエールは結婚以来、財産の確固たる地盤を築いたにもかかわらず、ずっと成り上がりのままであり続け、〈申し分のない人びと〉から見下されていた」のに対し、ギゾーは「一八一四年には上流階級から軽蔑をもってみられていたのに、自身の能力によって万人に認められるようにまでなった」[23]。金がすべてであるかのような振舞いへと駆り立てる時代ではあったが、社会的有用性や信望がそのような振舞いを規制する部分も少なくなかったのである。ジャン＝バティスト・セー（Jean-Baptiste Say 一七六七〜一八三二）が「ひとつの職業の魅力と不快さのなかに、その職業に付随する尊敬と軽蔑を数え入れなければならない。信望はいくつかの職業にとって利得の一部となる一種の給与である」[24]と述べるように、市場経済に支えられた資本主義とブルジョワ支配の時代において、職業に直接結びつく新たな倫理と価値観が芽生え、旧来の貴族性とは異なる職業による卓越性の論理、言い換えれば、職業的階層秩序がブルジョワジーの意識のなかに形成されてきたのだ。生まれの高貴さとは別の、しかしまた、金そのものともちがう次元での個人の職業と徳性にもとづく信望が重要な要素となったのである。

ところで、このような状況においてもなお、いわゆる給与生活者の位置づけは芳しいものではなかった。一九世紀前半にはまだ中間管理職の概念が成立しておらず、「給料取り」（salaire）のなかにはかなりの給与を得ている者も存在したが、この呼称自体に「金」を匂わせる部分があるのにくわえて、「雇われ」という従属性があることによって、全体としては下位に置かれていた。あるいは自営に先立つ修行期間とみなされる傾向にあった。これに対して上位に位置していたのは、技師、企業や銀行あるいは保険会社の経営者である。これらの職業が評価されたのは、一定水準の教育が必要であり、教養と尊敬が相伴うものとしてしばしば自由業と混同されていたからでもある。[25]なかでももっとも信用のおかれていた職業は、弁護士、銀行家、医師であった。サン＝マルク・ジラルダンは一八三四年の時点で、「弁護士業、銀行業、医師業、これが信用される三つの職業で、たしかに社会の精神と風俗に影響を与えている。民衆はこれら三つの職業を追いかけている」[26]と述べている。

これら三種は、いずれの職業も歴史的は古いが、とくに職業倫理や信望と深く結びついていたのは弁護士と医師である。[27]これに対して「金貸し業」である銀行家は、本来信用が基本となるはずだが、尊敬や信望といった観念からはずっと遠い存在であった。一二世紀以降、十字軍遠征による国際交易の発達や為替手形の開発によって飛躍的に発展するものの、取り巻く文化環境は総じてこの職業に敵対的で、こののちも長らくユダヤ人の職業として表象されることが多かったことは繰り返すまでもないだろう。土地所有を基礎とした経済のなかでは、「貨幣、資本および信用は、物々交換と《現物》支払いに対し副次的な役割しか果たさない時代が長く続いた」ためであり、[28]何よりも教会が「金で金を生むこと」を固く禁じ、厳しくその罪を咎めていたからである。

繰り返しになるが、銀行家がそのような時代をへて目覚ましい社会的上昇を遂げたのは一九世紀である。かれらの地位や生活は、吝嗇や貪欲といった文化的メタファーを大きく超えて、文学の世界のなかで確固たる地位を占めるようになる。別の言い方をすれば、これは社会が資本主義市場経済の原理を理解せずに説明できなくなったのと同様、同時代の人間模様を描くにあたっても銀行家の存在を無視しては著しくリアリティを欠くことになったことの証である。資本主義経済を基盤とした社会への大きな変化は、いうまでもなく産業革命によるのだが、一般に産業革命といえば生産と流通の効率を飛躍的に上昇させた製造、機械、技術などの側面だけが強調されがちだ。しかしながら、モーリス・レヴィ＝ルボワイエらも指摘するように、社会の近代化過程において銀行制度が果たした役割は決定的であった(29)。その結果、銀行や銀行家の存在は、たんに経済的因子にとどまるのではなく、社会的・文化的な視線のなかに取り込まれるようになったといってもよい。市民の見方がどうであれ、銀行家が少なくとも文学の中でその地位を大きく上昇させるのは、文学がリアリズムを標榜する時代にあっては当然のことといえる。

では、具体的に銀行家はどのようにあらわれるのであろうか。次章では、とくに一九世紀前半の小説空間のなかで銀行家の台頭とともに特権的な場となるパリの一街区に光をあててみよう。

（1） Maurice Lévy-Leboyer, *Les banques européennes et l'industrialisation internationale dans la première moitié du XIXe siècle*, PUF, 1964. p. 15.

（2） Marie-Hélène Huet, *Le héros et son double. Essai sur le roman d'ascension sociale au XVIIIe siècle*, José Corti, 1975, pp. 163-171. 一八世紀において身分が上昇するのには数代かかり、一代で成り上がるのは極めて難しかった。このことは、ユエも参照しているアドリーヌ・ドーマールとフランソワ・フュレの研究があきらかにしているとおりである。*Cf.* Adeline Daumard, François Furet, *Structures et Relations sociales à Paris au milieu du XVIIIe siècle*, A. Colin, 1961 (*Cahiers des Annales*, 18).

（3） 植田祐次編『十八世紀フランス文学を学ぶ人のために』世界思想社、二〇〇三年、四五頁。

（4） これらの言葉が社会的意味を強くまとうようになったのは一九世紀からである。« nouveau riche » を例にとっていえば、一八世紀にはたんに「最近金持ちになり、その富をこれ見よがしに趣味悪く見せびらかすひと」のことをいっていたのが、一九世紀になると、「低い身分の出で、既成の資産家とブルジョワジー一般から警戒と軽蔑をもってみられる金持ち」という意味で用いられるようになった。*Cf.* Alain Rey (sous la dir. de), *Dictionnaire culturel en langue française*, Le Robert, 2005, 4 vols, entrées « riche », « parvenu ».

（5） アダム・スミス『国富論Ｉ』（大河内一男訳）、中公文庫、一九七八年、五二～五四頁。

（6） カール・ポランニー『経済の文明史』（玉野井芳郎、平野健一郎編訳）、ちくま学芸文庫、二〇〇三年、三三五頁。

（7） 同右。

（8） 同書、三三六頁。

(9) ジャック・ル＝ゴフ『中世と貨幣　歴史人類学的考察』（井上櫻子訳）、藤原書店、二〇一五年、二五三頁。

(10) ジョルジョ・アガンベン『いと高き貧しさ　修道院規則と生の形式』（上村忠男、太田綾子訳）、みすず書房、二〇一四年、一六三〜一九三頁。アガンベンがこのような生の形式のなかに大量消費社会の超克を模索する糸口を見出そうとしているとすれば、近代の資本主義社会は、清貧の思想を遠景へと押しやりつつ発展してきたものといえるだろう。

(11) 一般にはギゾーの言葉として人口に膾炙している。

(12) Agricol Perdiguier, *Mémoires d'un compagnon*, Éditions Duchamp, 1854-1855, « Le tour de France », p. 301. ペルディギエについては、喜安朗『近代フランス民衆の「個と共同性」』平凡社、一九九四年、第一章「近代民衆の〈個と共同性〉――アグリコル・ペルディギエ『職人組合の書』をめぐる問題」を参照。

(13) Théophile Gautier, *L'Orient*, G. Charpentier, 1882, t. I, p. 300.

(14) Virginie Monnier, *Jacques Laffitte. Roi des banquiers et banquier des rois*, P.I.E. Peter Lang, 2013, p. 15.

(15) Honoré de Balzac, *Ursule Mirouët*, in *La Comédie humaine* III, édition publiée sous la direction de Pierre-Georges Castex, Gallimard, coll. « Bibliothèque de la Pléiade », 1976, pp. 876-877.

(16) かれは七月王政末期にはギゾーの後をうけて教育相にも任命されることになる。

(17) *Journal des Débats*, 28 mars 1837.

(18) *Ibid.*

(19) Honoré de Balzac, *Béatrix*, in *La Comédie humaine* II, édition publiée sous la direction de Pierre-Georges

Castex, Gallimard, coll. « Bibliothèque de la Pléiade », 1976, p. 585.

（20）Frédéric Soulié, *Paris ou le livre des cent et un*, Ladvocat, 1831-1834, t. VIII, p. 2.

（21）Stendhal, *Lucien Leuwen*, in *Œuvres romanesques complètes* II, édition établie par Yves Ansel, Philippe Berthier et Xavier Bourdenet, Gallimard, coll. « Bibliothèque de la Pléiade », 2007, p. 447.

（22）Édouard Charton, *Guide pour le choix d'un état*, Paris, F. Chamerot, 1851 (2e éd.), p. VII.

（23）Adeline Daumard, « L'argent et le rang dans la société française du XIXe siècle », in *Romantisme*, n°40, 1983, p. 29.

（24）Jean-Baptiste Say, *Cours complet d'économie politique pratique*, t. II, Paris, Rapilly, 1830, p. 73.

（25）Adeline Daumard, *La Bougeoisie parisienne de 1815 à 1848*, Albin Michel, 1996, p. 26.

（26）Saint-Marc Girardin, « De la profession d'homme de lettres », in *Essais de littérature et de moral*, t. II, Charpentier, 1845, p. 169. この記事は最初、*Journal des Débats*（28 octobre 1834）に発表されたものである。

（27）医師についてはヒポクラテスにはじまる長い伝統があるし、弁護の法的基盤についてもユスティニアヌス帝の時代に整備されている。

（28）エドウィン・グリーン（石川通達監訳）『図説　銀行の歴史』、原書房、一九九四年、七頁。

（29）Fernand Braudel, Ernest Labrousse (dir.), *Histoire économique et sociale de la France*, PUF, « Quadrige », t. III, 1993, p. 347.

第二章　銀行家たちのパリ

（一）銀行家たちの居住区

まだエッフェル塔もガルニエ宮もない一九世紀前半のパリを想起する場合、人びとはどの界隈を起点に想像力をはばたかせるのだろうか。ノートルダム大聖堂のシテ島だろうか、それともヴォージュ広場のあるマレ地区だろうか。あるいはまた、サン゠ジェルマン・デ・プレ教会の周囲、カルティエ・ラタン、はたまたフォーブール・サン゠ジェルマン界隈だろうか。

どんな都市でも地区ごとに異なる相貌をもつが、当然のことながら、それは都市の歴史的発展によって決定づけられ、個々の地区の優位性は時代とともに移り変わる。パリについても同様で、いくら歴史的起源が古いとはいえ、街区ごとに多様性をもち、特徴と個性に彩られるようになるためには、パリが都市として一定の広がりをもたなければならない。今日、「パリ案内」の類の書では、二〇に分かたれた行政区を基本に、そこに位置する歴史的建造物等の文化資源や観光施設を重ねて紹介することが多いが、こうした行政区なるものが出現したのはフランス革命のさなか、一七九〇年のことにすぎない。(1) もちろん、中世以来、たとえば殷賑な商業活動に特徴づけられる街角や特定の職人が多く住む地域といった、ある種の佇まいが場所ごとに存在していたことは否定できない。しかし、それぞれの街区が特定のまとまりとして意識され、内からも外からもそのような括りでみられるようになったのは、多分に都市の人口的拡大とそれにともなう近代的な都市構造の形成の結果である。どの国でも産業構造の変遷とともに首都へと押し寄せる人口の動態が変化し、城壁に囲まれていた中世都市の名残をしだいに消し去っていくわけだが、パリという都市も幾度にもわたって城壁を建造しては破壊しながら拡張を繰り返し、そのたびに人口が大幅に増加するという歴史を重ねてきた。この都市がその象徴性を獲得し、神話的な輝きをはなって世界に君臨するようになったのは、一八世紀末以降である。

ところで、一九世紀のパリの有閑階級を語るときにかならずもちだされる地区といえば、フォーブール・サン=ジェルマン（Faubourg Saint-Germain）界隈とショセ・ダンタン（Chaussée d'Antin）地区で、これにフォーブール・サン=トノレ（Faubourg Saint-Honoré）を加えれば、フランスを動かしていた上層階級のだいたいの勢力図を描きだすことができる。(2) フォーブール・サン=ジェルマンが王党派、とくに正統王朝派（過激王党派）の貴族の住む界隈として知られているのに対し、フォーブール・サン=トノレは、貴族のなかでもリベラルで七月王政の政権に近い貴族階級、そしてショセ

=ダンタンには金融関係の大ブルジョワジーの住居が集まっていた。このなかで銀行家、女優、新しい邸宅という、いかにもブルジョワジーの華やかな生活がもっとも似合うのはショセ=ダンタンである。古典的な宮廷風の豪奢でもなく、貴族的な品位の漂う端正な優美でもない、金銭と華美な新しい装飾、そして肉感的な艶麗と妖美に彩られた、どこか成り上がり者の余臭をとどめる空気である。

さきに触れたように、パリの行政区があらわれたのはフランス革命の時代だが、現在のように二〇区に分けられたのは第二帝政期の一八六〇年のことであり（一八五九年六月一六日の法令による）[3]、それ以前は革命期に定められた一二区制であった。[4] 一二の区の面積はまちまちで、右岸に一区から九区、左岸に一〇区から一二区が、概ね西から東へと並んでいた。フォーブール・サン=トノレとショセ=ダンタン地区は右岸のほぼ一区と二区に、フォーブール・サン=ジェルマン地区は左岸の一〇区に位置する。一九世紀パリのブルジョワ社会を実証的に研究したアドリーヌ・ドーマールが、一、二、一〇区、ついで一一区を「ゆとりのパリ」（Paris de l'aisance）とし、八、九、一二区を「貧困のパリ」（Paris de la pauvreté）と呼んで区別したことを想起すればよい。[5] たとえば納税有権者（censitaire）の人口をみてもそれはあきらかだろう。知られているように、フランスでは革命期に第三身分から三部会（États généraux）へ送り出す代表を納税選挙によって選出したが、この制度はその後も引き継がれた。王政復古期（一八一五～三〇）に選挙権を得るには納税額が三〇〇フラン以上でなければならず、七月王政にはいって減額されたものの（一八三一年四月以降）、二〇〇フラン

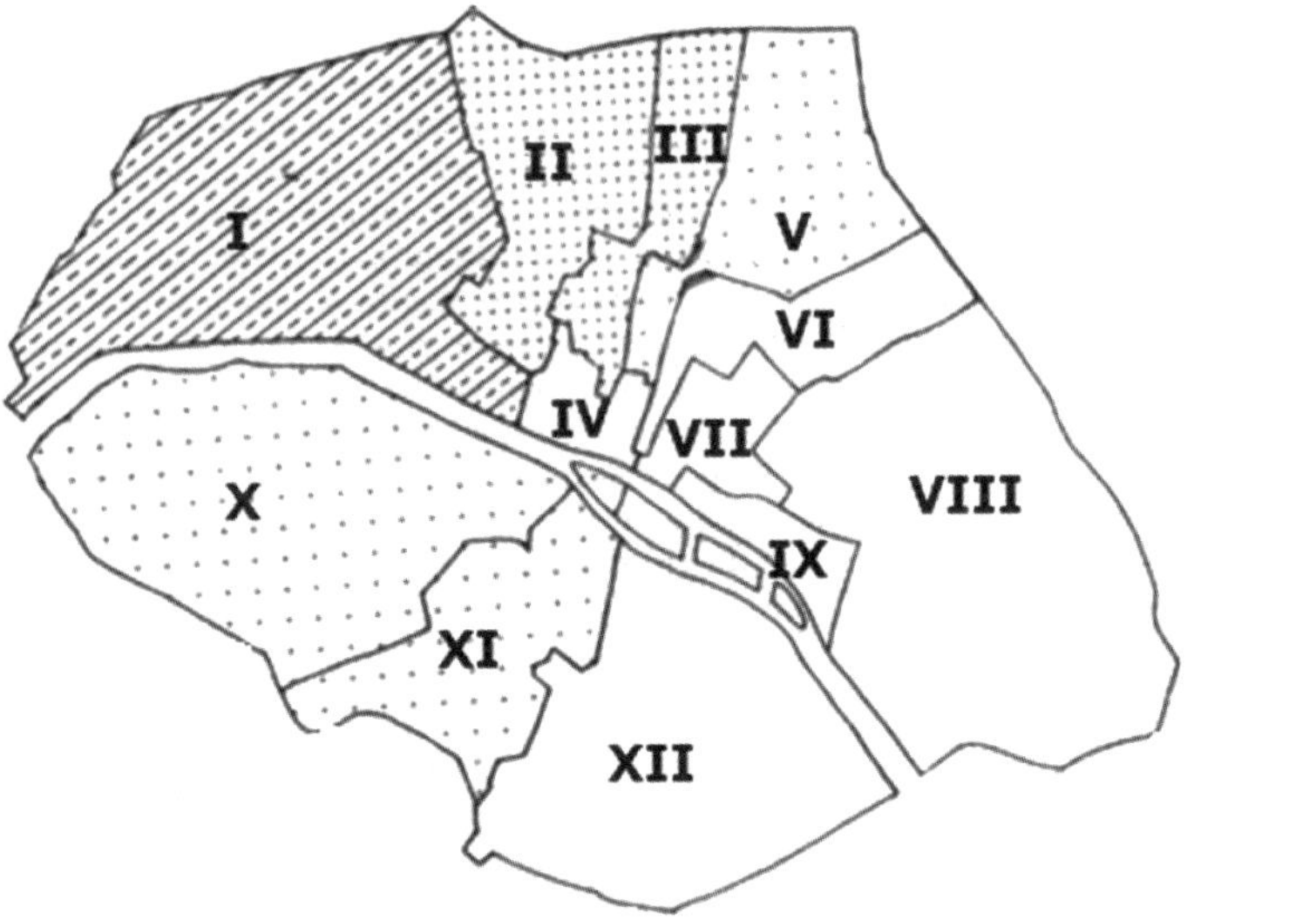

12 区のパリ（19 世紀前半）

以上の納税者に限られていた。(6) 彼女の研究が示しているように、(7) 一八四二年における人口一〇〇〇人当たりの有権者の割合は二区がいちばん多く、つづいて三区、四区が三〇人を超えている。さらに、一区と右岸の一〇区、一一区が二〇名を上回っている。一定以上の税額を納める者、すなわち相対的に富裕な者がパリの西側半分に集中していたことが、これをみてもわかるだろう。ちなみに一二区の数値は際立って低い。『ゴリオ爺さん』でヴォートランやラスティニャックが生活していたヴォーケール館があったのは、まさに一二区であった。

このあたりの歴史的経緯をもう少し補足するならば、一八世紀末から一九世紀初頭にかけて、すなわち執政政府から第一帝政の初期において、すでに政府はパリという都市の経済活動と納税者の実態をそれなりに把握していたが、一八〇七年以降、土地登記にいっそうの正確さを期し、細かな土地区画と収入を知ろうと試みるようになった。というのも、一七九一年に完成していたかの有名なヴェルニケの地図でさえ、革命の動乱による破壊と再建によって、実態とのずれがかなり生じており、いくつかの尺度や計測上のちがいもあって、もはや現実の用途に合わなくなっていたからである。地図の作製には、街の空間把握（位置や道程を示す機能）や戦略上の必要など、さまざまな目的があるが、近代国家の統治機能が発達するにしたがって重要になってきたのが徴税を目的とした用途である。このためにはきわめて正確な地図が不可欠であった。

第一帝政期に、メートルの基準策定に一役買ったことでも有名なジャン＝バティスト・ドランブル（Jean-Baptiste Delambre 一七四九～一八二二）が中心となり、測量士や徴税責任者の力を結集して、街区ごとに首都にあるすべての家々をその並びどおりに再現するような地図製作の指針を出す。任務をまかされたのはフィリベール・ヴァスロ（Philibert Vasserot 一七七三～一八四〇）であった。一八一〇年に開始され、一八三六年に一応の完成を見るが、その後も息子たちの手によって改良を加えられていった。徴税を目的とした地図作製のもっとも古いものである。(9)

小区画ごとに正確に測量され、全体で九一二の区画が二四枚の地図にまとめられ、これがひとつに綴じられたかたちで現在国立文書館（Archives Nationales）に保管されている。(10)ちなみに、仕事の

区と街区	500フランの営業許可税を払っている銀行家数
第1区（計）	10
チュイルリ	0
シャン=ゼリゼ	0
ヴァンドーム広場	10
ルール	0
第2区（計）	25
ル・プルティエ	3
フォーブール・モンマルトル	4
ビュット・デ・ムラン	0
モン=ブラン	18
第3区（計）	18
ブリュテュス	4
マイユ	6
コントラ・ソシアル	2
ポワソニエール	6
総計	53

地区ごとの営業許可税を払っている銀行家の数

陰に隠れてこの人物本人への関心がほとんど払われなかったためか、«P.»もしくは«Ph.»と省略表記されることの多かったかれの名前「フィリベール」は、「フィリップ」(Philippe) と誤記されることも少なくなかったようだ。[11] いずれにせよ、この事業は、現在の二〇区制になる以前のパリを知るのに不可欠の仕事である。

ナポレオン時代には革命によって崩壊した旧制度の徴税体制に代わるあらたな組織づくりが急務であった。すでに革命以前から徴税を請負人 (fermier général) によって行う制度に多くの欠陥が指摘され、その改革が目指されていたから、革命後、徴税機構の刷新が官僚制度の近代化とともに求められたのは当然である。精緻な税務調査とともに進められたこの地図作製の大事業はその過程で、不動産所有者のみならず、実際の居住者、その職業、建物の占有場所、さらにはその家賃にいたるまで、じつに詳細な情報をもたらすものであった。[12]

このような地図に加えて、選挙制度の整備とともに作成された有権者リストによっても、ナポレオン時代の経済的エリートがどのような地域に多かったかがわかる。こうした資料をもとに、たとえば銀行家たちがどの地域に居住していたかも具体的に把握することができるのである。すでに見たように、ナポレオン時代の経済的選良はもっぱらセーヌ右岸の「美しい地区《ボー・カルティエ》」に住んだ。税からみると、一八一〇年に五〇〇フランの営業許可税を課税されている銀行家の数は六五で、その約五分の四にあたる五三が旧一区、二区、三区に居を定めていた。街区もあわせてまとめると前頁の表のとおりである。(13)

この表が示すように、主要な銀行家が集中していたのは、一区から三区のなかでもとくに二区が多く、さらにそのなかでもモン=ブラン（のちのショセ=ダンタン）に集中していることがわかる。すでに触れたように、この地区にはネッケル（Jacques Necker 一七三二～一八〇四）やペレゴー（Jean-Frédéric Perregaux 一七四四～一八〇八）といった、当時の主要な銀行家が居を構え、華やかな新興開発地の象徴であった。

もっとも、一八世紀末から一九世紀はじめにかけて金融関係者の経済基盤はこのように拡張され、その後の産業社会の進展とともにその傾向はますます顕著になっていくものの、不動産税額でみるかぎり、上位はなお旧貴族であることにも留意しておきたい。(14)

一八世紀以降、裕福な金融業者が住居をもとめたのは、さきにも述べた右岸のフォーブール・サン=トノレを含む旧一区であり、その後、一八世紀末から二区のショセ=ダンタンを中心とする地域に集中するようになり、この地名は銀行家や金融資本家の地理的象徴となっていく。以下、ショセ=ダンタン地区に焦点を絞りながら、銀行家とパリの地理的関係を眺めてみよう。

(二) ギマール嬢邸

両大戦のあいだに、一九世紀のパリ、とくにグラン・ブールヴァール周辺の賑わいを活写したジュール・ベルトー(Jules Bertaut 一八八七〜一九五九)も、一九世紀初めのころのショセ゠ダンタン通りに思いを馳せ、以下のように書いている。

[……] 金融家、銀行家はだれ彼なしに供応し、絶えず客をもてなしていた。もちろん、宝石で身を飾らせ、モン゠ブラン通り(今日のショセ゠ダンタン通り)のほうに聳える新しい家々に豪奢に住まわせている愛人を、みな見せびらかすのだ。この界隈は高級な色事の中心地になっていて、今日なら「高等娼婦」(demi-castors)とよばれるであろう女性たちが住んでいた。(15)

ナポレオンによって大革命の混乱がかたちのうえで終息したとはいえ、革命のあとに残された人びとの心はといえば、自分の居場所をみつけられない、平衡を失ったような感覚のなかにあった。たまさか大胆さと強運でつかんだ地位をわが物とし、不安定な「いま」を目いっぱい生きる——戦争の合間にもどってきた軍人たちはパリにそのような空気をもち込んだ。七面倒くさい礼儀や作法や形式は省略して目の前の実をとる。明日の幸せではなく今日の快楽に身をゆだねるのだ。第一帝政ほど腐敗していた時代はない、(16)としばしばいわれるのは、革命とそれに続く戦争のなかで、急に成り上がった金満家やかれらに囲われる娼婦、財産を失った亡命貴族や臆面もなく振る舞う軍人たちが互いに入り乱れ、みな享楽の刹那を生きていたからである。そのなかでもっともしっかりした基盤をもっていたのは銀行家であった。以後、銀行家と娼婦の関係は、この界隈を中心に一九世紀文学をつうじて繰り返し描かれることになる。

ところで、グラン・ブールヴァールの外に位置するこの地区は、一八世紀に大きく変貌を遂げた。当時の地図をみればあきらかだが、世紀後半に瞠目するような勢いで都市化が進み、新しい道がつくられ、つぎつぎと邸宅が建てられた。もともとこの地区の大部分は、三位一体修道会（マトゥリヌス修道会）が所有していた菜園であったが、一八世紀半ばごろから大々的に不動産投資の対象となり、多くの私邸が新古典主義建築の代表格であるニコラ・ルドゥー（Claude-Nicolas Ledoux 一七三六～一八〇六）をはじめ、パリの証券取引所を設計したアレクサンドル・ブロンニヤール（Alexandre-Théodore Brongniart 一七三九～一八一三）、ブローニュの森に建つシャトー・ド・バカデルで有名なフランソワ・ベランジェ（François-Joseph Bélanger 一七四四～一八一八）、オデオン座の設計者のひとりであるシャルル・ド・ヴァイイ（Charles de Wailly 一七三〇～九八）といった名だたる建築家によって建設されることになった。

旧体制《アンシャン・レジーム》の崩壊までレ・ポルシュロン（Les Porcherons）とよばれていたこの地域は、一八世紀半ばまではほとんど何もない農地で（名称もポルシュロンという一家が所有していたことに由来する）[17]、東西でいえば、今日のサン・ラザール駅の東側からフォーブール・モンマルトル通りあたりまで、南北は、ちょうど旧オペラ座（ガルニエ宮）の背後、プロヴァンス通りより北側で、トリニテ教会とノートル＝ダム・ド・ロレット教会を結ぶ線の南側に位置する一帯である。一四世紀初めには、一家は当時のポルシュロン通り（ほぼ現在のサン・ラザール通りにあたる）に面して館を建設していた（一三二〇年）が、一八世紀の半ばになっても「広大な野菜畑しかみえず、遠く距離をおいて田園風の建物と宗教的建造物がまばらにあった」[18]にすぎない。それが世紀後半になって急速に発展し始めるのである。一八世紀末から王政復古にかけて、これらの土地や建築物を取得したのはあらたに富を得たものたち、多くは金融関係者、売れっ子の女優、オペラ座の踊り子、そして芸術家であった。

ニコラ・ルドゥー

さて、この地区のそのような特性を象徴的に示す建造物がある。ギマール館とよばれていた邸宅で、ニコラ・ルドゥーの手になるものだ。その名のとおり、一八世紀後半を代表するオペラ座の踊り子、マリー=マドレーヌ・ギマール嬢（Marie-Madeleine Guimard 一七四三〜一八一六）のために一七七〇年から七三年にかけて建築された。場所はショセ=ダンタン通りにあり、「テルプシコラの神殿」（Temple de Terpsichore）とも呼ばれ（ちなみにテルプシコラとはギリシャ語で「舞踊の楽しみ」を意味し、ミューズのひとりで踊りの女神）、当時パリでもっとも有名な建物のひとつであった。画家フラゴナール（Jean-Honoré Fragonard 一七三二〜一八〇六）が装飾し、庭にはヴィーナスに捧げられた神殿が設えられていた。館の正面柱廊（ペリスタイル）にはアポロンがテルプシコラに冠を授ける彫刻があり、建物の名もこれに由来する。踊り子ギマール嬢をテルプシコラに擬しての意匠であることはいうまでもない。

ギマール嬢といえば、踊りの才能のみならず奔放かつ放蕩な生活でも知られ、多くの男性が彼女と関係をもった。そのなかには、革命を率いることになる著名な政治家ミラボー伯（Comte de Mirabeau 一七四九〜九一）、オルレアン公（Louis-Philippe d'Orléans 一七四七〜九三）、ロココ芸術を代表する画家のフラゴナールなどもいる。このフラゴナールに館の装飾を命じたのが彼女のパトロンのひとり、スービーズ公、すなわちシャルル・ド・ロアン（Charles de Rohan, prince de Soubise 一七一五〜八七）で、当時、遊蕩と道楽でつとに知られた人物であった。一時は閣僚をつとめるなど、君寵を欲しいままにしたが、娘婿の破産によって政権中枢から身を引かざるを得なくなり、(19)ギマール嬢との関係にも終止符が打たれた。その結果、彼女は経済的困窮に陥り、ついにはこの館を手放す決意にいたるのである。

ギマール嬢についてはエドモン・ド・ゴンクール（Edmond de Goncourt 一八二二〜九六）が評伝を残していて、この館についてもかなり詳しく語られている。それによれば、「テルプシコラの神殿」の開館は一大イベントであった。というのも、この館の二階には五〇〇名収容できる劇場が設えられていて、一七七二年一二月の初旬と予告された開館の日には、『アンリ四世の狩り遊び』（*La Partie de chasse de Henri IV*）と『酒に真理あり』（*La Vérité dans le vin*）[20]が上演されることになっていたからである。その券をもとめて大騒ぎになったのだ。[21]結局、一二月八日の開館の日には、錚々たる面々が集まり、オルレアン公（Philippe d'Orléans）、ラ・マルシュ伯（Comte de La Marche 一七一七〜七六）[22]らの顔もあった。女性も当時のパリ第一級の美女たちが集ったという。[23]

ギマール嬢

さて、スービーズ公が経済的困窮に追い込まれ、ギマール嬢を捨てたことはすでに述べたとおりだが、このとき彼女もすでに齢四〇を超えており、この年齢で後ろ盾をなくした踊り子にとって、とるべき道は邸宅を売りに出すことしかなかった。おもしろいことに、彼女がとったのは「籤」による競売という方式で、籤を二五〇〇本発行し（一本あたり一二〇フラン）、合計額が三〇万フランとなるようにして、それを販売したのである。たった一本の鏟でこれを当てたのはロー伯爵夫人（comtesse de Lau）という女性であったが、館はすぐにジュネーヴ出身の銀行家ジャン＝フレデリック・ペレゴーに転売された。ペレゴーのもとで修業をし、一九世紀の大銀行家となるジャック・ラフィットはまさにこの建物からスタートを切ることになるのであって、その意味でも象徴的な館といえよう。

ギマール嬢邸

ペレゴーについては、のちに詳しく述べるとして、この邸宅の周辺には、まさに金融界の巨頭たちがつぎつぎに自宅を築造した。すぐ隣の邸宅は当時財務長官でありスタール夫人の父でもあるジャック・ネッケルが建てたもの。かれもまた、もともとジュネーヴ出身の銀行家であったことを忘れてはならない。若くしてパリに出るや頭角をあらわし、テリュソン＝ヴェルネ銀行に入り、そののち共同経営者となって、七年戦争の終結とともに莫大な財産を築いていたのである。(24) 新興住宅地ショセ＝ダンタン地区はこのように、スイス出身の銀行家たちが多く住んでおり、あとでも触れるように、パリのなかでもスイス系プロテスタント精神の漲る場を形成していたといえよう。

（三）文学空間を拓く銀行家たち

ショセ＝ダンタンのあたりは、このように金融界の大物たちが邸宅を建てる地区に変貌していった。一九世紀前半、王政復古期から本格的に開発されるこの界隈は当然、バルザックの『人間喜劇』の世界においても重要なトポスとなっている。銀行家を中心とする新しい資産家、経済の主役が土地から金に変わり、信用と投機を手玉にとってかたちのない株式や為替の操作で巨万の富を積み上げる金融家とそのまわりにつぎつぎと吸い寄せられる人物たち、そしてそのような人間模様を描く小説世界には欠かせぬ存在である娼婦や女優たちもまた、この地域を足場にするようになるのである。『人間喜劇』で有名な銀行家といえばニュシンゲン男爵であろう。王政復古の一八二〇年代、ニュシンゲン男爵の館が建っていたのはサン＝ラザール通り（rue Saint-Lazare）である。『ゴリオ爺さん』にこの街並みの簡単な記述がある。

ラスティニャックはサン＝ラザール通りに着いた。そこは、パリの綺麗さをなしている細い円柱と狭い柱廊のあるあの軽妙な家々のひとつ、スタッコや大理石のモザイクを敷かれた階段の踊り場など高価な意匠をふんだんに取り入れた、まさしく銀行家の家であった。(25)

この街区に並んでいたのは、プレイヤッド版の注釈者も記しているとおり、「パッラーディオ様式をフランスに適用した建築家たちによって一八世紀の末に建てられた瀟洒な家々」[26]である。ここでバルザックがこの家を「まさしく銀行家の家」（une véritable maison de banquier）と書いているところに留意しなければならない。すでにみたギマール嬢邸と同種のこうした様式は、一八二〇年前後の人びとの目には銀行家が住む典型的でモダンなものだったのである。

『ゴリオ爺さん』でゴリオの娘と結婚した銀行家ニュシンゲン男爵だが、『娼婦の栄光と悲惨』では娼婦エステル・ゴプセックに恋の炎を燃やすことになる。ところで、エステルが住んでいたのもやはり今日の九区、サン・ジョルジュ通りだ。この街区は、ノートル゠ダム・ド・ロレット通りとともに、王政復古期に造成されたところである。

しかしながら、エステルは最初からサン・ジョルジュ通りに住んでいたわけではない。『娼婦の栄光と悲惨』の「娼婦たちはどのように恋をするか」と題された第一部冒頭、オペラ座の舞踏会に仮面をつけてリュシアン・ド・リュバンプレに連れられてあらわれたエステルであったが、「しびれえい」（La Torpille）の異名をとる娼婦であることが見破られ、傷心のうちに自宅に戻って自殺を図ろうとする。このとき、彼女の自宅があったのはラングラード通り（rue de Langlade）である。この通りはパレ・ロワイヤルの西側、リシュリュー通りとサン゠トノレ通りとヌーヴ゠デ゠プティ゠シャン通り（現在のプティ゠シャン通り）に囲まれた部分にあり、これら華やかな通りの雰囲気と対照をなす陰鬱な一角であった。その後、オペラ通りの開削によって消失した。

これらの狭く暗い泥だらけの小路では、外観にほとんど意を払わない生業（industries）が営まれているが、夜になると謎めいた、大いに対照をなすような様相を呈するのであった。産業（Industrie）やモード（Mode）や芸術工芸（Arts）のさまざまな傑作が光を放ち、群集がひきも切らずひしめくサン=トノレやヌーヴ=デ=プティ=シャンやリシュリューといった通りの、光に満ちた場所から戻ってくると、宵のパリを知らない人間なら、空にまで反射しているあの微光を取り巻く迷路のような小路のなかに落ちて、陰鬱な恐怖のようなものにとらえられるにちがいない。(27)

ここでバルザックは《industrie》という語を二度使っている。一方は複数形で語頭は小文字であるのに対し、他方は、続く「モード」と「芸術工芸」の語とともに大文字かつ単数で始められている。前者が古い時代から続く小規模の稼業であろうことは容易に想像がつく。後者は一九世紀がうみだした近代の「産業」であろう。王政復古の時代から最新流行を売る店が街に彩りを添えはじめることは繰り返すまでもない。ここで販売される商品は、最新の工芸技術と流行と産業が合体してこそ得られる「傑作」であり、新旧をもっとも対照的に映し出す品であった。小説の作者はおそらくこれらをこの世紀の象徴として大文字で並べ、それらが照らす輝きと華やかさに満ちた街区のあいだに忘れ去られたように佇む小路で、細々と営まれる旧態の稼業を小文字で示したのだろう。賑やかな街の「ガス灯の奔流」もこうした迷路までは届かず、人通りはまれだ。「店は閉まっていて、開いているとすれば怪しげなところで、汚らしく、灯もろくについていないキャバレとか、オー・デ・コロンも売っている下着屋などである。〔……〕うらぶれたな街角がいくつもあるが、なかでも際立っているのがラングラード通りとサン＝ギヨームの抜け道を出たところ、そしていくつかの曲がり角だった」(28)。さらに、この一角は「巨大なハンセン病隔離病院」(grande léproserie) に擬せられ、売春の「本拠」(quartier général) でもあり、市もほとんど野放しにしていたのであった(29)。

物語冒頭で描かれる「しびれえい」の住所のあったこの界隈は、のちに彼女が住むことになる新興住宅地と明瞭な対照をみせる。まず、謎のスペイン人の僧、カルロス・エレーラがエステルに準備したのはテブー通り (rue Taitbout) の住居であった(30)。ショセ＝ダンタン通りの東側に南北に延びるテブー通りは、一九世紀、裕福な金融業者たちが高級娼婦を住まわせる場所のひとつであり、彼女はここでリュシアンと秘かに会うことになる。さらに物語は進み、ニュシンゲン男爵の公然たる愛人になるときには、この銀行家がサン＝ジョルジュ通りに彼女のために用意した「小さな館」に移り住む(31)。ニュシンゲンは四〇日かけてこの館を買収し手入れをしたのであった。かれは「すべてがニュシンゲンの財産と釣り合いがとれているか」、「鳥かごを鳥にふさわしいものにするよう託された者たちによって」この館がそのように実現されているかを周到に確かめさせる。

一八三〇年の七月革命以前の贅沢と名のつくありとあらゆる創意の品々が、この家をよき趣味の見本にしていた。建築家グランドーはそこにみずからの装飾家としての才能の傑作をみていた。大理石で造りなおされた階段、スタッコ、布生地、暗めに塗られた金泥、はっきりと印象を与えるものと同様にごく些細な部分でさえも、パリになお残るルイ一五世時代の同種のものどれよりもすぐれていた。(32)

ここで装飾を担当したグランドーという人物は、『人間喜劇』のなかで何度か登場する架空の建築家で、一八二〇年代以降、人気を誇っていた。ローマ賞を得てイタリア留学を終えたあと、すでにサン=トノレ通りの香水商セザール・ビロトーのアパルトマンを改築していたし、(33)このあとも『従妹ベット』でセレスタン・クルヴェルからアパルトマンの装飾をまかせられることになるだろう。(34)

いずれにしても、エステルが引き寄せられていった場所は、商業活動や金融操作によって急速に蓄財した成金の住居の並ぶ街区であった。一七四〇年ころに生まれ、この時期には最晩年に達していたゴプセックが、やはり近い世代のゴリオ(一七五〇年ごろの生まれ)が住んでいたカルティエ・ラタン界隈にずっととどまるのと対照的に、一七六〇年代以降に生を受けた銀行家たちはこの新しい地区を拠点に富と贅沢を見せつけるような生活をするのである。香水商セザール・ビロトーが成功して助役になったのも、この地区（旧二区）であった。

バルザックは、現実の金融家を地理的にもリアルに小説空間のなかに住まわせ、パリの日常生活に欠かせぬ存在となった銀行家とその周囲に鋭いまなざしを向けたのである。

（1）一七九〇年六月二七日の法で四八の街区（sections révolutionnaires）に分けられた。これはのちに «quartiers» という名称に変わる。また、その上位区分である「区」（arrondissements）があらわれるのは一七九五年からである。

（2）アンヌ・マルタン=フュジエは、パリ社交界の「トポロジー」として四つの地区（フォーブール・サン=ジェルマン、フォーブール・サン=トノレ、ショセ=ダンタン、マレ）を挙げているが、一九世紀前半、とくに話題にあがるのはマレ地区を除く前三地区である。*Cf.* Anne Martin-Fugier, *La vie élégante ou la formation du Tout-Paris 1815-1848*, Seuil, coll. « Histoire », 1993, p. 100. アンヌ・マルタン=フュジエ（前田祝一監訳、前田清子、八木淳、八木明美、矢野道子訳）『優雅な生活〈トゥ=パリ〉、パリ社交集団の成立１８１５－１８４８』新評論、二〇〇一年、一三二頁。なお、この三つの見方は一八二〇年代にはすでに定まっていたようで、スタンダールも一八二四年、『ロンドン・マガジン』に寄稿した文章で、「実際フランスの貴族階級は三つのクラスに分割されている」とし、第一はフォーブール・サン=ジェルマンの過激王党派《ウルトラ》の貴族階級、第二は自分たちの階層をロンドンにいるイギリス貴族と同じような貴族階級にしようとしている集団、第三は大実業家・金融家らで、蓄積した富によって尊敬に値する肩書を得ようとする人びと、であると説明している。*Cf.* Stendhal, « L'Aristocratie parisiennes », *London Magazine*, décembre 1824, in Stendhal, *Paris-Londres. Chroniques*, édition établie par Renée Dénier, Stock, 1997, p. 227.

（3）共和暦四年葡萄月一九日（一七九五年一〇月一一日）法による。

（4）一二区のそれぞれはいずれも四つの地区に分かれていた。これは一七九〇年六月に定められた四八地区制度の名残である。

（5）Adeline Daumard, *La Bougeoisie parisienne de 1815 à 1848*, *op. cit.*, pp. 184-200.

（6）被選挙権については、王政復古期には一〇〇〇フラン以上、七月王政期には五〇〇フラン以上の納税者が対象となった。一八四八年の第二共和政とともにこの制度は廃止され、普通選挙（ただし男性のみ）にとって代わられる。

（7）Adeline Daumard, *La Bougeoisie parisienne de 1815 à 1848*, *op. cit.*, pp. 191-192.

（8）エドム・ヴェルニケ（Edme Verniquet 一七二七〜一八〇四）は、シャティヨン=シュル=セーヌの国王付土地測量士であった父のもとに生まれ、かれ自身も測量士、建築家となって、父の死後、その仕事を受け継いだが、一七七二年以降、パリに移り住み、ビュフォンのもとで王立薬草園の改造を手助けした。多くの仕事を残しているが、なかでも晩年のほとんどを費やして作成されたパリの市街地図がもっとも有名である。

（9）フィリベール・ヴァスロについては Cécile Souchon, « Philibert Vasserot et les atlas des quartiers de Paris », *Bulletin du Comité Français de Cartographie*, n° 171, Mars 2002, pp. 37-41 が詳しい。

（10）Archives Nationales, Cartes et plans, F/31/73-96. パリ国立図書館（BNF）にも一部所蔵されているが、

こちらはやや仕上げが粗く不均質である。

（11）Cécile Souchon, *op. cit.*, p. 37.

（12）これより前、一八〇〇年に「パリ地域家主名簿」が作成されたが、職業までは記されていなかった。*Cf.* Archives Nationales, $\mathrm{AF}^{\mathrm{IV}}$, 441-443. じつはそれ以前にもこのような意図はあったものの、革命の嵐のなか、不安定な政権のもとでこのような名簿を作ると、すぐに「追放者名簿」に変わる危険があった。したがって、なかなか実現しなかったのである。ナポレオン政権になってようやくそのような危険は去った。

（13）この表はルイ・ベルジュロンの調査によっている。*Cf.* Louis Bergeron, *Banquiers, négociants et manufacturiers parisiens du Directoire à l'Empire*, Éditions de l'École des Hautes Études en Sciences Sociales, 1999, p.16.

（14）*Ibid.*, p. 21.

（15）Jules Bertaut, *Les Belles Nuits de Paris*, Flammarion, 1927. Cité par Gilles Durieux dans *Le roman de Paris à travers les siècles et la littérature*, Albin Michel, 2000, p. 272.

（16）*Ibid.*, p. 271.

（17）Alfred Fierro, *Histoire et mémoire du nom des rues de Paris*, Parigramme, 1999, p. 104.

（18）Edmond Goncourt, *La Guimard : d'après les registres des menu-plaisirs de la Bibliothèque de l'Opéra, etc., etc.*, G. Charpentier & E. Fasquelle, 1893, p. 87.

（19）さらに一八世紀の一大スキャンダル、「首飾り事件」に連座したロアン枢機卿（Louis-René-Édouard, prince de Rohan 一七三四〜一八〇三）の従兄にあたることから、これを契機に国王の贔屓を失うことになる。

(20) 両作品ともシャルル・コレ(Charles Collé 一七〇九~八三)の喜劇(三幕)で、『社会劇』(*Théâtre de société*)と題されたコレの喜劇集成(二巻、一七六八年)に含まれる。前者の初演は一七六四年(出版は六六年)。第一幕でシュリに対する宮廷での陰謀の結末が語られ、二幕、三幕では狩りの途中、雨にたたられて立ち寄った農民の家でアンリ四世が民衆の素朴な生活を観察したり、大貴族にさらわれた娘を助けたりする内容だが、ルイ一五世はこの芝居を観ながらも、そこに民衆に立脚する王制の讃美と、現体制に対する批判の種を撒く危険性を嗅ぎとって、コメディ・フランセーズでの上演はけっして許可しなかった。国王の死後、コメディ・フランセーズでも上演されるようになり、革命期をとおして『フィガロの結婚』と並んでもっとも人気を博することになる。一方、『酒に真理あり』は一七四七年の作品で、度を過ごさない陽気さが讃えられており、集成のなかの傑作といえるが、この開館に際してパリ大司教との悶着があり、結局、『酒に真理あり』に代えて『ピグマリオン』というパントマイムを上演することで落ち着いた。

(21) Edmond Goncourt, *op. cit.*, p. 87 et suiv.

(22) ルイ・フランソワ・ド・ブルボン=コンティ(Louis-François de Bourbon-Conti)。ルイ一五世と対立し、多くの哲学者や著述家の後ろ盾となった。ルソーを庇護し、ボーマルシェに年金を与え、モーツァルトを迎えたことでも有名である。一七六〇年にヴォーヌ=ロマネにブドウ畑を買い、「ロマネ=コンティ」の名の由来ともなった。

(23) Edmond Goncourt, *op. cit.*, p. 99.

(24) 七年戦争の終結を見越して、かれらは国債のみならず、東インド会社の株券や麦市場にも投資し、短期のうちに富を築くことができた。

（25）Honoré de Balzac, *Le Père Goriot*, in *La Comédie humaine* III, édition publiée sous la direction de Pierre-Georges Castex, Gallimard, coll. « Bibliothèque de la Pléiade », 1976, p. 168.

（26）*Ibid.*, p. 1282, note 2. この註には、こうした様式の建築家なかでもっとも有名なのがクロード＝ニコラ・ルドゥーであること、そしてかれがショセ＝ダンタンのギマール嬢邸とフォーブール・ポワソニエールのタバリ邸（Maison Tabary）を設計したことにも言及されている。

（27）Honoré de Balzac, *Splendeurs et misères des courtisanes*, in *La Comédie humaine* VI, édition publiée sous la direction de Pierre-Georges Castex, Gallimard, coll. « Bibliothèque de la Pléiade », 1977, p. 446.

（28）*Ibid.*, p. 446.

（29）*Ibid.*, p. 447.

（30）*Ibid.*, p. 480. バルザックは最初、原稿段階ではエルデール通り（rue du Helder）を考えていたようだが、第一校正の段階でテブー通りに書き換えられた（*Ibid.*, p. 1350, « Notes et variantes » de la p. 480, variante *b.*）。エルデール通りは一七七五年に造られ、ブールヴァール・デ・ジタリアン（Bd. des Italiens）から北に延び、テブー通りにぶつかる（今日、この地点にはオスマン大通りが貫通している）。したがってこのエルデール通りは、ショセ＝ダンタン通りの右隣に位置しており、一九世紀前半には新興成り金たちがこぞって居を構えた場所のひとつであった。レストー伯と結婚したゴリオの娘アナスタジーが住んでいたのもこの通り（*Le Père Goriot, op. cit.*, p. 279）。なお、一九世紀前半に人気を集め、時代の先端をいく裕福な上流社会の人間であればその顧客であることが必須であったカフェ・トルトーニ（Tortoni）もテブー通りとブールヴァール・デ・ジタリアンの交差する地点にあった（*Cf.* Anne Martin-

Fugier, *op. cit.*, p. 328)。

（31）*Splendeurs et misères des courtisanes*, p. 399. 彼女がここに住み始めるのは一八二九年の年末である。

（32）*Ibid.*, pp. 599-600.

（33）Honoré de Balzac, *César Birotteau*, in *La Comédie humaine* VI, édition publiée sous la direction de Pierre-Georges Castex, Gallimard, coll. « Bibliothèque de la Pléiade », 1977, pp. 98-99.

（34）Honoré de Balzac, *La Cousine Bette*, in *La Comédie humaine* VII, édition publiée sous la direction de Pierre-Georges Castex, Gallimard, coll. « Bibliothèque de la Pléiade », 1976, pp. 155-156.

第三章　銀行家の躍進とジャン＝フレデリック・ペレゴー

（一）「銀行家」とは何か

前章では、小説の題材として頻繁に使われるのに、文学研究においてはさほど深く言及されることのない銀行家の実態を探るにあたって、とくにかれらの中心的な居住区となったパリ旧二区とその周辺に光をあてながら、この地域がどのように小説で描き出されるかをいくつかの例とともに検討した。その際に示したとおり、一八世紀後半以降、いわゆるショセ＝ダンタン（Chaussée-d'Antin）地区の周辺は、あらたに興隆してきた金融業者を中心に、従来の貴族階級の華やかさとは異なる新しい文化に彩られた活動拠点として成長していったのであった。

本章では、このあたりの事情をもう少し仔細に考証するとともに、近代的銀行家の原型ともいえるジャン＝フレデリック・ペレゴー（Jean-Frédéric Perregaux 一七四四〜一八〇八）[1]を中心に、現実の銀行家の肖像がどのようなものであったかについて明確にしておきたい。

ところで、ひと口に「銀行家」といっても、その内実は今日とはかなり異なるところがある。ここで、革命期からナポレオン時代にかけてとくに政治と深く関係をもっていた金融関係者を中心に、その事業を概観しておこう。

旧体制下の銀行家の業務にはいくつかの種類があった。まず、もっとも単純な業務としては、顧客の為替手形に支払いをする仕事がある。この時代の為替手形は一種の小切手のようなもので、革命直前の一七八〇年代から急速に発展を遂げた。現金を運ぶことなく資金を流通させうるからである。もちろんこうしたシステムは遠い昔からあるが、一八世紀後半以降、ヨーロッパの経済規模は飛躍的に拡大し、産業革命の上げ潮に乗って国際的な資金流動の必要性は高まる一方であった。これを仲介するのが銀行家である。かれらにとってこの業務がうみだす利益はそれほど大きくはなかったものの、日常的に手っ取り早く収入を得る手立てであったことは否定できない。このタイプの銀行業として有名なのが、パリでもっとも古いマレ兄弟（Frères Mallet）の銀行だろう。[2]

この日常業務以外にどの銀行も商業活動を行っているのがふつうだった。この時代にはまだこちらのほうが主で、手形の支払いなどの銀行業務は顧客への便宜を図る程度に行っていた業者も少なくなく、重きの置きかたにちがいはあるにしても、いずれの金融家も商取引を兼業していた。[3] 過去をたどれば、フォンテーヌブローの勅令によって信教の自由を奪われ、スイスに逃れたユグノーの家系であるジャック＝ルイ・プルタレス（Jacques-Louis Pourtalès 一七二二〜一八一二）[4]も、インド更紗やのちにインド紅茶を取引して富を築きつつ銀行業を営んだし、フランス銀行の設立者のひとりとなるジャン＝バルテルミー・ル・クトゥー・ド・カントルー（Jean-Barthélemy Le Couteulx de Canteleu 一七四九〜一八一八）の祖先も新大陸とのラシャ取引と並行して銀行業を拡大していった。ドフィネ地方でインド更紗の生産から金融業に手を染めていったペリエ（Perier）一族も同様である。

このように、旧体制下の金融業者の多くは国際的な資本移動の仲介業者として発展していくいわゆるマーチャント・バンカーであり、かれらのもつ国際的なネットワークは経済のみならず政治的な情報も逸早く伝達する機能をもっていた。それゆえ、各国の政情を窺いながら自身に利する手を打つという、いわば投機的な意図を実現する点でもすぐれた組織を形成していたのである。

おそらくこうした投機的側面をいっそうはっきりさせたのが革命であろう。教会や亡命貴族から国家によって没収された土地や資産をもとにさまざまな投機がなされ、そのなかにはのちにロワールの古城ヴィランドリー城（Château de Villandry）の所有者となるアンゲルロ（Hainguerlot）家[5]や、この城の前の所有者であったウーヴラール（Gabriel-Julien Ouvrard 一七七〇〜一八四六）もいた。後者もまた土地の投機によって蓄財を図った銀行家のひとりである。[6] ペリエ家ものちにセルネー侯から得たアンザン炭田に手を出している。総裁政府時代に「メルヴェイユーズ」として有名だったフォルュネ＝アムラン（Fortunée-Hamelin 一七七六〜一八五一）の夫の一族も、同様に投機によって頭角をあらわした。かれらはごく短いあいだに巨万の富を得た銀行家であった。

一方、この時期に武器の調達によって莫大な財をなす銀行家もいた。さきのウーヴラールがその代表格だが、ジャン・ピエール・コロ（Jean Pierre Collot 一七七四〜一八五二）なども同類である。(7) 革命の動乱期から総裁政府の時代にかけて、フランスが直面した相次ぐ戦争は、一部の銀行家にとって結果的に短期間で富を確立するこのうえない機会になったのである。

革命期の銀行家が財をなす手段として、一般国民向けの物資調達もあった。主なものは小麦で、革命政府はあらゆるルートを使ってヨーロッパ中から民衆の食糧を掻き集める努力をするのだが、この仲介にあたった業者のなかには当然のことながら金融関係者もいた。もっとも、この調達で政府が払う手数料は少額で、しかもアッシニャ紙幣に対する懸念から積極的に関わるまいとする業者も少なくなかった。実際、政府に協力しない科で一時的に投獄されたり罰金を喰らったりしたものもいたのである。そこで為替レートを巧妙にいじって儲けを得ようとしたりもしたが、結局、一七九五年にアッシニャ紙幣の相場が名目価値の三パーセントにまで下落し、多くの業者が破産の憂き目にあった。さらに二年後のラメル法が追い打ちをかける。いわゆる三分の二破産法の制定である。総裁政府の財政は、増税かデフォルトかの二者択一しかない状態にまで落ち込んでいた。こうした状況のなか、政府は財源の確保を、一方でネーデルラント、北イタリアなど戦地での賠償金にもとめ、これを国庫に入れた。他方で制定したのがこの三分の二破産法で、「永久債と終身年金の三分の二をヴァウチャーで支払い、三分の一を国債に整理して、元利金を将来正貨で支払うことにした」[8]とはいうものの、三分の二の部分のヴァウチャーでの支払いは、市場価格の三パーセントにも満たなかったため、実質上債務の切り捨てにほかならなかったのである。[9]

一九世紀の文学はさまざまなかたちで銀行家や実業家と権力の関係を描くことになるが、それはまさに革命からナポレオンの時代にかけて、金融に関わるものたちがこのように政府と密な関係をもつようになったからである。いつの世も先立つものは金であり、金を動かせるものは時の権力者と結び合い、巨万の富を蓄積することも珍しくない。やや時代を遡れば、「ヨーロッパでもっとも著名でもっとも裕福な銀行家」[10]とサン＝シモン公爵にいわせたサミュエル・ベルナール（Samuel Bernard 一六五一～一七三九）は、旧体制下でのそうした金融家の典型的な存在であった。この人物はパリでもっとも壮麗な住居をもち、いくつも続くサロンは金箔で装飾され、鏡が燭台の光を反射させて眩いばかりに輝いていた。一年の食費は十五万リーヴルをくだらなかったともいわれ、その豪奢な生活ぶりは後世にも語り継がれている。[11]バルザックが引き合いに出しているように、まさしく「ルクッルスの享楽」にも比肩するものだったのである。[12]

しかし、一八世紀後半以降、政府が必要に迫られて銀行家や貿易取引商《ネゴシアン》を兼ねたような金融家たちをそれまで以上に積極的に抱き込むようになる。革命政府時代もそうで、一見奇妙にもみえるが、ジャコバン派の政治でさえ銀行家の支えがなければ成り立たなかった。この時代の銀行家をベルナールに擬えるのは無謀だとしても、この混乱のなかでもっとも艶やかな生活をし、陰の権勢を誇っていたのは銀行家であり、物資や武器を調達できる大商人たちであった。文学において描かれる近代的銀行家のある種の定型ができあがったのはおそらくこの時期であろう。一九世紀にはいって、ほとんどの実業家が銀行業にも進出していくことになるから、いうまでもなくそのイメージは固定化しつつさらに膨れ上がっていくことになる。

(二) ジャン=フレデリック・ペレゴーの周辺

さて、こうした銀行家像の原型をつくるのにもっとも貢献したのは、前章でも触れたジャン=フレデリック・ペレゴーである。かれは、前節で述べたような状況下で事態を静観しつつ、静かに事業を進めていた。政府が武器を購入し穀物を仕入れるための費用を拠出する銀行家のひとりであったが、このことは母国であるスイスに公然と赴く正当な口実ともなった。多くの亡命貴族やイギリス人のあいだにも顧客をもっていたかれにとって、これは大きな利点であった。というのは、革命によって祖国を離れた貴族たちはヨーロッパのあちこちに亡命したが、多く集結したのは比較的近いニース(この時期はまだフランス領ではない)やトリノやコブレンツで、とくにヌーシャテルからそれほど遠くないコブレンツはドイツに亡命した貴族たちがコンデ公を中心にプロヴァンス伯(のちのルイ一八世）の支援のもとで反革命軍の組織化を目論んだ場所でもあり、反革命の重要な拠点のひとつであったからだ。ペレゴーは秘かにかれらへの資金供給や送金も請け負っていたのである。プロヴァンス伯のためにコブレンツに二〇万フラン送金し、国王の脱出に際してもフェルセン伯からその直前に五〇万フラン、あとでも七〇万フラン受け取っている(13)。

このような行動は当然、危険に身をさらす。一七九三年夏、イギリス人スミス・バリーに囲われていた娼婦の家から手紙が見つかり、彼女の年金がペレゴーの銀行から支払われていたことが発覚、それがもとで九月にはモン＝ブラン通りの自宅が捜査を受け、封印されるにいたった。とはいえ、五千万フランを政府に貸し付けている銀行家たちを束ねて管理していたのはペレゴーの銀行であり、ペレゴーは公安委員会の後ろ盾ともいうべき銀行家であったから(14)、最終的には大禍を免れることになる。実際、革命の動乱にあっても、数多の銀行家のなかでペレゴーほどヨーロッパ中の国々と取引を続けている銀行家はなかった。一言でいうなら、革命政府の中枢と亡命貴族の中心勢力の両

「悪習の風車を守ろうとするドンキ・ホーテの行進」（反革命軍に対するカリカチュアで、ドンキ・ホーテに擬せられているのはコンデ公）

方を顧客とし、パリ、ジュネーヴはもちろん、ロンドン、アムステルダム、ハンブルグといったヨーロッパの大金融都市でもほとんどその信用に揺らぐところはなかったのである。

ところで、ショセ゠ダンタン通りは当時モン゠ブラン通りと呼ばれていて、スイス系の金融家たちの集まる新興居住区だったこと、さらに、ここにあったギマール邸を手に入れたのがペレゴーであったことは、前章で述べたとおりである。旧来の地区とはちがって、ここには革命の新しい息吹を顕著に感じられる場所でもあった。ギマール嬢も一八世紀後半を彩る個性的な女性だが、そのほかにも革命期に影響力をもった女性でこの界隈に住んだ者は少なくない。「テルミドールの聖母」(Notre-Dame de Thermidor) あるいは「解放の聖母」(Notre-Dame de la Délivrance) とよばれたテレーズ・カバリュス (Thérèse Cabarrus 一七七三〜一八三五)[15]も、この街区と関係が深い。そもそも彼女の父、フランソワ・カバリュス (François Cabarrus 一七五二〜一八一〇)[16]もスペインの有名な銀行家で、最初の中央銀行の前身となるサン・カルロス銀行の創設者である。スペインで最初の紙幣を発行した人物であり、ジョゼフ・ボナパルト治下では財務相に任命されている。

タリアン夫人 (Madame Tallien) となってパリのサロンで影響力をもつようになったテレーズ・カバリュスが、ナポレオンよりもウーヴラールのような金融家を好んだのも、このような生い立ちと関係しているのかもしれない。テルミドールの反動期、「アンコワイヤーブル」(Inc (r) oyables を「アンクロワイヤーブル」ではなく、わざと「アンコワイヤーブル」発音するのが粋であった)[17]や「メルヴェイユーズ」(Merveilleuses) などとよばれる、奇天烈な衣装を身にまとって洒落者を気取る若い男女の姿が街を闊歩したことはよく知られているが、彼女はその先頭をいくファッションリーダーのひとりであった。そのサロンにはナポレオンの最初の妻となったジョゼフィーヌ・ド・ボーアルネ(Joséphine de Beauharnais 一七六三～一八一四)や、やはり銀行家の妻となったジュリエット・レカミエ(Juliette Récamier 一七七七～一八四九)[18]といった、この時代を彩る女性たちが常連となって集まっていた。

この街区は、時代の空気を先取りするような人びとが集まっていたといってもよいだろう。レカミエ夫人もまさにそうで、それまでヴィクトワール広場のすぐ北に位置するマイユ通りの邸宅に住んでいたのだが、銀行家としての羽振りがよくなるにつれて彼女の夫はこの屋敷を窮屈に感じはじめ、自分の生活にふさわしい邸宅をもとめるようになる。そして買うことになったのがショセ＝ダンタン通りのネッケルの邸宅であった。ちょうどそのころ、ネッケルは亡命者名簿からはずされ、自宅を売りに出せるような状況になっており、スタール夫人が父の代わりに売却先をさがしていたのである。ネッケル邸はペレゴーのギマール邸とも並ぶようにして位置していた。おそらくどんな銀行家でも、あらたな住まいをもとめるとすればこの街区がまず念頭

ジャン＝フレデリック・ペレゴー

に浮かんだにちがいない。夫レカミエはネッケルと関係の深い銀行家であり、以前からの知り合いでもあった。この売買をきっかけにして、[19] レカミエ夫人はスタール夫人と生涯の友人関係を築くことになる。[20] この邸宅のレカミエ夫人のサロンは、一八〇八年に売却されるまでのあいだ、ヨーロッパ中の貴顕の士が足繁く通う文化的地場のひとつとなった。

この街区はまた、新しい政治を準備するという点でも歴史的な役割を果たしている。革命期の学校教育改革に大きな影響力をもった政治家、ジョゼフ・ラカナル（Joseph Lakanal 一七六二〜一八四五）もショセ=ダンタン通りを隔ててギマール邸とほぼ向かい合う場所に居を構えていたし、総裁政府時代に権力の中枢メンバーであったフランソワ・バルテルミー（François Barthélemy 一七四七〜一八三〇）もまたこの地区の住人である。しかし、この街区との関係でとくに重要なのは、一般にブリュメール一八日のクーデタとよばれている政変であろう。この事件がジョゼフィーヌ・ド・ボーアルネの邸宅で準備されたことはよく知られている。この館があったのはシャトレーヌ通り（rue Chatereine）で、現在はヴィクトワール通りという名に変わっているが、ショセ=ダンタンを東西に横切る通りである。ボナパルトの名前とともに記憶されている事件だが、当初クーデタを画策した中心人物はシエイエス（Emmanuel-Joseph Sieyès, l'abbé Sieyès 一七四八〜一八三六）であり、金銭面で支援したのはペレゴーやグルノーブル出身のクロード・ペリエ（Claude Perier 一七四二〜一八〇一）などの銀行家であった。かれらは、銀行の存立を脅かしかねない政情不安と経済危機から抜けられない総裁政府に業を煮やしていたのである。

(三) ペレゴーとメセナ

ところで、当時のフランスが置かれていた状況をみると、テルミドールの反動以降、周囲の国との交戦は攻勢に転じていく。一七九三年末にはボナパルトの活躍によるトゥーロン奪還がなされ、総裁政府樹立(九五年一〇月二六日)までにプロイセン、オランダ、スペインとの講和にこぎつけていた。周囲との緊張がいくぶん緩和されてくると当然経済も動きはじめる。この時期の金融界の中心にいたのがペレゴーであり、革命勃発以来、巧みな状況の見定めによってかれの銀行は繁栄を極めた。総裁政府の時代にもっとも輝きを放っていたのはかれのサロンであるといっても過言ではない。

銀行家というと一般に金融のことしか頭にないような人物として捉えがちだが、このサロンが華やかであったのは、かれ自身が演劇をはじめとする芸術や文化活動に相当な関心を寄せていたからでもある。ここでこの人物の多岐にわたる交流を詳らかにすることは避けるが、みずからの銀行を設立した当初から演劇、オペラなどの芸術にメセナ的な役割を進んで引き受けていたようである。おそらくこの世界の華やかな女性たちとの付き合いがそれを後押ししていたという側面もあるだろう。たとえば、その美貌で名をとどろかせたミシェル・ド・ボンヌイユ(Michelle de Bonneuil 一七四八~

一八二九）とも関係をもっている。ちなみにこの女性の美貌については、彼女の友人であり、マリー・アントワネットの肖像画を描いたことでも知られる女流画家ヴィジェ＝ルブラン（Marie Élisabeth-Louise Vigée Le Brun 一七五五～一八四二）にも「パリでもっとも美しい」と言わしめたほどだ。銀行業としての金融・政界の人脈に加えて、数多くの女性との関係をもとに、ヴィジェ＝ルブランといった画家からアンドレ・シェニエ（André Chénier 一七六二～九四）のような文学者にいたるまで、ペレゴーはじつに幅広い交友関係を手にしていたのである。とくに劇場関係者や踊り子たちとの関係は深く、これは革命時代に入ってからも変わらない。著名なダンサーであったギマール嬢から邸宅を購入したのちも彼女との友人関係を持ち続けているし、当時オペラ＝コミック座でオペラ歌手として名を馳せていたデュガゾン夫人（Louise-Rosalie Lefebvre, Madame Dugazon 一七五五～一八二一）にも金を工面することがあった。当時の銀行家のなかでもっとも派手な社交生活を演出していたのはまちがいなくこの男である。

ミシェル・ド・ボンヌイユ

ややや奇妙な人間関係を挙げておくならば、かのボーマルシェ（Pierre-Augustin Caron de Beaumarchais 一七三二～九九）とも銀行家と武器取引商というかたちで接触があった。周知のように、ボーマルシェは多くの顔をもつ人物で、劇作が本業ではない。時計職人から「国王秘書官」や「狩猟総代官」という肩書を得、さらにはトゥーレーヌ地方のシノンの森林開発事業にまで手を伸ばしている。そのような実業家ボーマルシェが晩年に巻き込まれることになるのが「オランダ小銃取引事件」であり、そこで資金援助をしたのがペレゴーであった。(21)この事件の顛末は、ボーマルシェが革命政府の委託を受けて小銃を買い入れようとしたものの、結局、小銃はオランダの武器庫からフランスに運び込むことはできないという結果に終わる。オランダもイギリスも、すでに敵国となっていたフランスに武器が運び込まれることを極度に恐れて警戒していたのである。イギリスから国外退去処分となり、大陸に戻ったボーマルシェはアントウェルペンからさまざまな策を弄するものの、そのうちフランス国内ではロベスピエールが実権を握り、革命政府に協力していたはずのボーマルシェまでもが亡命貴族のリストに載せられる。パリに残していた家族は逮捕され監禁されてしまう。その後、テルミドールの反動とともに家族は釈放され、かれの名も亡命貴族のリストから外されて無事パリに帰ることができるようになるが、これもペレゴーの力によるところが大きかった。(22)『フィガロの結婚』の作者とこの銀行家の関係は、イギリス人旅行作家ヘンリー・スウィンバーン（Henry Swinburne 一七四三〜一八〇三）の記述にも確認できる。「ペレゴー宅で、サン＝フォワ、タレラン、レドレール、ボーマルシェと食事。この最後の者はとても耳が遠いが、なお才気煥発にして陽気である」(23)（一七九七年二月一九日）。

以上からも察せられるように、このスイス人銀行家にはどの方面でも厚い人望があった。同時代に銀行家は数多くいたが、ほかの銀行家とくらべて、他者への礼儀や配慮において欠けるところがなく、また、知性や当意即妙の受け答えで場を盛り上げる術にも秀でていたようだ。革命時代から第一帝政にかけては一般に芸術活動は低調であったといわれる。ベアトリス・ディディエが示したように(24)、個々にみれば優れたものもあるとはいえ、そのあとの時期に比べればやはり不振を託つほかない。しかし、そういう状況のなかでもその時々を彩る舞台芸術は継続的に受容されていた。人びとは恐怖と戦争と動乱のはざまで、刹那的にではあれ、目先の淡い陶酔に身を委ねた。総裁政府時代のメルヴェイユーズやアンコワイヤーブル（アンクロワイヤーブル）のごとき、なかば狂気じみた現象があちこちに発現したように、静かに時間をかけて深遠な芸術的意味を味わうよりも、その場かぎりのはかない、しかし激しい輝きを放つような瞬間こそがもとめられた。華やかな舞台上のダンスや歌がもてはやされたのもそうした理由からであろう。ペレゴーが繋がりを保ち、援助を惜しまなかった人びとには、相継ぐ動乱のなかで経済的に弱い立場に置かれたこうした歌手や踊り子が多くいた。かれらに理解を示し、いわばパトロン的な存在となったのがペレゴーだったのである。

テルミドールの直後は快楽を生きる狂乱の時代であった。派手な催しと装いに金が要ることはどの時代も同じで、すでに述べたように、この時代の花であったアムラン夫人もタリアン夫人もみな銀行家と親しい関係にあるか、かなり近いところで生活していた。「テルミドールの聖母」とよばれたテレーズ・カバリュスがタリアン夫人となったのは一七九四年一二月二六日だが、彼女は結婚後すぐにシャン＝ゼリゼ界隈（現在のマティニョン通り）の「藁ぶきの家」（Chaumière）に引っ越す。ただちにこの場所はパリでもっとも華やかな社交サロンとなった。同時に、パリの上流社会はこぞって当時舞踏会場になっていたロングヴィル館（Hôtel Longueville）に通って羽目を外した。なかでも異彩を放っていたのがアムラン夫人なのだが、そこで繰り広げられる大規模なダンスの妖艶な雰囲気をゴンクール兄弟はつぎのように書いている。

> 香水を振ってたなびくように蠢く三百人の女たちが、ヴィーナスさながらの薄着姿で、淫らにも見せようとしていないところまですべて見えている［……］。金色に輝く軒蛇腹（コーニス）の下でいくつもの鏡が反射して映し出しているのは、微笑みと抱き合う姿、余計なものが一掃されて体の線と大理石のような胸をくっきり際立たせている衣服、酩酊と渦巻くような人の動きのなかで開き、まるでバラのように花咲く口、である。[25]

アムラン夫人

このような乱痴気騒ぎにもみえるサロンでのパーティや夜会

は、恐怖政治から一気に解放され弛緩した感情が奔流のように決壊して雪崩れこんだ結果である。奇天烈な風俗を生んだこの時期、人びとは異常なまでの飲食にものめり込む。「貪り食うことが流行だった」がゆえに食事のはじめに三百個の牡蠣を食べていたジュノ将軍や[26]、友人を招いて薄絹しかまとっていない美女たちに給仕をさせていたタレランなど、この時代のエピソードは事欠かない。そのような場にあらわれていたのがタリアン夫人であり、アムラン夫人であり、またレカミエ夫人であり、アンゲルロ夫人であり、ときにスタール夫人の姿もあった。そしてその中心でこうした人びとの経済的支えとなっていたのもやはり銀行家ペレゴーだったのである。

タリアン夫人

総裁政府時代においてもペレゴーがいかにその中枢と結びついていたかは、たとえばボナパルトがイタリア遠征でみずからの副官として重用し、華々しい功績を挙げたオーギュスト・マルモン（Auguste Frédéric Louis Viesse de Marmont 一七七四〜一八五二）[27]を讃えて、敵から奪った二二本の旗を政府に奉納する儀式を挙行する際、それをペレゴーの自宅で催したという事実からも推察することができよう。一七九六年一〇月一日、マルモンは陸軍大臣ペティエの馬車に乗って到着、そのあとには二二名の駐留将校が戦利品を携えて続いた。ボナパルトがイタリア遠征軍の輝かしい偉勲について、「みなさんにお示しする二二本の旗は、この成功の明快な証言であります。［中略］（イタリア遠征軍の）この勝利は、総裁のみなさん、共和国に対する絶えざる愛の確かな証拠です。［中略］この軍を自由のもっとも揺るぎない支えのひとつとみなしていただきたい、そして軍を構成する兵士がいるかぎり、政府は怖れを知らぬ護り手をもっているのだと思っていただきたいのです」と述べ、筆頭総裁であったラールヴェリエール＝レポーがそれに答えるというかたちで式典は進んだ。[28]マルモンはこの時に出会ったペレゴーの娘をのちに妻とするのだが、ペレゴーの手に渡ったギマール邸は、このような政治的なショーでもその力を発揮していたのである。

（四）ペレゴーとフランス銀行

のちにティエールは『執政政府および帝政時代の歴史』のなかで、フランス銀行の設立に関して以下のように書く。

政府は首都の主要な銀行家を煽り、当時、国家への大きな貢献すべてにその名が結びつけられる金融家ペレゴーがそのトップに就き、国家の銀行の創設のために富裕な資本家の集団をつくった。この銀行はフランス銀行とよばれ、今日あるものと同じである。[29]

この記述にもあきらかなように、当時ペレゴーへの信頼は絶大であった。ブリュメール一八日のクーデタのあと、ボナパルトはかれを最初の護憲元老院（sénateur conservateur）の議員に任命している[30]が、このとき元老院議員に任命された銀行家はかれをおいて他にいない。総裁政府時代の末期、フランスの財政はほとんど破綻していて、執政政府の急務は金融・財政の立て直しであった。第一執政のボナパルトは、ゴーダン（Martin-Michel-Charles Gaudin 一七五六〜一八四一）、モリアン（Nicolas François, comte Mollien 一七五八〜一八五〇）、バルベ＝マルボワ（François Berbé-Marbois 一七四五〜一八三七）、ルブラン（Charles-François Lebrun 一七三九〜一八二四）、クレテ（Emmanuelle Crétet 一七四七〜一八〇九）、そしてペレゴーらで周囲を固め、フランス銀行の創設にあたったのである。

じつは、ナポレオン時代になってもフランスの財政事情は革命時代と基本的に変わらなかった。ナポレオンの経済政策は、第一に、さらに度重なる戦費を占領地からの巨額賠償金を徴収することによって賄い、国債の発行を避けたこと、第二に、革命政府によって廃止された間接税を再導入し、正貨を流通させ、不換紙幣を発行しなかったこと、そして第三に、フランス銀行を設立し、金銀複本位制に復帰してなんとか均衡財政をつくったことで、ロシア遠征まではこれを維持した。このようにナポレオンは新規国債の発行とは別の方法で経済危機を乗り切ろうとしたのである。ある程度のフランス国債の信用は回復したとはいえ、国債を低金利で大規模に発行できるほどの回復をみせたわけではない。(31) もともと、インフレと事実上のデフォルトによって国債の信用が大きく下落していたために、ナポレオンには国債を頼みに財政計画するという選択肢がなかった。戦費は基本的に賠償金に求め、賠償金のために戦争をするといった状況で、結果としてペイ・アズ・ユー・ゴーのようなかたちになっていたとみるべきだろう。

ところで、ナポレオン時代にはさまざまな財政再建の政策が打たれたが、ナポレオン自身が経済に明るかったわけではなく、実際には周囲に集った金融関係者たちが支えていた。革命はその政治的側面が強調されるのが一般的だが、現実にはその勃発もその推移も経済的情勢によって大きく左右された。たとえばボナパルトのクーデタについても、同時代の銀行家や金融関係者の資金的な援助がなければ成り立たなかったし、その後の政治もかれらの知恵と進言に多くを負っている。革命期から第一帝政期の時代は戦乱の連続であったが、これは経済との戦いでもあった。とくに大陸封鎖令によって、イギリスとフランス同盟国とのあいだの経済的分断を図り、フランスの経済支配を目論んだことはよく知られているが、これ以降の戦争は基本的にこの封鎖令に原因するものであった。多くの同盟国にとってみれば、最大の経済力を誇っていたイギリスとの通商を阻まれては経済的に窮地に陥るほかはない。大陸封鎖令への不満はことのほか大きかったから、スウェーデン、ポルトガル、そしてロシアと、封鎖令を拒否する国があらわれても不思議ではない。フランスはそのたびに兵を送り、泥沼の戦争状態を繰り返すことになる。いずれにせよ、ナポレオンは周囲に集めた銀行家たちの力を借りつつ、何とか急場をしのいでいたのである。

ペレゴーらの奔走によって共和暦八年雪月二八日、すなわち一八〇〇年一月一八日に設立へと漕ぎつけるフランス銀行は、有力銀行家らでつくるいわば私設銀行であり、[32] ペレゴー、マレ、ペリエ、ル・クトゥー＝カントルーが、当時元老会（Conseil des Anciens）の一員であったクレテの賛同を得て財務大臣ゴーダンに建白した案がもとになっている。同年二月一三日に第一回の株主総会を開き、定款および理事（Régent）の任命が承認され、ペレゴーはもちろん、マレャル・クトゥー＝カントルー、ペリエらとともにそこに名を連ねた。

ジャコバン派が優勢をたもっていた時代を含め、フランス革命から第一帝政にかけて、いかに銀行家たちが政治の中枢を動かしていたかは、繰り返して述べてきたとおりである。この時代は対外的にみれば戦争の連続であり、戦費捻出が最重要課題であった。したがって、革命の混乱のなかで政府の財政機関がいまだかたちを整えていないとき、銀行家や実業家たちの力がなければ国内の財政も国際的な資金供給もおぼつかなかったといってよい。そのなかでペレゴーほどあらゆる業界に広くかつ深い人間関係を築いていた金融家はいない。フランスのみならずイギリスの貴族階級、そして芸術家の有名どころとの付き合いも最後まで続く。

死の数年前から体調が思わしくなかったかれは、転地療養を兼ねて前世紀末に購入していたヴィリー＝シャティヨンの城館と故郷スイスのヌーシャテルを往き来していたが、一八〇八年二月一七日、ヴィリー＝シャティヨンで没した。二月二二日、葬儀が挙行されてパンテオンに葬られる。ちなみに一七九一年にフランスの偉人を葬る施設となったパンテオンには、ヴォルテールやジャン＝ジャック・ルソー以来、今日まで七四名（男性七〇、女性四）が迎え入れられているが、(33) ほとんどは政治家、軍人、科学者・著述家であり、銀行家はペレゴー以外には存在しない。ここからみても、革命期から第一帝政期にかけてペレゴーという人物がもっていた影響力の大きさを想像することができる。実際、かれの葬儀には多くの人々が繰り出した。葬儀の翌日の新聞はそのことを物語っている。

元老院議員ペレゴーの葬儀は本日、元老院議員の身分ならではの荘厳さをもって挙行された。私人としての人間関係も手伝って葬列が大きくなり、モン＝ブラン通りからパンテオンまで向かうのに市全体を横断することとなった。(34)

ペレゴーの人脈がこれほどまでに広く、またそれがある種の信頼のうえに築かれていたのは、たんに「金」による人間関係ではなかったことを示している。そしてその信頼を支えていたのは、この銀行家が抱いていた貴族的身分への憧れであったように思われる。当時、旧貴族がメンバーに名を連ねていた元老院に加わることはかれにとってこのうえない名誉であったろう。しかも一八〇〇年九月一日（共和暦八年実月一日）から元老院らしい風格と威厳にみちた服装が定められたから、(35) 銀行家はそれを身につけてますます貴族に近づく思いを強くしたにちがいない。かれにはこのような貴族的気風を欽慕する気質があった。最期を迎えることになったヴィリー＝シャティヨンの城館も、ルイ一五世のもとで警察長官を、さらにルイ一六世のもとで海軍相を務めた貴族アントワーヌ・ド・サルティーヌ（Antoine de Sartine 一七二九～一八〇一）から買い入れたものであり、かつて一七世紀にはシャルル・ペローの兄であるピエール・ペローが所有していたこともある由緒あるものであった。マルモンに嫁がせることになる娘オルタンスもカンパン夫人（Henriette Campan 一七五二～一八二二）のもとにあずけて教育を受けさせている。知られているように、マリー・アントワネットの首席侍女であった夫人はテルミドールの政変ののち、パリ郊外サン＝ジェルマン＝アン＝レーに良家女子を教育する寄宿学校を開設し、のちにナポレオンとジョゼフィーヌの間に生まれた娘、後年のオランダ王妃となるオルタンス・ド・ボーアルネ（Hortense de Beauharnais 一七八三～一八三七）をはじめ、ナポレオンの親族の娘たちを受けいれていた。ペレゴーの娘もここで多くの貴族や上層ブルジョワ階級の娘たちと交友関係をつくったのである。(36) 上流社会の空気のなかに身を置きたいという願望は、娘の教育にも反映されていたのであろう。おそらく同じ思いがかれのメセナのような振舞いも支えていたにちがいない。そしてこのような態度がかれの右腕となっていたラフィットとの確執を生む原因のひとつになったとも考えられる。とくに一八〇四年にレジオン・ドヌール受勲者となって以降、ますます名誉や周囲からの尊敬を気にかけるようになったようで、ラフィットからすれば、そのために事業拡大の好機を手放しているかにみえることも多かった。(37) 銀行家であることに対するある種の引け目を感じていたということかもしれない。

いずれにしても、貴族が所有していた城館の購入、娘の教育環境、元老院議員の地位、レジオン・ドヌール勲章など、いずれをとっても上流社会との結びつきに必要な要素であり、ペレゴーの芸術家たちへの後見人的振舞いもまた、かれ自身の貴族に対する階級的羨望が背景にあったと考えることができる。どの時代においてもそうだが、市民階級の上昇の時代であればこそ、高尚な趣味や文芸・芸術が「わかる」ということはそれまで以上に社会的卓越性《ディスタンクシオン》の指標となった。芸術の理解は精神的活動だが、庇護活動（メセナ）はそれを目にみえるかたちで表出する手段となる。ペレゴーの援助活動には、もちろん女性好きというかれ自身の性癖もあってのことだろうが（対象が女性である場合が多い）、それ以上に文化的差異化を志向するところがあったように思われる。

（1）綴字どおりに読めば「ペルゴー」となるが、Perrégaux と綴られることもあるので、ここでは「ペレゴー」とする。

（2）かれら一族もまたジュネーヴで銀行業を開始した。もとはフランスのルーアンの出で、プロテスタントであったがために一六世紀半ばにスイスに逃れた。この子孫たちがジュネーヴで地盤を築き、ジャック・マレ（Jacques Mallet 一六四四〜一七〇八）が金融業をはじめ、その子どもであるジェデオン・マレ（Gédéon Mallet 一六六六〜一七五〇）が正式に銀行を設立する。そこからパリに送られたのが親戚筋のイサック・マレ（Issac Mallet）で、一七一三年、パリにマレ銀行を創設することになる。

（3）ここで商業活動といっているのは、フランス語では《négoce》という言葉で表現されていたものである。この語は《commerce》という語が優勢になったために、ほとんど使われなくなったが、この時代、《négociant》と《banquier》は多くの場合兼業されていたため、その区別はかならずしも明確ではなかった。

（4）フランス中南部セヴェンヌ地方のユグノーであった父の代にヌーシャテルに逃れてきた一家。そこでインド更紗の事業を始めた父の仕事を受け継ぎつつ、ジャック＝ルイは銀行業にも手を染める。

（5）アンゲルロ一族がこの古城を買ったのはやはり金融業で財を成していたかのガブリエル＝ジュリアン・ウーヴラールからであった。ちょうどウーヴラール（一七七〇～一八四六）は資産を不動産に投資しようとしていた時期であり、金銭的に行き詰まっていたナントの奴隷商人フランソワ・シェネ（François Chénais）から競売にかけられていたものを買ったのであった（ウーヴラール自身も植民地貿易を大規模に展開している）。ウーヴラールはこれ以外にも、アゼ・ル・リドー（Azay-le-Rideau）、マルリー（Marly）、ルーヴシエンヌ（Louveciennes）といった城館を亡命貴族たちから手に入れている。なお、ナポレオンの手を介してアンゲルロ一家に渡ったのは一八一〇年のことである。

（6）ウーヴラールの名はその抜け目なさとともによく知られていて、バルザックも『ニュシンゲン銀行』に登場するジャーナリスト、ブロンデにつぎのように語らせている。「ニュシンゲン銀行の手形は、アジア、メキシコ、オーストラリア、さらには未開人のあいだでも流通するようになる。野心ゆえにキリスト教に改宗したどこかのユダヤ人であるこのアルザス人の正体を見抜いたのはウーヴラールだけだよ。かれはこう言ったもんさ、『ニュシンゲンが金を手放すときは、ダイヤをつかんだときだと思えー!』とね」。Honoré de Balzac, *La Maison Nucingen*, in *La Comédie humaine* VI, édition publiée sous la direction de Pierre-Georges Castex, Gallimard, coll. « Bibliothèque de la Pléiade », 1977, p. 338

（7）Louis Bergeron, *op. cit.*, pp. 152-158.

（8）富田俊基『国債の歴史　金利に凝縮された過去と未来』東洋経済新報社、二〇〇六年、一四三頁。

（9）ちなみに、この三分の一に整理された国債はフランス語では俗に「慰めの三分の一」（Tiers consolidé）とよばれるが、結局のところ払い戻されずじまいに終わった。しかし、その後の定型となる「年五パーセントの年金（rente）」をうむことになる。

（10）Saint-Simon, *Mémoires*, éd. par Yves Coirault, Gallimard, coll. « Bibliothèque de la Pléiade », t. II, 1983, p. 705.

（11）Elisabeth de Clermont-Tonnerre, *Histoire de Samuel Bernard et de ses enfants*, Édouard Champion, 1914, p. 77.

（12）Honoré de Balzac, *Louis Lambert*, in *La Comédie humaine* XI, éd. de Pierre-Georges Castex, Gallimard, coll. « Bibliothèque de la Pléiade », 1980, p. 650.

（13）Olivier Blanc, *Les espions de la Révolution et de l'Empire*, Perrin, 1995, pp. 146-148, 169, 211.

（14）実際、国内外でアッシニャ紙幣の偽造者を特定する役割を託されたし、公安委員会が組織されたときには「公安委員会付銀行家」（banquier du Comité de Salut public）という意味ありげな肩書を得た。*Cf.* Jean Lhomer, *Perregaux et sa fille la duchesse de Raguse*, Paris, Imprimerie Générale Lahure, 1905, p. 21.

（15）スペイン人のため、テレサ、テレジアなどと表記されることもある。テルミドールのクーデタを起こさせるきっかけのひとつをつくったのも彼女であった。恐怖政治の犠牲になっていく身近なものたちを救ったかどで自身囚われの身となっていたとき、タリアンに手紙を送り、かれを奮起させてクーデタを起こす決心をさせる。「テルミドールの聖母」とよばれるようになった所以である。
(16) フランス・バイヨンヌ地方の生まれで、のちにスペイン国籍となった。スペインではフランシスコ・デ・カバルス (Francisco de Cabarrús) と発音される。ゴヤがこの人物の肖像画を描いている。
(17) Alain Rey (sous la dir. de), *Dictionnaire culturel en langue française*, Le Robert, 2005, t. II, p. 1915.
(18) 彼女たちもまた、当時の流行の先端をゆく女性たちで、そのサロンには多くの文人や政治家が参集したことはよく知られている。
(19) 売買契約の日付は共和暦七年葡萄月二五日、すなわち一七九八年一〇月一六日となっている。
(20) 工藤庸子『評伝　スタール夫人と近代ヨーロッパ　フランス革命とナポレオン独裁を生きぬいた自由主義の母』東京大学出版会、二〇一六年、二七二頁。
(21) この事件を簡単にまとめれば、ボーマルシェはブリュッセルの商人ドラエーから得た小銃をフランス革命政府に売る契約を結ぶことになるが（一七九二年四月三日）、いつまでも政府はこれを履行しなかったために、かれは買い戻し可能という条件を付けてイギリス人仲買人に売った。しかし結局のところ、革命で武器が必要なフランス公安委員会の意を受けてこの武器の取得に再び乗り出すことになったボーマルシェは、そのための資金を銀行から借りる。その相手がペレゴーであった。*Cf.* Jean Lhomer, *op. cit.*, p. 21. なお、この事件については鈴木康司の『闘うフィガロ　ボーマルシェ一代記』（大修館書店、一九九七年）に詳述されている（二八四－三〇〇頁）が、ペレゴーの名は出てこない。「スイスの銀行家」とのみ言及されているのがペレゴーである（二九六頁）。
(22) Jean Lhomer, *op. cit.*, p. 47. 鈴木康司、前掲書、二九六－二九八頁参照。

（23）Jean Lhomer, *loc. cit.*

（24）*Cf.* Béatrice Didier, *La Littérature de la Révolution française*, PUF, coll. « Que sais-je ? », 1988.

（25）Edmond et Jules de Goncourt, *Histoire de la Société française pendant le Directoire*, G. Charpentier, 1892, pp. 143-144.

（26）Joseph Turquan, *La générale Junot. La Duchesse d'Abrantès (1784-1838)*, Jules Tallandier, 1914, pp. 61-62.

（27）よく知られているように、一八一四年、ロシア遠征の失敗のあとナポレオンを取り巻く情勢がさらに悪化してもはや絶望的な状況となった時、マルモンは寝返り、ナポレオンを無条件降伏へと追い込むことになる。

（28）A. Lievyns, Jean Maurice Verdot, Pierre Bégat, *Fastes de la Légion-d'honneur: biographie de tous les décorés*, t. II, Paris, Bureau de l'Administration, 1942, p. 378.

（29）Adolphe Thiers, *Histoire du consulat et de l'Empire*, t. I, Bruxelles, Prodhomme, 1845, p. 108.

（30）執政政府の枠組みを決定する共和暦八年の憲法によって創設され、法制審議院（Tribunat）、立法院（Corps legislatif）とあわせて三院をなす。

（31）このあたりの記述は、富田俊基『国債の歴史　金利に凝縮された過去と未来』一四二〜一四四頁参照。

（32）フランス銀行は発券銀行ではあったが、国立銀行となるのは戦後のことである。

（33）これまでに「パンテオン入り」（panthéonisation）が決定されたのは八一名にのぼるが、その後他所に移されたもの（ミラボーやマラー）、実際に遺灰移転がなされなかったものなどがあり、墓（または遺灰壷）が確認できるのは七四名。これ以外に、科学者のベルトレの妻、二〇一八年に新たに葬られた政治家シモーヌ・ヴェイユの夫のように、対象者と同葬された配偶者もいる。なお、パンテオンの歴史的意味については、Mona Ozouf, « Le Panthéon », in *Les lieux de mémoire*, t. I, « La République », Gallimard, 1984 を参照。

（34） *Courrier de l'Europe et des spectacles*, 23 février 1808.

（35） 一七九九年一二月二四日（共和暦八年雪月三日）の法令によって、護憲元老院は「会議の威厳に必要な」ものとして、議員、使者、守衛の正式な服装を定めるとし（第一一条）、一八〇〇年九月一日（共和暦八年実月一日）にそれを具体的に発表した。「盛装はコーンフラワーブルー（矢車菊の花のような濃い青）のラシャで金の刺繍入り、ボタンにも刺繍が施されたフランス式燕尾服で、同様の小さな刺繍の入った白の綾織りの上着または胴着、そして燕尾服と同じ意匠のキュロットでガーターと刺繍入りのボタンのついたものからなっている。そこに刺繍入りで金色のフリンジつきの白い絹のスカーフ、飾り紐と金色のボタンのついた帽子が加わる。簡易服は、おなじような青いラシャの襟つき礼服で、金色の縁取り、折り返しがあり、ボタンには刺繍が施されている。」*Gazette nationale ou Le Moniteur universel*, n° 345, « Extrait des registres du sénat conservateur », 15 fructidor an VIII. この衣装は、ナポレオンの戴冠を前にさらに豪華になり、白いサテンで裏打ちされたビロードのマント、レースのネクタイ、帽子には白い羽根、そして金色の鞘に収まる刀剣がつくことになった。*Cf.* C. L. Gillot, *Dictionnaire des constitutions de l'Empire français et du royaume d'Italie*, Imprimerie de J. Gratiot, 1806, p. 329.

（36） Jean Lhomer, *op. cit.*, p. 51.

（37） Virginie Monier, *Jacques Laffitte. Roi des banquiers et banquier des rois*, P. I. E. Peter Lang, 2013. p. 66.

第四章　個人主義の相克と自由主義経済

（一）経済的自由と個人の自由

銀行家や実業家の社会的地位の確立は、いうまでもなく資本主義経済の発展を背景としている。じつに大まかな言いかただが、一八世紀末から一九世紀初頭にかけては、フランスにイギリス古典派経済学が本格的に導入されていった時期である。一八〇三年にはジャン＝バティスト・セーが『経済学概論』（*Traité d'économie politique*）を出版してナポレオンの反発を買うことになるが、[1]ここでかれが展開したのは市場原理に関する理論であり、いわゆる経済的自由を擁護している。同年に刊行されたシスモンディ（Jean-Charles-Léonard Simonde de Sismondi 一七七三〜一八四二）の『商業の富について』（*De la richesse commerciale*）もアダム・スミスの経済学を継述し、やはり自由主義に近いところで議論を展開している（かれが経済の自由を批判する立場に転ずるのは、もう少しのちのことである)。シャルル・コント(Charles Comte 一七八二〜一八三七)やシャルル・デュノワイエ(Barthélemy-Charles-Pierre-Joseph Dunoyer de Segonzac 一七八六〜一八六二)もベンサム流の思想をフランスに導入し、功利主義的な考え方のもとで経済活動の自由をつよく主張するようになる。

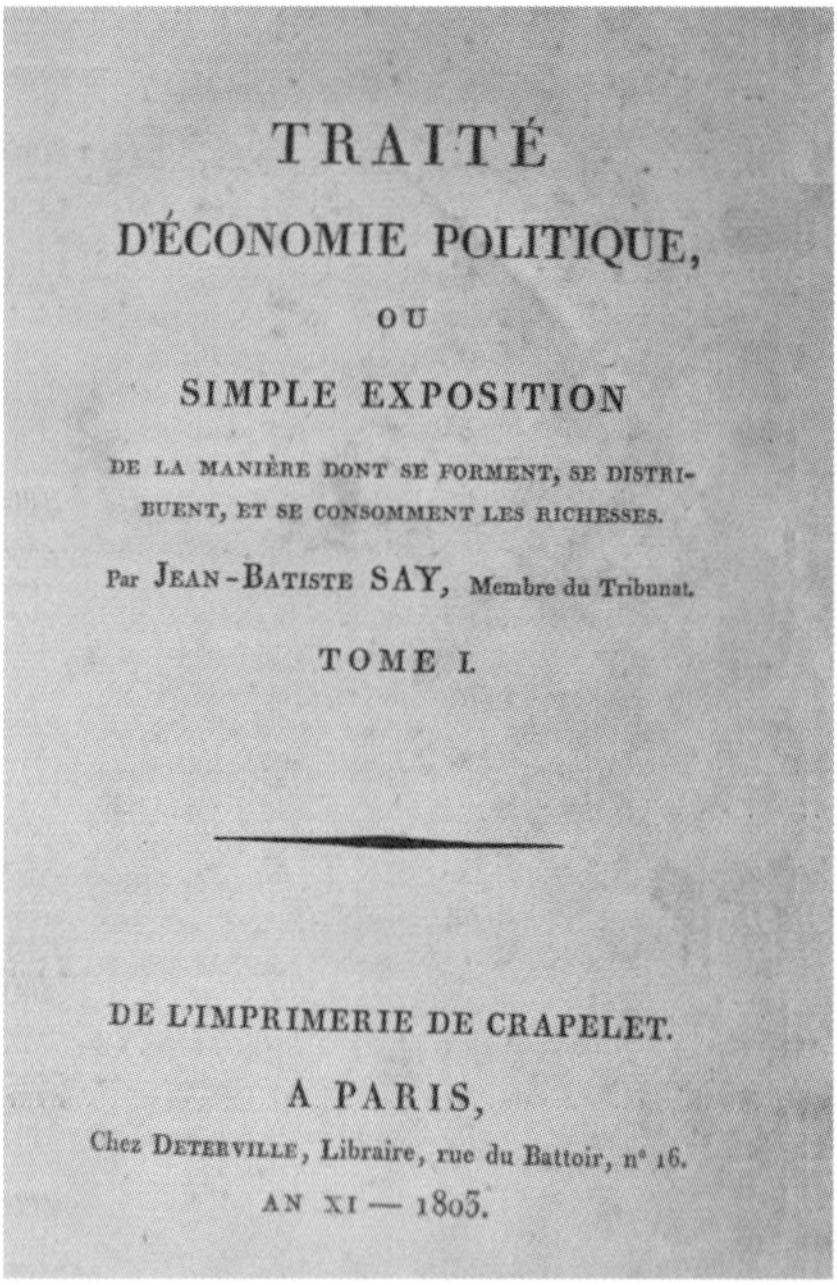
TRAITÉ
D'ÉCONOMIE POLITIQUE,
OU
SIMPLE EXPOSITION
DE LA MANIÈRE DONT SE FORMENT, SE DISTRIBUENT, ET SE CONSOMMENT LES RICHESSES.
Par JEAN-BATISTE SAY, Membre du Tribunat.
TOME I.
DE L'IMPRIMERIE DE CRAPELET.
A PARIS,
Chez DETERVILLE, Libraire, rue du Battoir, nº 16.
AN XI — 1803.

ジャン=バティスト・セー『経済学概論』

リュシアン・ジョームが指摘したように、フランスの自由主義は国家に対抗するような自由主義とはほど遠く、むしろ国家による自由主義という色彩が濃くなっていくわけだが、(2) 当初、フランスでの自由主義の議論は政治的自由と切り離され、経済的自由の延長で展開された。その影響もあってか、個人の自由の問題は、個人の経済的自立や個人的利益の追求の是非とともに論じられることが多かった。古典派経済学における自由の見地からすれば、個人は国家権力からできるだけ遠いところに身を置き、その影響を受けることなく経済活動をおこなえることが望ましい。しかし、個人的自由と利益を最大限に主張すれば、共同体は統率がとれなくなり、安定を欠く危険性もある。個人の自由の問題は、経済的自由から発して個人対国家の相克として、さらには個人主義の問題として議論されるようになるのである。

王政復古期から七月王政にかけての「自由」や「個人」についての議論はかなり錯綜していて、その実相はなかなか捉えづらい。これらの概念をみずからの思想的立場と結びつける議論のありかた、それが生じてくるのがまさにこの時代であり、その結果として、思想的構えとしての、あるいは政治的立場としての「個人主義」や「自由主義」といった言葉がつぎつぎに誕生してくるのもこの時期であって、それだけに錯綜の度合いも激しいのである。

たとえば「自由主義」という語が最初に登場したのは、『フランス語宝鑑』(*Trésor de la langue française*) によればまさに王政復古に入って三年後の一八一八年のことで、メーヌ・ド・ビラン (Maine de Biran 一七六六〜一八二四) のテキストにおいてとされている。(3) 工藤庸子氏がバルザックの『老嬢』(*La Vieille Fille*) の一節を引きながら解説しているように、「自由主義的な意見」(opinions *libérales*) はスタール夫人 (Anne-Louise Germaine Necker, baronne de Staël-Holstein 一七六六〜一八一七) とバンジャマン・コンスタン (Benjamin Constant de Rebecque 一七六七〜一八三〇) よって広められた、というのが当時の一般的な受けとめかたであった。(4) もちろんスタール夫人は一八一七年に没しているから、実際に «libéralisme» という語を使ったわけではないが、ナポレオン体制の崩壊後まもないこの時期、かれらと同世代(5)の進歩派にとって「自由主義」はひとつの

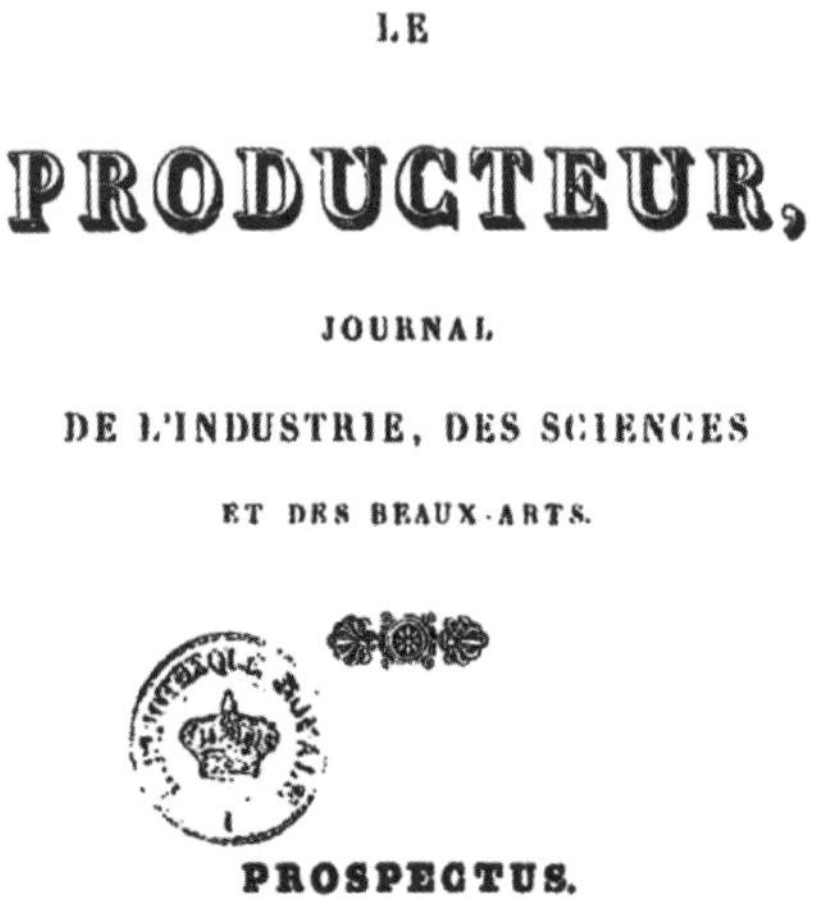
LE
PRODUCTEUR,
JOURNAL
DE L'INDUSTRIE, DES SCIENCES
ET DES BEAUX-ARTS.
PROSPECTUS.

『生産者』（内容見本）

思想としてその名を付与され、この言葉によって政治的立場を表明しうるような状況にいたっていたことがわかる。

同様に、「個人主義」という語についてもやはり同時代の具体的な歴史的文脈のなかからあらわれてきたと考えられる。というのもこの語は、一八二〇年代半ば、自由主義経済論とサン＝シモン派の産業主義的主張とのあいだに誕生した、といってよいからである。のちに立ち入って論じるように、«individualisme» という語は一般に、サン＝シモン派の機関紙となる『生産者』（*Le Producteur*）に掲載されたピエール＝イジドール・ルーアン（Pierre-Isidore Rouen）によるシャル・デュノワイエに対する批判のなかで最初に使用されたとされている。アダム・スミスの著作が大陸に紹介され、フランスでもジャン＝バティスト・セーらを介して自由主義的経済論が伸長し、その考えは銀行家を中心とするいわゆる「産業家たち」（industriels）の思想的基盤となっていた。こうして、さきに触れた自由主義も、政治的文脈のみならず、むしろそれ以上に経済的文脈の中で議論されるようになっていくのだが、そこでは当然のことながら個人の経済的自由と組織（その最大のものが国家である）による統制との関係が主題化されうるであろう。ルーアンのデュノワイエ批判もまさにそのような文脈のなかで生じたものであり、一八二五年前後、スタンダールのような作家も『生産者』とその周辺の議論に触発されるかたちでそこに介入し、自由と個人と経済活動の問題に明確な意思表示をしたのであった。

ちなみに「産業主義」（industrialisme）という語彙の初出は一八二四年、「社会主義」（socialisme）は一八三〇年代初期で、「自由主義」「個人主義」とあわせて、ほぼ一八二〇年代をはさむ十数年のあいだにあらわれていることにも注意しておきたい(6)。

（二）「個人主義」（individualisme）という語

フランス語辞書でも«individualisme»という語の文献上の初出については、すでに触れたP-I・ルーアンの記事を挙げるのが普通である。ただし、『フランス語宝鑑』は、セレスタン・ブーグレとエリー・アレヴィが序文を付して刊行した『サン=シモンの学説・解義　第一年度』（*Doctrine de Saint-Simon, Exposition, Première année*）の新版にある註を根拠に、この語の初出を一八二五年の

『生産者』としているが[7]、当のルーアンの記事は翌年一八二六年一月に発行された第一七号に掲載されたものであり、この点は訂正されなければならない。いずれにせよ、«individualisme»という語も、とくに一九世紀前半、政治、経済、哲学上のさまざまな抽象語をつくるのに目立つようになった接尾辞«-isme»を用いて造語されたもののひとつであり、とりわけ興味深いのは、他の多くの語彙とちがって、この語に関してはおそらくフランス語が最初であろうという点だ。語の起源と受容を丹念に追ったマリー＝フランス・ピゲによれば、英語の«individualism»の初出は一八二七年であり、ドイツ語においても«Individualismus»が確認できるようなるのは一八三一年のことだという[8]。

以上のように、«individualisme»という語が最初に用いられたのはフランス語においてであろうことはおそらくまちがいないが、前出のM‐F・ピゲの調査が示唆しているように、時期についてはさらなる検討を要する。たとえば、口頭ではジョゼフ・ド・メーストル（Joseph de Maistre 一七五三〜一八二一）が一八二〇年にすでに使っていたとおぼしき記述があり、また、一八二〇年代のはじめ、散り散りになった秘密結社カルボナーリ党員の一部が新たな組織を結成し、「個人主義者協会」（société d'Individualistes）という名前を使っていたことが確認できる[9]。もっとも、メーストルの場合は、半世紀以上もあとの証言であり、その実証性に不確かさは拭えない。

いずれにしても、一八二〇年前後の«individualisme»という語の出現は、きわめて政治的な文脈のなかで生じたものである点は確認できよう。まずメーストルの使用は、実際にこの語を用いたかどうかの事実的確認は措くとしても、少なくともそれが用いられたと報告されているCh・ド・ラヴォー（de Lavau）との会話においては、この語が比喩的にプロテスタンティズムと結びつけられ、批判の対象になっている。メーストルが力説していたのは、フランス革命が社会全体の合意形成の条件を破壊したこと、つまり革命の成功は「あの精神の深く恐ろしい分断、あらゆる学説の無制限なまでの分割、このうえなく絶対的な個人主義（individualisme）にまで突き進んだ政治的プロテスタンティズム」のなかにあるということであった。(10) メーストルの革命批判は、各自がみずからの主《あるじ》となり、国民的世論の統一的合意というものを消失せしめてしまったことに向けられている。革命によって浸透したこのような個人主義的な心性は、真の民主主義的価値観のもとに醸成される新たな世論をつくりだすどころか、無数の対立しあう主張のなかに世論を溶解せしめることにしかならない、というのである。(11) かれにあっては、個人主義が社会を分断し、社会的共同体という意識を崩壊させるものとして批判の対象になるのだ。

一方、カルボナーリ党の場合は、フランス軍のスペイン介入後に解散したあと、(12) 何人かの元党員が集まり、もはや直接的な革命を目的とするのではなく、(13) むしろ哲学的な集団の形成を目指した。さきに述べたとおり、一八二三年、この集団があらたに「個人主義者協会」（société d'Individualistes）と名乗るようになったわけだが、この名称は、人間を個々に捉え、その能力や欲求をもとに市民権や参政権を考えるという点が強調された結果である。ここには、社会の法や政府の恣意的な活動に根本から対抗しようという意味があった。[14] 要するに、個人の自由を何よりも優先する意思がこの名称に込められていたのである。ここでの《individualiste》はこの協会の会員を指す一種の固有名詞であったが、この時期にこの語が使用されたのはまさしく「個人主義」が思想として切り出されてきたという歴史的背景を匂わせる。

また、カトリックの立場からの使用も確認できるが（一八二五年）、ここでは《individualisme》を利己主義（égoïsme）の一段進んだものとし、「愛情ばかりか、思想、慣習、信仰までももっぱら自分という人間ひとりに結びつける」[15] としてこれを批判している。

以上のように、一八二〇年ごろから使用されはじめた《individualisme》という語は、ごく閉鎖的なカルボナーリの例を除いて、基本的に批判の対象となる政治的・思想的態度であることがわかる。その際、これを使用するのは伝統的な体制を維持しようとする保守派であり、メーストルであれば正統王朝を正統とみなす社会の全体的同意といったものが不可能となったことの結果としてあらわれたのが「個人主義」であり、カトリック教会も利己主義の延長としてこれに批判の矛先を向けたのであった。

とはいえ、このような時代的文脈の中でもっとも興味深いのは、これが個人の「自由」との関係でどのように位置づけられたかという問題である。前述のとおり、一般にこの語の確たる初出として挙げられているのは『生産者』の記事のなかでの使用であり、それはサン゠シモン主義の立場から同時代のシャルル・デュノワイエの主張を批判することを目的とした、否定的な文脈においてであった。王政復古期の一八二〇年代において「個人主義」は、王政を支える国民的な合意やカトリシズムによる精神的紐帯を模索する保守派側からは、それを阻害する深刻な要因として受けとめられていたのである。

(三)「自由」と「個人」の議論

P‐I・ルーアンが「個人主義」という言葉を使用したのは、前述のとおり、シャルル・デュノワイエの著作、『自由との関係において考察した産業と道徳』(*L'industrie et la morale considérées dans leurs rapports avec la liberté* 以下、『産業と道徳』と略記)[16]の書評においてであった。デュノワイエは一八一四年六月、シャルル・コントとともに『検閲官』(*Le Censeur*)を創刊、[17]第一次王政復古の過激王党派に対して自由主義的な立場からこれを批判したが、翌年、ナポレオンが復帰していわゆる百日天下が終わると、一五年九月に発禁処分となった。しかし、一七年には『ヨーロッパの検閲官』(*Le Censeur européen*)と名前を変えて復刊し、徹底した自由主義の立場から論陣を張った。かれの最初の主要な著作ともいうべき『産業と道徳』は、一八二五年にA・ソトレによって出版されたものだが、ここでデュノワイエは、セーの主張を敷衍するかたちで復古王政に対抗し、「産業」という名のもとに「自由」を擁護する。日本語で書かれたデュノワイエに関する数少ない論考のなかで岩本吉弘氏が述べているように、(18) じつは第二次王政復古以来、「自由」は「産業」という言葉とともに議論されることが多かったのである。個人の能力を最大限に発揮することができる環境のなかにこそ幸福があり、その自由な環境を担保するのが経済的な発展であるとする考えは、当時、自由主義的な立場に立つ知識人のあいだで広く共有されていた。経済的発展が個人の物質的生活の自立を促すからである。なかでも「過激自由主義者《ウルトラリベラル》」ともいわれるデュノワイエは、楽観的なまでに経済的発展とそれを支える産業を称揚した。その思想に直接影響を受けたとみられるフレデリック・バスティア(Frédéric Bastiat 一八〇一〜五〇)は、このフランス自由主義の産業主義的主張について以下のように述べている。

[……] デュノワイエは、産業という語に従来以上の広い意味を与えた。というのも、われわれがもつ諸々の能力をより完全なものにすることをめざすあらゆる労働を、かれはこの語のもとで理解しているからである。したがって、有用で正当な労働はすべて産業であり、政府の首長から職人にいたるまで、それに身を委ねる人間はすべて産業者(industrieux)である。(19)

一見すると、サン=シモンの文章であってもおかしくないような印象をあたえるが、ここでバスティアがデュノワイエにみているのは、徹底して自由主義の立場にたつ産業主義であって、産業という名のもとに社会を集産主義的に組織化しようとする考えではもちろんない。あくまでも個人の能力の十全な発揮を促す体制、すなわち自由な産業活動のなかに労働の理想を見出し、その視座から社会の発展を方向づけようとする思想である。実際、『産業と道徳』は、冒頭から「われわれは産業的になり道徳的になることによってはじめて自由になる」[20]と宣言している。デュノワイエは、「産業的」という言葉を政治的に使用するとし、一握りの人間が職業的に巧みな技術を得て社会を支配するか、または、支配者階級が労働する人びとのなかに溶解するか、あるいは逆に労働者階級が決定的な影響力を獲得して、支配者階級よりも優位に立つか、いずれかの状態になってはじめて「産業」社会と呼ぶことができるという。[21]そうなれば、支配するのはもはや権力への情熱ではなくて労働への情熱であり、人びとは既存の富を奪い合うのではなく、新たな富を創造するために各自がみずからの力を注入するようになる。そして必然的に労働のみが富を得る手段となり、その結果、政府は産業事業会社(entreprise d'industrie)のごとき存在となるが、一般の会社と異なって、それは限られた特定の個人あるいは団体のためにあるのではなく、共同体全体の利益のためにある[22]――ここに、個人の自由を侵さず、その自由を守るのに最小限度の国家を想定するミナキズム（最小国家主義）的な匂いを嗅ぎとることは容易であろう。バスティアがデュノワイエを評価したのも頷ける。デュノワイエはいう、今までの人間の歴史においては、「権力の行使」とは「富裕になるための非常に強力な手段」であり、

シャルル・デュノワイエ

それがゆえに権力は「人類の大きな野心の的」となってきた。だが「産業」にもとづく社会では、誰もが生産=労働によってのみ富を得るのであり、政治権力のそうした特殊な意味合いは消滅するだろう。「可能な限り多くの個人が労働し、可能な限り少数の個人が統治する」、それが「産業」による進歩の方向である。「人間の目的は統治ではまったくない。[……] 人間の目的、それは産業であり、労働である」。「統治（政府）」とは「生産の従属物」にすぎなくなる。そして「完成の極とは、全員が労働し、誰も統治しないこと」なのである。(23)

　こうして政治権力からできるだけ遠ざけられた個人の自由にもとづく産業体制を構想するなかで、「自由」と「産業」の議論は分かちがたく結びつけられることになる。大まかな見取り図でいえば、個人の自由を最大限発揮しうる環境を保証しようというのがこれまでみてきたデュノワイエらの過激リベラリズムの潮流であり、これに対し、過度な自由は無政府状態につながるとして、むしろこれを統制する組織を重視しようとする産業主義の流派がサン=シモン派であり、のちの社会主義につながる潮流をつくっていった。

　こうした流れにおいて、ジャン=バティスト・セーの影響力は絶大であった。一八一四年にセーの『経済学概論』の第二版が出版されるや、(24)この書は新しい経済学の教科書とみなされ、多くの読者を得る。ナポレオン体制の崩壊とともに成立した復古王政が旧体制下の抑圧的政策を志向するなか、「産業」による経済的発展を謳うことで、政治的な和解と結束と繁栄を模索する道を拓こうとしたといってもよい。セーは、生産の構成因子を産業、資本、自然因子にわけ、生産性をあげるためには自然因子の活用がいかに重要であるかを主張する。すなわち、自然因子には、農地のように個人の自由な所有になるものと、風や川のように個人にではなく万人の利用に供されるものとがあるが、いずれも本来は富の増加に資するものであって、もし土地の所有者がその果実を独占して摘むことが保証されていなければ、また、安心してそこに大きな価値を付与し、とりわけ生産物を増やすことができなければ、到底土地という自然因子は十分に生産性をあげることはないだろうという。そのうえで、セーはつぎのように主張する。

[……] 産業（industrie）にすべての自然因子を占有できるよう無限の自由を与えれば、それによって産業はかぎりなく進歩を拡大させることができる。産業の生産力を限界づけているのは自然なのではない。それは、生産者の無知か怠惰、そして国家の悪しき管理なのである。(25)

ここで用いられている「自由」は《liberté》ではなく《latitude》という語だが、「国家の悪しき管理」

（la mauvaise administration des États）といった言葉からみてもあきらかなように、国家の管理からの自律というきわめて政治的な意味が込められている。

第二次王政復古初期、王党派、立憲派、共和派、ボナパルティストなど、政治的にさまざまな勢力が入り乱れ、国政はじつに不安定なものであった。革命と帝政の動乱を通じて過去と断絶したことによって、ウルトラと呼ばれる極右王党派からジャコバン的共和派まで、あるいは王政復古とともに復活したカトリック勢力から無神論を唱える無政府主義者にいたるまで、思想の方向性は混迷の度を増し、結果的にさまざまな局面で価値が多様化した時代である。そのようななかで台頭してくるのがサン=シモンの思想であった。かれは、いまなお革命は成就しておらず、産業体制（système industriel）の確立によってはじめて革命は終結すると考える。[26] すでに初期の著作『ジュネーヴ人の手紙』（*Lettres d'un habitant de Genève à ses contemporains* 一八〇三）のなかですべての人間は労働しなければならないことを説き、その産業的平等を保証したうえで、産業者による管理体制によって国家が運営されることを夢見ていた。フランス革命によって政治的になされた革命は、経済的実質を付与されることによってはじめて成就されると考えていたかれは、「産業」こそが社会を再組織化する原動力であるとしてこれを理論的に位置づけようとしたのである。のちに「政治学は生産にかんする科学である」と宣言し、「政治学は、経済学にそっくり解消してしまう」と予言するにいたるだろう。[27] 経済の状況が政治的諸制度の土台であるというこの認識は、この時代に経済が現実的な意味で実権を握ってしまうことと並行的である。と同時にこの趨勢は、さきにも論じたように、そうした現実主義に支えられているがゆえに、まったく逆の精神的傾向を生む。ロマン主義とは、このような不安定な現実主義の平衡錘としても成長することになるし、のちに空想的社会主義と呼ばれることになる思想が、現実の改革にとどまらずにユートピアにまで駆け上がってしまうのも、同じ心的機制によるといえよう。

(四) ルーアンのデュノワイエ批判

さて、さきに見たデュノワイエの説く過激なリベラリズムは、経済的発展を基礎として、失われた精神的一体性を取り戻す夢を描いていたサン＝シモン主義者からすれば、むしろ社会を解体してしまう危険な思想にみえたであろう。ルーアンはいう、「自由について著者のいうところを文字どおり受け取り、その思想をとことん突き詰めてみるならば、われわれはかれと対立することになる。かれはあきらかに過大なものを自由に付与している、というのも、かれはそれを社会の目的としているからだ。そして暗黙のうちに社会に過小なものを付

サン＝シモン

与している。というのも社会を道徳や産業に従属させているからである。［……］自由が変質して無政府主義の恒久的原因になるのは、自由をその本来の役割からそらし、何かを打ち立てるための道具にしようとするときにほかならない」[28]。さらに「自由の観念がなすべきことをほとんどもたず、ばらばらにするよりも連帯させることがずっと急務であり、実証的理論が批判的理論のあとを継がなければならない」時代があるのだという。「われわれはそのような時代に入っているのであり、一八世紀の学理は日々その重要性を失っている。批判哲学の一連の有用な仕事の連続を完成させたかにみえる『検閲官』の流派が、それらの学理をいわば薄めて以降、とくにそうなのである」[29]。

ここでルーアンは、デュノワイエらの自由主義を過去のものとみなし、サン゠シモンの衣鉢を継ぐ論客として、社会を統合する精神的紐帯の構築を求める立場からこれを断罪しているのだ。サン゠シモンはこの約五年前に出版された著作『産業体制論』(*Du Système industriel* 一八二一)において、「いかなる場合においても個人的自由(libertés individuelles)は社会契約の目的にはなりえない。真の観点から自由というものを考えると、それ自体漸進的な文明化の結果ではあってもその目的ではありえないだろう。ひとは自由になるために連合するのではない」と述べ、「真の自由とは、連合に有益な物質的あるいは精神的能力を支障なくまた能うかぎり広く発展させること」にあると結論づけていた[30]。個人的自由はデュノワイエらのラディカルな自由主義にとってはもっとも重要な大義であったのに対し、サン゠シモンにとって自由の自律性は、分業が創出する役割にもとづいた社会的連帯を阻む要因となるのである。

以上のように、サン＝シモンの自由に対する考えをルーアンはそのまま踏襲しながらデュノワイエを批判したとみてよいのだが、重要なのは、まさにこの時期、すなわち『生産者』が創刊された一八二五年から翌年の二六年の早い時期にかけて、産業主義陣営のなかに自由の捉え方をめぐって思想的分断が生じているということである。じつは、デュノワイエの著作の書評を二六年一月の『ルヴュ・アンシクロペディック』（*Revue encyclopédique*）に寄せたバンジャマン・コンスタンは、その末尾に「追補《ポストスクリプトゥム》」をつけてこのルーアンの論述に触れ[31]、この党派がデュノワイエの思想を「個人主義」と呼んでいることを記したうえで、以下のように述べている。

> 人類の完成にとってわれわれが唯一正当かつ好ましいと思っているこの（デュノワイエの）体系は、産業的教皇主義（papisme industriel）を打ち立てようとしている新たな党派にとっては嫌悪すべきものである。どんな意見の分裂にも、どんな努力の対立にも、この一派は無秩序（anarchie）を見る。あらゆる人間が同じようにものを考えないことを、いやもっと適切な言い方をすれば、多くの人間が失礼にも自分の上司が望むのとは別様にものを考えることを恐れているのだ。このような恥ずべきことを終わらせようと、この党派はある霊力を援用する［……］[32]。

コンスタンはルーアンによってはじめて使用されたとされる「個人主義」という言葉をここでいち早くとらえ、個人の自由の存立を脅かしかねない集団を警戒しつつ、デュノワイエの自由主義を擁護しようとしている。コンスタンの自由主義はいわば個人主義であり、それは、経済の分野においては交換が発達していく時代にあってみずからの力を意識し、政治の分野においては立憲的実践を意識し、しかし同時に、自由が無秩序とみなされうる社会にあって、その不安定さをも意識するものであった。(33)

バンジャマン・コンスタン

いずれにしても、一八二六年の初め、個人の自由と産業主義をめぐる議論は、自由主義イデオロギーのあいだにいくつかの思想的亀裂が走っていたことは事実であろう。

(五) スタンダールとデュノワイエ

スタンダールもまたデュノワイエのこの著作を読み、この過激な自由主義的主張に賛同していたようにみえる。デュノワイエは、サン゠シモン主義と敵対したこの小説家と自由主義の関係を知るうえでも重要なので、ここで少々立ち入って検討しておきたい。
サン＝シモン主義と論を戦わせることになる政治的パンフレット『産業者に対する新たな陰謀について』（*D'un nouvau complot contre les industriels* 一八二五）を刊行する少し前、当時寄稿していた『ロンドン・マガジン』（*London Magazine*）において、デュノワイエの著作を *La Morale et l'Industrie considérées dans leurs rapports avec la liberté* と誤って表記しつつ（「道徳」と「産業」の順序が逆）[34]、デュノワイエがシャルル・コントとともに『ヨーロッパの検閲官』（*Le Censeur européen*）を出していたこと、エルバ島から帰還したナポレオンにもっとも恐れられたメディアがこのふたつの定期刊行物であったこと、そのため執筆者の多くを買収して地方の管理職につけたが、ふたりには拒否されたこと、それゆえフーシェはかれらを危険視したこと、などを紹介している。[35] スタンダールはこの論客のなかに、時の権力に対して距離をとり、どこからも「買収」されることなく自立して自由を擁護する闘士の姿をみたのであった。

デュノワイエ氏の本は、称賛されるにはあまりに真実すぎる。氏はわが国の著名な銀行家ラフィットの愛国主義の化けの皮をはがしさえした。氏の本は、ここ三〇年間におけるわれわれの社会の状態を忠実に描いた絵巻である。この点で、この著作はミニェの『革命史』のとてもよい補遺となっている。[36]

スタンダールが何よりも自由を愛する人間、自由主義者である点においては、ほとんどの産業者と同じである。王政であれ、帝政であれ、それが人びとの自由を挫くものであるかぎりにおいて、それに反撃する。産業者たちもまた、この自由が第一に重要なものとして考えたし、実際、かれらはみな自身を自由主義者だと思っていた。

ところが、おそらく一八二五年を境にしてスタンダールの目に、個人の自由との関係に照らして産業主義のなかにいくつかの分派が見えてきたのであろう。本来、自由主義を奉じる産業者たちは理論上、最大限の経済活動を行うために国家の権力から自由になろうとする。産業者が自由主義的であるというのはそういう意味である。しかし、理論と現実はちがうのであって、事はそう単純ではない。一八二〇年代の産業界および経済界を実質的に支配していたのは銀行家であり、かれらが産業者の中枢にいたことは繰り返すまでもないだろう。では、かれらはみずからの経済活動を積極的に推進する自由のために国家を遠ざけたかといえば、けっしてそうではない。理念的には「自由」を標榜しながら（したがってリベラルである）、実際には復古王朝の国家（すなわちヴィレール内閣）とつよく結びつきはじめていたのである。

なかでももっともスタンダールの気に障ったのは、ハイチ借款と亡命貴族への賠償金問題の背後で銀行家が暗躍していたことであった。その中枢にいたのがラフィットである。まずハイチ借款についていえば、フランスが承認したハイチ共和国の独立は、それと引き換えに元植民者に一億五〇〇〇万フランの賠償金を支払うことが条件であり、その資金はフランス銀行が貸すことになっていた。この問題がその後長く借金と利子でハイチを苦しめることは周知のとおりだが、ここに銀行家（ラフィット）と国家（ヴィレール）の共謀があったことは誰の目にもあきらかであった。もともと反王党派勢力として集っていた自由主義陣営の理念からすれば、こうした銀行家と政府との癒着は大きな逸脱である。スタンダールが憤慨するのも無理はない。

亡命貴族への賠償金問題、すなわち一〇億フラン法についても同様で、一八二五年四月、即位したばかりのシャルル一〇世が成立させたこの賠償金の元手を捻出する方法として出されたのが、年金利率五％から三％への改定であった。(37) いうまでもなくこれはヴィレールと銀行家のあいだの交渉の結果である。スタンダールはいう、「ド・ヴィレール氏は国民のどの階級を頼みにしようとしているか。工場主、商人、銀行家の階級であり、ドレセール、テルノーといった人たちである。ド・ヴィレール氏の好意のおかげで将来の公債において何百万も儲けさせてもらうことになるこの銀行家たちは、まもなく致命的な三％［……］をあげさせようとするようだ」。(38) 要するにラフィットら銀行家は自由主義の陣営を裏切ったということになる。産業の独立を謳ってきたはずの反王党派の自由主義産業家たちも、政府との関係を密にしてきたのだ。さきに引用したスタンダールがデュノワイエを称賛する言葉のなかに「氏はわが国の著名な銀行家ラフィットの愛国主義の化けの皮をはがしさえした」とあったように、このような自由主義的銀行家と政府との親密な関係を暴いたからこそ、デュノワイエに対するスタンダールの評価はあがったのである。

他方、サン=シモン派については、すでにみたように、もともとは自由主義の陣営から出発しているとはいえ、産業による社会の再組織化という前提から個人の自由を抑制的に考える姿勢が一段と前面に押し出され、しだいに国家主義的な色彩を帯びてくる。

いずれにしても、個人の自由と独立を第一義的な価値とみなす自由主義者スタンダールは、サン=シモン主義が描く産業主義的社会体制も容認することができなかったし、自由主義の理念を吹聴しつつも[39]、私欲のために政府との結びつきを深める銀行家や産業家・実業家については、ほとんど「裏切り」のように見えたにちがいない[40]。「自由主義」と「個人主義」は本来、「個人」の「自由」を保証するという前提のもとに親和性をもち、それがゆえに両者ともほとんど時を置くことなく思想的枠組みをなす言葉として登場したのであった。そして、それを戦闘的に擁護したのがシャルル・デュノワイエやシャルル・コントであり、少なくとも一八二五年段階ではスタンダールもその系列に位置していたとみなしてよいだろう。

とはいえ、「個人主義」という言葉が当初、社会の有機的組織化を強調するサン=シモン主義の側から批判的な意味を込めて用いられたものであることを考えれば、この時点ですでに、「自由」と「個人」のあいだに亀裂が入っていたと考えるべきだろう。産業者たちのあいだで、「自由」はなお輝きを失わない価値として求められ続けたが、その自由を享受すべき「個人」は、国家や社会という価値

の後塵を拝する地位に置かれつづけるのである。(41)

もとよりスタンダールにおける自由の価値は、もっぱら個人の自由という形式において測られるものである。社会の総体よりも、屹立する個人を描こうとしたスタンダールにとって、このような状況はおそらく容認しがたいものであった。どこからも援護してもらえず、政治的パンフレットとしてはほとんど失敗作というべき『産業者に対する新たな陰謀について』が書かれなければならなかったのも、このような承服できない自由主義の実情が目の前にあったからであろう。

一般にロマン主義は「個の解放」といわれ、その「解放」と「自由」がほとんど同義語として考えられる。しかし、同時代の産業主義が語りはじめた自由主義は、むしろ個を消去するイデオロギーの趨勢を生みだしていくのである。

(六)　エゴティスムと個人主義

以上のような状況のなか、スタンダールにとって「個人」の問題はきわめて切実なものとしてあらためて浮上してきたにちがいない。未完の回想録『エゴティスムの回想』(*Souvenirs d'Égotisme* 執筆時期一八三二年)を書く段になって、一八二五年当時あれほどもちあげていたデュノワイエの評価は急落している。「[デュノワイエは] 自由主義の勇者であったのに、今日、ムーランの折り目正しい知事になっている。このうえなく好意的で、たぶんもっとも英雄的なのだろうが、自由主義の著述家のなかでもっとも馬鹿である」(42)。

この評価の激しい変化がどこから生じたかといえば、ここに書かれているとおり、七月王政の時代になってデュノワイエが官職を得たことによる。王政復古期に政府から「買収」される実業家をあれほど軽蔑し、激しく糾弾することでスタンダールの称賛を勝ち得ていた過激自由主義者が、時代が変わると政府の末端の地位に進んで身を差し出したのだ。『エゴティスムの回想』のなかでのデュノワイエは一貫して「愚鈍」(lourdeur)、「鈍重」(lenteur)、「退屈」(ennui)といった言葉をあてがわれ、「尊敬に値する」「過激自由主義者《ウルトラ・リベラル》」は過去形とともにしかあらわれない(43)。

サン=シモン主義と戦い、産業主義を戴く銀行家たちへの攻撃をしかけていたときのスタンダールには、おそらく自由な個人を体現する人物としてデュノワイエの姿があった。個人主義がデュノワイエにおいて具体化されていたといってもよい。ところが、七月革命をはさんでその姿は大きく変わった。スタンダールの「エゴティスム」は、周囲の個人主義的理想がこのように崩れていくにしたがって、逆説的に光を放ちはじめたのではないだろうか。

「個」が抑圧されるような自由主義イデオロギーの蔓延するなか、それらを指示対象として使われていた«individualisme»とは別の言葉でみずからの「個人主義」を主張しなければならないとすれば、その言葉は何であるべきだろうか。この作家にとってそれは「エゴティスム」という言葉以外にありえなかった。シャトーブリアン風に臆面もなくみずからを語るしぐさを「エゴティスム」として難じつつ、逆説的に自身の個人主義を主張する「武器」としてそれを用いる戦略、すなわち、自己卑下的に自身を「エゴティスト」として位置づけ、どの集団や社会にも埋没しない個の存在を、なかば自己韜晦的に引き受けるというのが「エゴティスム」のスタンダール的意味なのである。

ところで興味深いことに、「エゴティスム」という英語から借用された語も、この時代に使われはじめたいわば新語である。厳密にいえば遠く一七二六年まで遡ることができるのだが、辞書に記載されるようになるのは、まさに«individualisme»の語が誕生したのとほぼ同じころだ。[44] スタンダール自身はすでに一八二三年、『ラシーヌとシェイクスピア』(*Racine et Shakespeare*)に収められている「笑いについて」のなかでこの語を使用しており、[45] フランスではもっとも早い時期にこれを使用しはじめたのがかれであったという点を軽視してはならない。「自由主義」とならんで「個人主義」が「主義」として語られるに十分な思想的基盤をもちはじめたこの時期に、「エゴティスム」もまたスタンダールの脳裏に明確な輪郭をとりはじめたということだ。もちろん、«individualisme»に代わるスタンダール独自の個人主義を受け取る器として機能するのはもう少し後だが、これまで議論してきたような自由主義と産業主義の交錯する議論のなかで、スタンダールは「エゴティスム」に新たな価値と意味を見いだし、これを表現上の武器に仕立て上げていくのである。

王政復古期における「個」と「自由」の問題は、この時代からはじまるロマン主義の文脈では「自由な個の解放」という流れのなかで論じられるけれども、もっと広汎な同時代における自由主義の議論においては、それほど単純なものではない。次章で検討するが、王党派からすれば、ボナルドのいうように「自由は無秩序と専制につながるため、社会の安寧は、個人の自由に抗して守られなければならない」[46]ということになる。また、サン＝シモン主義の立場からいえば、「個人主義が社会関係において支配的になるところでは、あちこちで人間はすぐに野蛮状態に陥ってしまう」とされ[47]、しだいにこの自由が後回しにされていく。このような現実の思想的文脈のなかでスタンダールをみるとき、「エゴティスム」という語をかれが用いたのはいわば必然なのであり、その意味はいまいちど深く考えられなければならない。

（1）ナポレオン体制の批判とも読める部分を書き換えるよう迫られたが、セーはそれに応じず、その結果、護憲元老院を追放され、パリ郊外に退くことになる。この書の第二版が刊行されたのは、ナポレオンの失脚後の一八一四年のことであった。その後、二一年には国立工芸学校の産業経済学の教授となり、フランス経済学の大御所となる。

（2）Lucien Jaume, *L'individu effacé ou paradoxe du libéralisme français*, Fayard, 1997.

（3）メーヌ・ド・ビランの『日記』（*Journal intime*）の一八一八年一二月二一日の記述にあらわれる言葉で、リシュリュー内閣の解散とともに海軍大臣を辞したモレ伯爵とのやりとりのなかに記されている。*Journal intime de Maine de Biran (1817-1824)*, t. II, publié par A. de La Valette-Monbrun, Plon, 1931, p. 143.

（4）工藤庸子『評伝 スタール夫人と近代ヨーロッパ　フランス革命とナポレオン独裁を生きぬいた自由主義の母』東京大学出版会、二〇一六年、二七七頁。バルザックの『老嬢』では、コルモン嬢を真剣に愛していたアタナーズが、彼女とデュ・ブスキエの結婚を知り、ショックを受けつつも平静を装う場面でこの opinions *libérales* という表現がでてくる。« L'apparente insouciance d'Athanase expliquait son refus de faire à ce mariage le sacrifice de ses opinions *libérales*, mot qui venait d'être créé pour l'empereur Alexandre, et qui procédait, je crois, de Mme de Staël par Benjamin Constant. »（*La Vieille Fille*, in *La Comédie humaine*, t. IV, Gallimard, coll. « Bibliothèque de la Pléiade », 1976, p. 911.）ここでいう皇帝アレクサンドルとはいうまでもなく、ナポレオンと戦い、ポーランドに憲法を与えてポーランド立憲王国を復興したロシア皇帝アレクサンドル一世のことである。工藤氏によれば、libéral という語はすでに一八世紀半ばから「個人の自由、とりわけ政治的自由に好意的な立場」という意味合いで使用されていたが、「ここでは opinions libérales という組み合わせが表現として新鮮だったのだろう」という。この作品の物語設定は一八一六年。工藤庸子、同書、注（第五章）、六一頁参照。

（5）かれらはいずれも一七六六年から六七年の生まれ。ちなみに、一九世紀前半の銀行家にして七月王政の首相も務めたジャック・ラフィット、フランス古典派経済学の中心人物であるジャン゠バティスト・セーも六七年生まれである。同時代の文豪シャトーブリアンは六八年、かの大ナポレオンはさらに一歳下の一七六九年の生まれ。

（6）P. Imbs *et al.*, *Trésor de la langue française*, Gallimard, 1971-94, t. 10, t. 15. なお、« industrialisme » の語

は、サン=シモンが『産業者の教理問答』（*Catéchisme des industriels* 一八二三〜二四）のなかで使用したのが最初であり、«socialisme» については、一八三二年にピエール・ルルーが社会を個人に還元して理論化する「個人主義」に対立する概念としてこれを用いた。

（7） *Trésor de la langue française*, entrée : « individualisme ». 準拠している資料は、*Doctrine de Saint-Simon, Exposition, Première année, 1829.* Nouvelle édition publiée avec introduction et notes par Célestin Bouglé et Elie Halévy, Paris, Rivière, 1924, p. 378 et note 248.

（8） Marie-France Piguet, « *Individualisme* : origine et réception initiale du mot », *Œuvres et critiques. Revue internationale d'étude de la réception critique des œuvres littéraires de langue française*, Tübingen, Narr Francke Attempto Verlag, XXXIII, 1, 2008, pp. 39-40.

（9） *Ibid.*, pp. 42-43.

（10） Joseph de Maistre, « Extrait d'une conversation entre J. de Maistre et de Ch. de Lavau », in *Œuvres complètes*, t. XIV, Lyon, Vitte et Perrussel, 1886, p. 286.

（11） Jean-Yves Pranchère, *L'autorité contre les lumières. La philosophie de Joseph de Maistre*, Droz, 2004, p. 181.

（12） この戦争を擁護した当時の外務相シャトーブリアンは、『ヴェローナ会議』（*Congrès de Vèrone*）において同時代の秘密結社についてかなりの頁を割いている。

（13） Pierre-Arnaud Lambert, *La Charbonnerie française 1821-1823. Du Secret en politique*, Presses universitaires de Lyon, 1995. pp. 115-116.

（14） François de Corcelle, *Documens pour servir à l'histoire des conspirations, des partis et des sectes*, Paris,

Pauli, 1831, pp. 19-20.

（15）« De l'individualisme, considéré par rapport à la religion et à la morale », in *Le Mémorial catholique*, t. IV, Lachevardière fils, 1825, pp. 48-49, cité par Marie-France Piguet, « Débats politiques sur la liberté individuelle et raisons langagières dans l'émergence du mot *individualisme* », in Jean-Pierre Potier, Jean-Louis Fournel et Jacques Guilhaumou, *Libertés et libéralismes. Formation et circulation des concepts*, ENS Éditions, 2012, p. 169.

（16）Charles Dunoyer, *L'industrie et la morale considérées dans leurs rapports avec la liberté*, Paris, A. Sautelet, 1825.

（17）いったんは廃刊に追い込まれたが、一八一七年に『ヨーロッパの検閲官』として復刊される。

（18）岩本吉弘「シャルル・デュノワイエと『二つの産業主義』――王政復古期フランスにおける産業主義と自由主義（前）」、『一橋論叢』第一一七巻第二号、一九九七年、二五八～二七六頁。

（19）Frédéric Bastiat, Lettre à Félix Coudroy du 9 avril 1827, *Œuvres complètes*, t. I, Paris, Guillaumin, p. 18. なおこの時代、「産業者」を指す言葉として « industrieux » と « industriel » の両方が併用されていた。こののち、しだいに « industrieux » は使われなくなっていく。シャルル・デュノワイエ、シャルル・コントの産業主義と自由主義の位置づけ、およびバスティアらへの影響については、Robert Leroux, *Aux fondements de l'industrialisme. Comte, Dunoyer et la pensée libérale en France*, Paris, Hermann, 2015 が詳細に論じている。

（20）Charles Dunoyer, *op. cit.*, p. 1. 同じ言葉は本の表題頁にもエピグラフとして掲げられている。

（21）*Ibid.*, p. 323.

（22） *Ibid.*, pp. 323-324.

（23） Charles Dunoyer, *Œuvres de Charles Dunoyer, revues sur les manuscrits de l'auteur. Notice d'économie sociale*, t. III, Guilaumin, 1870, pp. 39-43

（24） 初版は一八〇三年だが、ナポレオンによって書き直しを命じられ、それに従わなかったために発禁処分を受けていた。

（25） Jean-Baptiste Say, *Traité d'économie politique ou Simple exposition de la manière dont se forment, se distribuent et se consomment les richesses*, septième édition, Paris, Guillaume et Cie 1861, p. 72.

（26） Saint-Simon, *Du système industriel*, in *Œuvres*, Slatkine Reprints, 1977, p. 27.

（27） *Ibid.*, p. 59.

（28） « Examen d'un nouvel ouvrage de M. Dunoyer, ancien rédacteur du *Censeur européen* (Premier article) », in *Producteur, journal de l'industrie, des sciences et des beau-arts*, t. II, Paris, Sautelet et Cie, 1826, p. 168.

（29） *Loc. cit.*

（30） Saint-Simon, *Du Système industriel*, Paris, Antoine-Augustin Renouard, 1821, « Préface », p. xiii ; *Œuvres complètes*, édition critique présentée, établie et annotée par Juliette Grange, Pierre Musso, Philippe Régnier et Frank Yonnet, PUF, 2012, vol. III, , p. 2348.

（31） *Revue encyclopédique, ou analyse raisonnée des productions les plus remarquables dans les sciences, les arts industriels, la littérature et les beaux arts*. t. XXIX, janvier 1826, p. 432.

（32） *Ibid.*, p. 432.

（33） Lucien Jaume, *op. cit.*, p. 90.

（34）ミシェル・クルーゼもみずからの校訂版においてこのスタンダールの誤りをそのまま「踏襲」し、*La Morale et l'Industrie*…… と語の順序を逆転させて表記している。Michel Crouzet, « Préface », in *D'un nouveau complot contre les industriel*, suivi de *Stendhal et la querelle de l'industrie*, édition établie, annotée et présentée par Michel Crouzet, La Chasse au Snark, 2001, p. 14.

（35）Stendhal, « Lettres de Paris, par le petit-neveu de Grimm（11）»（11 novembre 1825）, in *Paris-Londres. Chroniques*, édition, présentation et introduction de Renée Dénier, Stock, 1997, pp. 576-577.

（36）*Ibid.*, p. 577.

（37）公債の年利を五％から三％に引き下げることによって、年間二八〇〇万フラン節約し、これを賠償金の元手にするというものである。ヴィレールは前年にこの切り下げを画策していたが、それが賠償法の資金の捻出のために新たに提案されたのである。

（38）Stendhal, *Mélanges I*, in *Œuvres complètes de Stendhal*, Cercle du Bibliophile, 1967-1974, t. 45, p. 268.

（39）ほとんどの新聞は、有力な銀行家の出資によって成り立っていた。ラフィットを例にとれば、『商業新聞』（*Journal du commerce*）はかれの新聞といっても差し支えなく、『グローブ』（*Le Globe*）から『生産者』（*Le Producteur*）にいたるまで多くの機関紙に出資していた。

（40）Michel Crouzet, *op. cit.*, p. 25.

（41）この点を包括的に論じたのがすでに引いたリュシアン・ジョームの著書、『消された個　あるいはフランス自由主義の背理』（*L'individu effacé ou le paradoxe du libéralisme français*, Fayard, 1997）である。

（42）Stendhal, *Souvenirs d'égotisme*, in *Œuvres intimes II*, édition établie par V. Del Litto, Gallimard, coll. « Bibliothèque de la Pléiade », 1982, p. 456.

（43） *Ibid.*, p. 457.

（44） デル・リットは一八二四年の辞書、F. Raymond, *Dictionnaire des termes appropriés aux arts et aux sciences et des mots nouveaux que l'usage a consacrés, pouvant servir de supplément au Dictionnaire de l'Académie*, 1824 の記述（「自己を語るという欠点、自己を語る非難すべき習慣」）を挙げている。*Cf.* V. Del Litto, « Préface », in *Œuvres intimes I*, édition établie par V. Del Litto, Gallimard, coll. « Bibliothèque de la Pléiade », 1981, p. XIX.

（45） Stendhal, *Du rire*, in *Œuvres complètes*, t. 37, p. 163.

（46） Antoine Compagnon, *Antimodernes. De Joseph de Maistre à Roland Barthes*, Gallimard, 2005, p. 43 の引用による（アントワーヌ・コンパニョン『アンチモダン　反近代の精神史』（松澤和宏監訳）名古屋大学出版会、二〇一二年、五六頁）。

（47） Frédéric Le Play, *La Réforme sociales*, in *Textes choisis*, éd. Louis Baudin, Dolloz, 1947, p. 147.

第五章　反個人主義のイデオロギー

（一）「個人」対「社会」

これまでみてきたように、一九世紀前半、少なくとも二〇年代において「個人主義」という言葉は概ね批判的な概念として生みだされ、社会の一体性や親密性を侵食する否定的な受けとめられかたをしていた。ここにみられる個人と社会の関係、具体的には個人の自由と国家の介入の対立関係は、フランス革命以来の政治・社会的混乱をどのように収拾し、安定した社会を築くべきかを考える際のヴィジョンに深くかかわっている。

フランス革命は、旧体制下で個人の活動を制限していたさまざまな規制を撤廃した。たとえば、同業組合（corporation）の廃止である。旧体制末期、すでに財務総監チュルゴが、個人の自由な営業活動を阻害し、経済発展を遅滞させるものとして、同職者の団結、仲間職人組合（compagnonnage）

の制度を廃止する勅令を出していたが、(1) 既得権益を守ろうとする貴族の牙城であった高等法院がこれを承認せず、勅令の登録はなされないまま、事実上棚上げにされていた。ちなみにチュルゴはこのあと解任されるが、かれが「レッセ・フェール」(laisser-faire) を最初に説いたヴァンサン・ド・グルネー (Jacques Claude Marie Vincent, marquis de Gournay 一七一二〜五九) の弟子であったことにも注意を向ける必要がある。のちにアダム・スミスによって体系化されるこの概念は、重農主義者のあいだで重商主義に対抗するスローガンとして用いられることになるが、同業組合の影響がおよばない農村では、早くから商人（とくに卸売商）が資材や原料を自由に調達して繊維産業などを起こし、発展させつつあった。「レッセ・フェール」はこのような農村での産業構造の変化を背景にしてうまれてきたものであり、チュルゴの勅令もその延長にある。革命期に相次いで発布される有名なアラルド法（一七九一年）や、それを補うル・シャプリエ法（同年）も、チュルゴの勅令の精神を受け継いだものである。

こうしてあらゆる同業組合が廃止され、職人の団結も禁止されることによって、個人の職業的自由が保証されることになったわけだが、革命の歴史的解釈をめぐって喧しい議論が展開された王政復古期には、このような革命期の変革を社会的団結の衰微を招くものとみなす理論家も多かった。たとえばラムネー (Félicité Robert de Lamennais 一七八二〜一八五四年) は一八二二年に『白旗』(*Le Drapeau blanc*) に記事を寄せてつぎのように述べる。

かつては、長い経験の結果としての賢明な規則が、真に社会的な諸制度と力を合わせて、この多数者の階級（労働者階級のことである）において秩序を維持し、その良習を保持させ、幸せな規律ある生活を保たせていた。いかなる個人といえども、孤独に委ねられることはなかったし、だれもがひとつの団体に属し、その団体がかれらのこと、かれらの行動について責任をもっていた。

ところがいまや、階級の組織もなければ、父祖伝来の秩序もなく、同業組合も禁止されている。社会の組織は一気に極点まで下落し、もはや抑制など存在しない。その当然の結果として、もはや安定もないまま家族の精神は失われ、徳行に対する当たり前の報いもなく、堕落の歯止めも存在せず、秩序は乱れ、多数の労働者への監視もなくなって、かれらはその日その日の働きでその日その日を生き延びている。(2)

もちろんラムネーはキリスト教という立場から述べているのであり、ここにはすでに社会主義的カトリシズムの片鱗がみえるが（『未来』（*L'Avenir*）の創刊はもっとあとのことである）、注目しておきたいのは、個人を理性的で独立した自由な存在とみなすことで人びとが孤立化してしまった状況を鋭く捉え、組織や集団の社会的意味がないがしろにされている事態を深く憂えている点である。

このような個人主義との対決姿勢をめぐっては、一九世紀前半においてさまざまなところで噴出し

ジョゼフ・ド・メーストル

ているので、ここで少々立ち入って整理しておきたい。

王政復古とともにまず声をあげたのは、さきにもふれたように、メーストルのようなカトリシズムの再興と伝統主義を唱える一派であった。カトリシズムが反個人主義的イデオロギーの重要な土壌となったことは容易に想像できる。自己放棄や自己犠牲をともなう信仰や天啓に真理をもとめるスピリチュアルな実践は、人間個人の理性に絶対的価値と信頼を置こうとする個人主義とは本質的に相容れないだろう。カトリシズムと個人主義の対立は、この時代以降、フランスにおける文化イデオロギー上の際立った敵対関係を生んでいくことになる。(3)

メーストルは、人びとのあいだにかつてあった連帯意識や団結精神のようなものが革命によって破壊されたとして、個人主義に傾く世相に警鐘を鳴らす。かれにとって個人主義とは社会を風化させ、社会の構成員を疑念と批判のなかで迷走させる悪である。早くも一八二〇年には、「精神の分断」(division des esprits)を憂い、「フランスの懲らしめともいうべき絶対的個人主義にまでいたる政治的プロテスタンティズム」(le protestantisme politique jusqu'à l'individualisme absolu (qui) serait le châtiment de la France)を告発している。(4)繰り返しになるが、ここで興味深いのはメーストルがプロテスタンティズムという言葉を用いていることだ。教皇を中心とする教会組織を前提に人間集団を志向するカトリシズムに対して、改革派（プロテスタント）は個人の信仰を出発点におくから、結果としてカトリックからみた個人主義の否定的側面はプロテスタンティズムと結びつけて考えられやすかったのである。

メーストルと同じように、保守の論客で君主制と宗教的権威を擁護したルイ・ド・ボナルド（Louis de Bonald 一七五四〜一八四〇）も、人間が個人的独立を要求することに激しく反発した。社会という自然共同体的存在はその全体性において有意性をもつのであって、「人間の個人的意思」は「本質的に堕落し破壊的」なものであるという。(5)

社会集団は人間と所有物、すべての人間とすべての所有物を包含している。社会集団は同じひとつの一般意思のなかに、そして自己を保存していこうとする目的それ自体のなかに、全世代と全時代を統合する。構成員は更新されるが集団は同じだ。所有者は継がれていくが所有物は変化しない。人間は死ぬが権力あるいは君主は不死だ。この全体集団（corps général）においてはすべてが全体化する。過去、現在、未来を包摂するひとつの全体的存在によってそれは生きている。(6)

そういって、ボナルドはこの連続と不死の性質をつよく主張する。そしてルソーを目の仇にするこ

ルイ・ド・ボナルド

の思想家は、革命が生んだ共和政というものの不備をついていく。「共和政においては、社会はもはや全体集団（corps général）ではなく個人の集合（réunion d'individus）」でしかない。なぜなら、一般意思なるものが個別意思のたんなる総体でしかなくなるとき、本来の目的である全体の保存はもはや個人の幸福にすぎなくなってしまうからだ。結局、共和政は個人の物理的充足をめざすことはあっても、それはしばしば精神的堕落を代償としているということに気づかなければならない。そこでは「すべてが個人化し（s'individualiser）、すべてが縮み、現在の生活に集中する。共和政にとっては現在がすべてなのだ。未来はないのである」(7)。

言われていることは基本的にメーストルと同じである。両者とも個人の理性を絶対視するラディカルな啓蒙主義的思想を極度に警戒する。メーストルも『主権の起源について』（*Les Origines de la souveraineté*）の第一〇章冒頭で、「個人の力に還元された人間の理性は、どんな宗教的もしくは政治的連合の創造についても維持についても、まったく無に等しい。なぜならそんなものは諍いしか生まないし、人間が行動するのに必要なのは、問題ではなく信仰だからである」と書いている(8)。さらに続けて、個人の理性に委ねられた人間は危険でさえあるという。個人の理性が支配するところでは、偉大なものが存在しえない。なぜなら、偉大なものは信じることのうえに成り立つのであり、個別の意見のぶつかり合いはすべてを破壊する懐疑主義を生むばかりだからである、と。

かれらはアントワーヌ・コンパニョンによって、アンチモダン系思想家の筆頭におかれる存在だが、同系列のバランシュ（Pierre-Simon Ballanche 一七七六〜一八四七）も人の理性的独立に対する疑念の表現においては負けていない。かれの『社会制度試論』（*Essai sur les institutions sociales*）において強調されているのは、やはり「個」ではなく「類」の概念だ。「［……］人間は集合的存在（être collectif）であって、けっして孤立しえない。人間、それは人の類（genre humain）なのだ」[9]。こうして個体性への憎悪と全体性への回帰がつよく叫ばれる。「人間はみずからの物質的存在のくびきを背負わされているだけではない。自分がその一部である全体によって印づけられた運動にも従わなければならない。個体性（individualité）など、人間にとってこの世のものではない。したがってわれわれの未来の運命にあるのは、それがわれわれの過去の運命の必然的帰結であるというこの宿命的な点なのである」[10]。たえず生死を繰り返す細胞によって同じ形を保ちつづける生命体のように、時とともに個人は入れ替わっても社会全体は変わることなく未来へと引き継がれていく――バランシュの確信はそのような歴史ヴィジョンのうえに成り立っている。

以上のように、一九世紀にはいってフランスのみならずヨーロッパ全体がしだいに民主化され自由化されていくにしたがって、反動勢力は機敏に反応し硬化していった。いうまでもないことだが、革命や人権宣言は、何よりも個を確立する思想の動きであり結果である。自由は組織から個を解放し、個と個のあいだに平等という理想を想定した。一方、産業革命はよりいっそう個人間の競争を激化させ、個人の欲望をあらわにする社会に作り変えていく契機ともなった。反動派の思想家たちが恐れたのは、かつて機能していた社会的凝集力のようなものがことごとく融解して、社会全体がばらばらの個人の集合となり、ほとんど無政府状態の集団に陥ってしまうことであった。一九世紀初頭、反動派がこのような伝統的カトリシズムへの回帰を主張するにいたったのは、ナポレオンのコンコルダ以降、とくに王政復古の時代になって、カトリック信仰の再生復興運動が盛んになったことが背景にあることも忘れてはならない。一九世紀はライシザシオン（世俗化）が徐々に進んでいく歴史の一段階であるが、革命と帝政の混乱のあと、この時代はまだ信仰の問題を個人の私的圏域に封じ込めるだけの土壌は固まっていない。ライシテとは本来、公共圏から宗教的な要素を排して世俗化する運動であって、個人の内なる信仰には関知しない。しかし、革命によって一度公共圏から追い出されたカトリック勢力は、王政復古とともに、ローマ・カトリックという世俗的教権がいま一度世俗的にその権威を復活させようとする政治的欲望と連動したのである。(11)

この時代に主張されるロマン主義的な「個の解放」のイデオロギーは、こうした人びとにとって、旧体制下であたりまえのように存在していた人間関係、つまり、教会の懐に生まれ、結婚し、死ぬという生活習慣を支えていた日常的繋がりをも破壊してしまうかのように映った。教会が荒廃し、教区は行政区に変わり、意識せずとも互いの心を結びつけていた紐帯が断ち切られたとすれば、はたしてそれで個は解放されたといえるのか――伝統主義者たちはこうした時代の趨勢に抗い、離婚権の否定によって家族を、検閲によって公序を、国家宗教としてのカトリックを維持し教育を監視することによって道徳をまもろうとした。(12)行き過ぎた個人主義をエゴイズムと捉え、人間の本来的な社会的性質をあらためて強調する哲学を展開したのである。(13)

いわゆるロマン主義世代で個人主義的傾向に異議を唱えたのは、すでに触れたとおり、若き日に「ジョゼフ・ド・メーストルの忠実な信奉者」(14)だったラムネーである。かれは個人の理性に主権を委ねる思想を警戒してつぎのように述べる。

いまやすべての絆は切れてしまい、人間はひとりになり、社会への信仰は消失した。精神はそれぞれの思いに委ねられて、どこを支えにしてよいのかわからない。精神は偶然にまかせてあちこちちがう方向に浮遊する。そこから生じるのは、すべてにわたる無秩序、世論と制度の恐るべき不安定。［……］

絶対的孤立は、いまの時代の人間が目指す絶対的独立の直接の結果だが、信仰、真理、愛、そして家庭と国家を構成する諸々の関係をも壊すことによって、人類を破壊してしまうだろう。(15)

のちにかれは、『大革命の進歩および教会に対する闘争について』（*Des Progrès de la révolution et de*

フェリシテ・ロベール・ド・ラムネー

la guerre contre l'église　一八二九年）の冒頭で「今日の時代」を論じ、その特徴を「革命あるいは近代の哲学理論がキリスト教を転覆させることによって」人間生活の法がことごとく覆された点にある、と断じている。[16]

一八二〇年代のラムネーは同じような論調で、当時ロマン主義思潮と自由主義の論陣を張っていた『グローブ』紙から論説の数々を引用しつつ、これを批判しながら論述を進めていた。たとえば、革命を支持する近代の哲学者は、キリスト教的な社会状態に代えて、あらたな社会状態の土台として各々の理性の普遍的独立を打ち立てようとしている、という。[17]すなわち、各人が自らの宗教と道徳を自身の力でつくりあげたがる時代なのだ。「われわれの世紀の性格は、一個の宗教ももたぬということではなく、千の宗教をもつこと、それぞれの国家のほとんど家族の数だけ宗教がある、ということだ」[18]。ラムネーはこのような思潮に対して激しく反駁する。曰く、信じるものが個人によってバラバラであるということは、全体を統括するものが一切ないことに等しく、そこに招来されるのは統制のとれない混乱、つまりは無政府状態でしかない。「世界は無数の、絶えず変化する意見に委ねられるだろう。さまざまな情念の数だけ道徳があり、頭の数だけ宗教があることになろう」[19]。かれはさらに続けていう――本来、人間は社会のなかでしか生きられない。だから、もしこうしたとんでもない原理が世界に広がり優勢となれば、予見されるのは「騒擾、無秩序、終わりなき災禍、そして全体を覆う溶解」[20]以外に何があろうか、と。あるいはまた、「服従と義務の観念そのものを破壊する個人主義は、したがって権力を破壊し、法を破壊するのであるから、そのとき残るものは、利害と情念とさまざまな意見の恐るべき混乱以外の何があるというのか」、と。[21]

こうしてラムネーは個人主義が行きつく先を、個人が互いの関係を失い、孤立したまま無秩序に漂流するさまとして描き、これを立て直すべき力としてあらたなカトリシズムを構想したのであった。

(二) 有機的社会像と反個人主義

個人主義を敵視したのはカトリック勢力ばかりではない。サン＝シモンもまた、社会はたんに自由な意思で動く個人の集まりではないという点を強調する。「社会とは、そのすべての部分がそれぞれ異なるしかたで全体の動きに貢献する組織化された真の機械である」とし、「人間の結びつき」こそがその本質であるという。[22]サン＝シモンは早くから科学を思想の中心に据えて、そこから社会理論を構築しようとしていた。当初、ニュートンをモデルにしてその目的を達成しようとしており、神学者ではなく学者（savants）が認める自然科学的学理の到来を予告し、実際に二巻からなる『一九世紀の科学研究序説』(*Introduction aux travaux scientifiques du XIXe siècle* 一八〇七～〇八)を発表したりしている。いわゆる形而上学も神学も排し、「カトリックのドグマや教権の権威失墜」をうけて、「科学の客観的領野と観念上の人間的領野を普遍的法則のなかに統合することによって近代的な学理を創始すること」(23)、すなわち、かれのいう「実証的」(positif)な哲学と、それをもとにした政治学を目指したのである。

そのなかで、社会を考える際にモデルのひとつになっていたのは生理学である。のちにコントが「社会学」という言葉でよぶものをサン=シモンは「社会生理学」と名づける。社会組織を身体組織と相似的にとらえて、構成要素の有機的な関係と結合をその根幹においていたのである。たとえば、『産業』のなかで法について述べるとき、法のなかでもっとも一般性をもつのが金融に関係する法であり、その他のものはすべてこの法から派生するという。「すべてのうちでもっとも重要な法は異論なく予算を決める法である。というのも、金は政治組織(corps politique)にとって人体(corps humain)にとっての血液と同じだからである。どんな身体の部位も血液が循環するのをやめると衰弱し、ときを置かずして死ぬ。同様に、いかなる管理機能も支払いが滞ればすぐに存在しえなくなる」(24)。

ところで、こうしたサン=シモンの政治経済体制のイメージは、流体の循環的ネットワークのアナロジーによって構築されている。この点は文学を考えるうえでも重要で、これ以降、サン=シモン派のみならず、一九世紀の社会の表象がこのような流体的メタファーに彩られることが多くなるのだが、サン゠シモンはそのようなイメージを最初に流布させたひとりだろう。サン゠シモン派のミシェル・シュヴァリエ（Michel Chevalier　一八〇六〜七九）にとって往来する船舶を運ぶ水の河川、工場に動力を提供する水流は産業の発展を語る際の重要な要素になるであろうし、(25) 一九世紀後半の小説家ゾラにとって大都市はまるで巨大な生命体であって、金はそこを巡る血液である。たとえば『金』のなかでサッカールはいう、「[……] 投機とか株式相場というのはわれわれのような大きな事業の中心的メカニズムというか、その心臓部にあたるものなのです。それが血液を呼び込むのです。小川を流れる血をいたるところで汲み取って集めるのです。それを大河にしてからあらゆる方向に送り返し、巨大な金の循環を確立する。それが大事業の命そのものなのです。これなくしては資本の大きな運動、そこから生まれる文明普及の大工事は根本的に不可能になってしまう……」(26)。この作品に描かれる証券取引所は、経済活動に生命を吹き込む巨大な怪物のようである。サッカールの言葉は、金の流通がつくりだす新しい世界を、古い体制と照らし合わせるようにして描きだす。「[……] いまや土地で生活している人間などおりません……かつての土地所有の財産は、富の形式としてはもう廃れてしまったもので、存在理由を失っております。それは金の停滞そのものだったのです。わたくしたちは、その金を、紙幣とか、商業・金融のあらゆる証券をとおして、流通経路に投げ込んでやり、その価値を十倍に増やしてきたのです。こうして世界は新しくなっていくのです。なぜなら、現金が流通し、いたるところに行き渡ることなくして、何事もなしえないからです」。[27] この小説のなかに「流通」を想起させる言葉（«flot» «flux» «liquide» «couler» «circuler» «sang» «artère» «ruisseler» «fleuve» «océan» など）は枚挙にいとまがない。都市パリのうえを流れる黄金のフローが人間の運命を決するかのように、圧倒的な権能を有する奔流としてイメージされている。

もちろん、ここでの有機体的社会像は、経済機能に集約されたもので、産業を中心に据えつつも精神の人間的な連携を打ち立てようとする一九世紀前半の思想家たちとは大きく隔たっている。この点はべつのところで論ずるが、人道主義的な全体論《ホーリスティック》的社会観であれ、金融一点張りの強欲な資本主義経済論的な社会観であれ、社会を有機的な連関の総体と見、そこを流通し循環するものが生命を与えるという表象は、一九世紀をつうじて社会を見る際の重要なメタファーになったことは事実であろう。ここに、個人主義的傾向が、その反動として国家主義的なイデオロギーをうむ一方、資本主義的欲望と結びついて経済的エゴイズムを孕みはじめるという、二極的な展開をみるのは興味深い。

（三）ロマン主義における反個人主義

やや脇道にそれたが、話を本筋に戻すと、サン=シモンは「個人的な自由を維持することは社会契約の目的ではありえない」といい、[28] 個人的利益だけを追求すればいずれ袋小路に陥って、社会道徳の土台をうしなってしまう、と懸念している。若いころサン゠シモンの秘書であったオーギュスト・コントも個人主義の幻想を告発し、その欠陥を鋭く突いた。「人類を本来の意味での個に分解することは無秩序な分析にしかならず、道徳に反すると同時に不合理であって、社会的な存在を説明するところかこれを分解しようとするものである。というのも、そのような分析は、結合が止むときにしか応用可能にならないからだ。［……］したがって、幾何学的な平面が線に分解できないように、あるいは線が点に分解できないように、社会を個に分解することはできない」[29]。こうしてコントは、家族を社会の「真の社会学的要素」（le véritable élément sociologique）として位置づけるのである[30]。

個人主義に対抗する思想的傾向は、イギリスやアメリカにくらべるとフランスでは顕著である。トクヴィル（Alexis de Tocqueville　一八〇五～五九）は、このような思想的拮抗関係がイギリス・アメリカ世界には稀薄であり、個人主義がたやすく主張されやすいと考えている（『アメリカの民主主義』*De la démocratie en Amérique*）。すなわち、人民主権の原則が確固として支配する国においては、理念的には各個人が等しく主権をもち、等しく国家の運営に参加することになる。どの個人も他者と同様に見識があり、有徳であり、同じように強いことが前提とされているから、かれらが社会に従うのは、自分が他の者よりも行政能力において劣っているからではなく、他者との結合が自分に有利であり、この結合はこれを制御する力なしには存在しないことを知っているからである[31]。したがって、個人は自由な主人であり、「みずからの個別利益の唯一の審判者として最良の者である」という行動方針のもとに動くことになる。トクヴィルによれば、このような考え方はアメリカで遍く受け入れられているというのである。(32)

これに対して、どちらかというと自由にくらべて平等の理念が後回しにされ、また王政と教会の権力が復活するという歴史を歩むことになった結果、個の存在が前面に出にくかったフランスにおいては、王政復古から七月王政期、すなわちロマン主義が花咲いた時代に、個人主義と反個人主義の対立は他国以上に明瞭なかたちをとっていくことになった。個の解放と社会的ヒューマニズムといった、ときに矛盾するような要素をいくつも抱え込んだロマン主義の先駆けとしてルソーの名が挙げられることが多いが、この対立も、近代的な意味でその淵源をルソーに見ることができる。というのも、近代人の孤立を文学の高みにまで押し上げたのはまぎれもなくこの文人である（『告白』、『孤独な散歩者の夢想』）一方、かれはまた、そうした「感じやすい魂」(âme sensible) としての近代的個人を社会的には「市民」(citoyen) に変換し、個々の自然な具体的属性よりも上位にある抽象的な「一般意思」のなかに、あるいは個々の感性的人間存在を有機的な社会的紐帯のなかに取り込むことを優先するかにみえる思想家でもあるからだ。このようなルソー自身のなかに芽をもっていた相反性は、一九世紀の政治経済思想の対立としていっそう先鋭化したかたちであらわになってくるのである。

こうした対立的構図を、当時紹介されるようになった古典派経済学の流れのなかでやや図式的に整理すれば、自由主義的な経済体制のもとに発展する産業社会を樹立しようとしていたブルジョワ階級は、個人の自由を最大限活用して、いわゆるレッセ・フェールの体制を基盤に社会の構築を進めようとする一方、そうした自由競争は経済的エゴイズムを胚胎させ、人間存在を孤立化させ、貧富の格差、大衆の貧困化を増幅するという結果をみることにもなる。すでにみたように、この時期にあらわれたサン=シモン主義者たちは、ブルジョワによる産業体制の確立に賛同しつつも、社会の融和的な組織を崩して孤立とエゴイズムを広め、その結果、不平等と貧困を助長するものとして自由主義に本質的に宿る個人主義を糾弾したのであった。

この点については初期の社会主義者たちも同様である。かれらが使う「個人主義」という言葉も、つねに否定的なニュアンスを帯びる。たとえば、ピエール・ルルー（Pierre Leroux 一七九七～一八七一）はあらゆるかたちのカトリシズムを退ける一方で、「同時にわれわれは今日の個人主義、すなわちイギリス流経済学の個人主義を教皇主義に劣らず有害な災厄とみなす」と宣言し、「自由の名のもとに人間を互いに貪婪な狼に仕立て、社会をアトム化し、にもかかわらず、すべてが偶然に調整されるのにまかせる」ものとして指弾し、「われわれにとって、あらゆる様式の教皇支持論とあらゆる種類の個人主義理論はともにまちがっている」と結論づけている。(33)

こうした文脈のなかではほとんどの場合、個人主義はエゴイズムと同義である。一八三五年、すでにラマルティーヌ（Alphonse de Lamartine 一七九〇～一八六九）は『東方紀行』（*Voyage en Orient*）においてエゴイズムと個人主義を同列に置き、無産労働者について述べながら「醜い個人主義」に代わる社会主義を説く。

今日、いたるところで論じられている所有の問題がうまれたのは、無産労働者の置かれている状況からである。もしこの問題が理性と政治と社会的慈悲（*charité sociale*）によってまもなく解決されないとなれば、戦闘と略奪によって解決することになってしまうだろう。慈悲、それは社会主義である。エゴイズム、それは個人主義である。(34)

一八四〇年代になり、共産主義的な思想がかたちづくられてくると、反個人主義的な動向は勢いを増し、個人主義を信奉することは労働者の協働を阻害する不正であり、貧困を見て見ぬふりをする蛮行であるとされ（ルイ・ブラン）、本質的に社会性をもつ人間の本性とは相容れぬものとして激しく攻撃されるようになるだろう（エティエンヌ・カベ）(35)。

このような社会の分断、個人主義への分解を憂う作家は少なくない。バルザックのように、壮大な物語空間を創造して、その背後に充溢する神秘的な力の存在を幻視するのも、そうした憂いと無関係とはいえないのかもしれない。『人間喜劇』（*La comédie humaine*）の「序文」（Avant-propos）でも、「社会は、ルソーが主張したように人間を堕落させるのでなく、人間を完成させ、よりよきものにする。ただ、利欲が人間の悪しき傾向を著しく増幅させるのだ。キリスト教は、そしてとくにカトリシズムは、『田舎医者』でも述べたとおり、人間の堕落への傾向を抑制する完璧な体系であるから、社会秩序（Ordre Social）のもっとも大きな要素である」[36]と言い、個人の利益を調停し、全体を安寧に維持する装置としてカトリシズムの効用が顕揚されている。ここで言及されている『田舎医者』（*Le Médecin de campagne* 一八三二〜三三）でも、たしかにバルザックはほぼ同じ言葉をベナシス医師に言わせている（「キリスト教は人間の堕落への傾向に対抗する完全な体系である」[37]）。さきの「序文」からの引用部分の直前にはボナルドへの言及もある。とくに一八四〇年以降、ボナルドからの影響が大きいといわれるが、[38]それ以前からすでにボナルドの思想的血脈をひいており、カトリシズムと王政との組み合わせを最良の体制とする主張を高らかに表明していた。「序文」においてはその思想が力強くかつ端的に言い表され、作家たるものの普遍的な指針となるべき預言的響きをもって読者に語られている。「カトリシズムと王国はふたつの双生原理」であり、「わたしは永遠のふたつの真理、すなわち宗教と王政の光に照らされて書いている。これらは今日の諸々の出来事がはっきりと知らしめているふたつの必然であり、すべての良識ある著述家はそれに向かってわれわれの国を導いていかなければならない」[39]のだと。そしてこの「序文」は、あえて伝統的保守主義の衣を

アルフォンス・ド・ラマルティーヌ

羽織りながら、同時代の選挙制度を批判し、社会の基盤を個人にではなく家族に置くことを主張する。「だからわたしは個人（l'Individu）ではなく家族（la Famille）を真の社会の要素とみなす。この点に関して、退行的精神とみなされようとも、現代の刷新者と歩みをともにするのではなく、ボシュエやボナルドに与するのだ」[40]。当然のことながら、ここでも「個人」は「家族」のまえに格下げされている。

（1）一七七六年二月の勅令で、チュルゴ勅令ともいわれる。

（2）*Le Drapeau blanc*, 20 novembre 1822.

（3）たとえば教皇不可謬説に立ち、カトリックの機関紙『世界』（*L'Univers*）を率いていたルイ・ブイヨ（Louis Veuillot 一八一三～八三）は、個人主義が支配する国でもはや正常な社会条件にはないと述べているし（*Mélanges religieux, historiques, politiques et littéraires*, Gaume Frères et J. Duprey, 1859）、保守派の論客でありフランス社会学の先駆者のひとりでもあるル・プレー（Frédéric Le Play 一八〇六～八二）も、個人主義体制はあらゆる時代の経験からみて断罪される、としている（*La Réforme en Europe et le salut en France. Le programme des unions de la paix sociale*, Alfred Mame et Fils,1876）。また、ドレフュス事件において反ドレフュスの立場をとった愛国主義者たちも、個人主義者たちが祖国という観念の宗教的・道徳的価値のみならず社会そのものを破壊しようとしているとして、かれらを激しく非難したことはよく知られていよう。たとえば著名なフランス文学史家フェルディナン・ブリュヌティエール（Ferdinand Brunetière 一八四九～一九〇六）などもそのひとりである（*Les ennemis de l'âme française*.

Conférence de F. Brunetière, J. Hetzel, 1899）。*Cf.* Alain Laurent, *op. cit.*, pp. 74-75. こうした反個人主義的思潮は、一九世紀後半から二〇世紀にかけての社会的カトリシズムやレオ一三世の回勅『レールム・ノワールム』（*Rerum Novarum*）、さらには社会有機体説やこの時期に展開されるさまざまなコーポラティズム運動にも結びついていると考えることができる。このような流れの一部は、第一次世界大戦以降、『アクシオン・フランセーズ』（*Action française*）のシャルル・モーラス（Charles Maurras 一八六八〜一九五二）の過激な愛国主義的反動派を生むことにもなる。「大革命は、その個人主義的原理のために、フランス人の社会的絆を弱め、あるいは解消してしまった。革命のおかげでわれら国民は、個人がみなばらばらに競争的個人を生きるような、原子のように分裂した状態になってしまったのだ」とモーラスはいう（Charles Maurras, *La Démocratie religieuse*（1921）, La Nouvelle Éditions Latines, 1978, p. 248.）。これ以外にもロシアから追放されてきたベルジャーエフの活動など、第一次大戦後のヨーロッパは全体的に凝集力を欠いた状況にあり、個人主義的な思想形成に敵対するイデオロギーを強める地盤ができていた。ナチズムなど国家主義的全体主義の地下水脈となっていくことはいうまでもない。

（4）Alain Laurent, *op. cit.*, p. 67.

（5）Louis de Bonald, *Théorie du pouvoir politique et religieux*（1794）, in *Œuvres de M. de Bonald*, t. III, Bruxelles, Société Nationale pour la propagation des bons livres, Gérant, Ch.-J. de Mat, 1845, p. 99.

（6）*Ibid.*, p. 100.

（7）*Ibid.*, p. 100.

（8）Joseph de Maistre, « De l'âme nationale », in *De la souveraineté du peuple*, PUF, 1992, p. 147.

（9）Pierre-Simon Ballanche, *Essai sur les institutions sociales*（1818）, in *Œuvres de M. Ballanche*, t. II,

Librairie de J. Barbezat, 1830, p. 270.

（10）*Ibid.*, p. 47.

（11）このあたりの歴史的経緯と宗教的メンタリティの変遷については、拙稿「フランスの王政復古と幻視——天空の十字架、大天使の出現、蘇る聖遺物崇敬——」、「ルルドの奇蹟と聖母巡礼ブームの生成」（浜本隆志編『欧米社会の集団妄想とカルト症候群——少年十字軍、千年王国、魔女狩り、ＫＫＫ、人種主義の生成と連鎖』明石書店、二〇一五年所収）で論じた。

（12）離婚権への批判について、ボナルドは一八〇一年に『離婚論』（*Du Divorce considéré au 19e siècle relativement à l'état domestique et à l'état public de société*, Paris, Leclère, 1801）を書いている。かれはこの書のなかで、離婚を制度的に認めることは、不義を抑制するという建前とは裏腹に、不義を許容し促す結果を招き、金持ちだけが得するような「まぎれもない一夫多妻制」という状態に陥って、女性は流通する交換貨幣のようになってしまうと指摘する（*ibid.*, p. 106）。さらに、「離婚を合法化することは、売春を指図し、不義を合法化すること」だとも述べて激しく糾弾した（*ibid.*, pp. 126-127）。ところで、制度的な歴史を遡れば、一六世紀後半にトレントの公会議で、秘跡のひとつである結婚は解消できないものであること（*indissolubilité du mariage*）が明確に定められ、離婚は正式に許されないものとなった。一八世紀になると、モンテスキューやヴォルテールをはじめ、いわゆる啓蒙思想家たちがこれに異を唱え、結婚の脱宗教化（世俗化）の勢いが増し、革命とともに教会を介さない結婚、いわゆる市民婚（*mariage civil*）が制度化される（一七九一年憲法）。結婚が民法上の契約であるなら当然解消も可能だという考えに則ったものである。その後、一八〇四年の民法典では、離婚の濫用を抑制するために条件を厳しくしたものの、離婚権自体は維持された。王政復古時代になると、おもにカトリック支持派から結婚の解消不可能性の議論がもちだされ（離婚禁止派から離婚は「革命の毒」と揶揄された）、「一八一六年五月八日法」によってふたたび離婚が禁止される。ちなみにこの法は「ボナルド法」ともよばれるように、ボナルドの肝煎りで成立したといっても過言ではない。バルザックも離婚についてはしばしば論評している。なお、離婚が法的に認められるのはこの六八年後、第三共和政の時代を待たなければならない。

（13）Alain Laurent, *op. cit.*, p. 72.

（14）ルイ・ギユー『ラムネーの思想と生涯』（伊藤晃訳）、春秋社、一九八九年、一〇三頁。

（15）Lamennais, *Essai sur l'indifférence en matière de religion*（1820）, in *Œuvres complètes de F. de La Mennais, revues et mises en ordre par l'auteur*, Bruxelles, Société Belge de Librairie, t. I, 1839, p. 149.

（16）Lamennais, *Des progrès de la Révolution et de la guerre contrel'Eglise*（1829）, in *Œuvres complètes de F. de La Mennais, op. cit.* t.II, 1839, p. 242.

（17）*Le Globe*, no 32, 1824, p. 140.

（18）*Le Globe*, no 137, 1825, p. 707.

（19）Lamennais, *Des progrès de la Révolution et de la guerre contre l'Eglise*, *op. cit.*, pp. 242-243.

（20）*Ibid.*, p. 246.

（21）*Ibid.*, p. 246.

（22）Saint-Simon, *Physiologie sociale*, in *Œuvres de Saint-Simon et d'Enfantin*, Paris, 1865-1878, t. X, p. 177.

（23）Paul Bénichou, *Le temps des prophètes. Doctrines de l'âge romantique*, Gallimard, 1977, p. 251.

（24）Saint-Simon, *L'Industrie ou Discussions politiques, morales et philosophiques dans l'intérêt de tous les hommes livrés à des travaux utiles et indépendants*, « tome quatrième », in *Œuvres complètes*, édition critique présentée, établie et annotée par Juliette Gtrange, Pierre Musso, Philippe Régnier et Frank Yonnet, P. U. F., « Quadrige », t. II, 2013, p. 1605.

(25) Michel Crouzet, *Stendhal et le désenchantement du monde. Stendhal et l'Amérique II*, Classique Garnier, 2011, p. 117.

(26) Émile Zola, *L'Argent*, in *Œuvres complètes*, éditions établie sous la dir. de Henri Mitterand, 1967, t. VI, p. 423. エミール・ゾラ『金』（野村正人訳）、『ゾラ・セレクション7』藤原書店、二〇〇三年、一五二頁。

(27) *Ibid.*, p. 431. 前掲邦訳書、一六八頁。

(28) Saint-Simon, *Du système industriel*, in *Œuvres complètes, op. cit.*, t. III, p. 2348.

(29) Auguste Comte, *Système de politique positive, ou Traité de sociologie, instituant la religion de l'humanité* (1851), Otto Zeller, 1967. Réimpression de l'édition 1851-1881, t. II, pp. 180-181.

(30) *Ibid.*, p. 181.

(31) Alexis de Tocqueville, *De la démocratie en Amérique*, t. I, Bruxelles, Société berge de librairie, 1837, pp. 114-115.

(32) *Ibid.*, p. 115.

(33) Pierre Leroux, « Cours d'économie politique », in *Revue encyclopédique*, Paris, Bureau de la Revue encyclopédique, t. LX, Octobre-Décembre 1833, p. 105.

(34) Alphonse de Lamartine, *Voyagen en Orient*, « Résumé politique », in *Œuvres complètes de M. A. de Lamartine*, Nouvelle édition, t. VIII, Paris, Charles Gosselin, 1847, p. 245.

（35）*Cf.* Louis Blanc, *L'Organisation du travail*, « Introduction », Paris, Cauville Frères, 1845. pp. XXIII-XXIV. Étienne Cabet, *Le salut est dans l'union ; la concurrence est la ruine*, Paris, Imprimerie de Delanchy, 1845, p. 1.

（36）Honoré de Balzac, « Avant-propos de *La Comédie humaine* », in *La Comédie humaine*, édition publiée sous la direction de Pierre-Georges Castex, Gallimard, coll. « Bibliothèque de la Pléiade », 1976-81, 12 vols, t. I, p. 12.

（37）Honoré de Balzac, *Le Médecin de campagne*, in *La Comédie humaine*, éd. citée, t. IX, p. 512.

（38）もちろんバルザックがこれ以前にボナルドを知らなかったわけではないが、一八四〇年一一月二三日のボナルドの死によって空いたアカデミーの席を狙い、この機会にボナルドを本格的に読んだようだ。アカデミー入りは実現しなかったが、このボナルドの「発見」は「『人間喜劇』の創造に反映された」。*Ibid.*, note 5, p. 1127.

（39）Honoré de Balzac, « Avant-propos de *La Comédie humaine* », *op. cit.*, p. 13.

（40）*Ibid.*, p. 13.

第六章　メセナと芸術家意識

（一）作品と固有性

文学も含めて芸術作品が独創的な制作物であることは誰しも認めるところであり、一般に了解されている事柄であろう。したがって、盗作や剽窃にかかわる倫理にはきわめて厳しいものがある。しかし、たとえばどこまで剽窃かという点については、それほど単純には片づかない問題がある。

さらに、文学を例にとって剽窃を考えてみると、これは「書く」ということの本質的問題と関わる部分があって、さまざまな議論をよぶところである。ジャン・ジロドゥ（Jean Giraudoux 一八八二〜一九四四）のよく引かれる言葉に「剽窃は最初の文学をのぞくすべての文学の土台である。もっとも、最初の文学は知られていないけれども。」(1)というのがある。ジロドゥが意識的な剽窃行為を認めてこう述べているわけではもちろんない。あらゆる文学活動は先立つ言葉や作品の更新であり再利用であると考え、「剽窃」（plagiat）に積極的な意味を込めてこう言ったのである。芸術的創造が絶えざる反復的変奏であるという考えは、現在では容易に理解し得るものだろう。言葉とは本来万人に共有されてはじめてコミュニケーションを可能にするのであって、言葉そのものが固有性をもってはならない。言葉は「まねられる」ことによって学習されていくのであり、その意味で共有財産なのであり、通貨同様、使い慣らされることで信用と使用価値が担保されていく。あたらしく造語された語も、そうした手続きをとおして固有性を消失させ、無色透明の中性的な性格を獲得したあかつきに市民権を得る。言葉は言葉それ自体の有意性を失うことによって社会的有意性をまとうのだ。ミシェル・シュネデールが「言葉は盗まれることを宿命づけられている」(2)というのはそういう意味である。言葉の本性はそれが非本性的であるという事実のなかにあるのであって、言葉を操る行為には、本質的に他者の模倣が組み込まれているともいえる。言葉の流通は盗まれることを前提としている以上、作品に剽窃はつきものなのだ。これを厳しく取り締まるようになったのは、少なくとも歴史的にみれば、作品の本質的価値の尊重というよりも、その商業的価値を保護するという意味合いからでてきたようにみえる。作品の所有権、すなわち著作権の議論がそのことを物語っている。

長いあいだ芸術活動は基本的に王侯や貴族といった、ごく一部の権力者や支配者階層の庇護のもとに営まれてきた。芸術活動といっても、今日われわれが捉える「芸術」の範疇よりはずっと職人的な制作活動に近いものであったから、作者の地位や独立性といった意識も当然稀薄であった。それゆえ、依頼された作品を制作し、その労力に見合う報酬を受け取るという単純な契約で支障をきたすことはまずなかった。文学についても基本的に同様である。

したがって、個としての作家の地位や作品の固有性が問題になることもそれほどなかった。いわゆる著作権についての近代的な議論がはじまるのもかなり遅く、一八世紀以降のことである。それ以前、作家が目標としていたのは「権利」よりも「栄誉」であり、それは著述をする者の倫理でもあった。著述に関して権利としての金銭的報酬を云々すること自体、蔑まれる行為とみなされるところがあり、たとえばニコラ・ボワロー（Nicolas Boileau 一六三六〜一七一一）は『詩法』（*L'Art poétique* 一六七四）のなかで、以下のような詩句を残している。

わたしは知っている、高貴な精神が恥にも罪にも身を染めることなく
みずからの仕事から正当な報酬を引き出すことを。
しかしわたしは赦せない、名の知れた作家たちが
栄誉に倦み、金に飢えて
おのがアポロンを本屋に質入れし、
神々しき業を金儲けの仕事となしていることを。(3)

ニコラ・ボワロー

ルイ一四世の時代、書き手が標榜したのはこのような「高貴な精神」であり、金のために詩句を繰り出すことは著述家の倫理に反する賤しいこととされるのが普通であった。『アレクサンドル大王』(*Alexandre le Grand* 一六六五)によってラシーヌ(Jean Racine 一六三九〜九九)は社会的にも金銭的にも成功を収め、一流の劇作家に仲間入りするといってよいが、この自作がモリエール劇団で上演されはじめてわずか二週間後、モリエールと敵対するオテル・ド・ブルゴーニュ座で上演されるという珍事がおき、これが当時のスキャンダルとなったことはよく知られている。ここにどの程度金が絡んでいたかは不明なところが多いが、[4]多かれ少なかれ金銭的にも好条件をもとめて劇作家が動いていたことは事実であろう。後年、父に関する伝記的文書『ジャン・ラシーヌの生涯と作品についての若干の特殊事情を含む覚え書き』(*Mémoire contenant quelques particularités sur la vie et les œuvres de Jean Racine* 一七四七)を著した息子ルイ・ラシーヌ(Louis Racine 一六九二〜一七六三)が、このボワローの詩句をもとにことさら父を弁護しようとしているところからして、余計にそう見えてくる。自分の書いた悲劇の印刷から父が「わずかな利益」を得たのはまさに「正当な報酬」であり、『エステル』(*Esther* 一六八九)と『アタリ』(*Athalie* 一六九一)にいたっては、ボワローと同様、作品と引き換えに一切の金銭を受け取っていないと息子は主張しているのだが、(5) この「わずかな利益」とはどれほどのものであったのだろうか。

作家が著作によってなにがしかの金を稼ぐことはキケロの時代からあったわけだが、ここで重要なのは、大作家であるためにはこのような弁護が、ラシーヌの息子がこの文書を書いた一八世紀半ばになっても必要だったということである。金と距離をおいてこそ、高貴な精神として人びとの尊敬を集め君臨することができるのであって、この距離が作家としてあるべき姿とそれに付与されるべき「栄誉」を形づくる――そのように理解されていたようだ。

他方、作家の著作に対する考え方も今日とはずいぶんちがうものであった。作品の独創性、あるいは唯一無二性の神話ができあがるのはもっとのちのことで、自作を原作のままに厳格に護るという意識もそれほど強いものではなかったと思われる。剽窃は頻繁に行われたし、それに対する罪悪感もかならずしも深くはなかった。作家活動のほとんどが余技である場合が多かったから、他者の著作物の再利用も剽窃や盗用といった意識ではなく、それほど大きな問題にはならなかったのである。むしろ、「まねられる」ことは名誉であり、それによって名声が増すというふうにさえ捉えられていた節がある。(6) 一九世紀にいたるまでは著述家の三分の一は貴族であり、さらに三分の一は上層ブルジョワ階級に属しており、かれらにはすでに生活を支える財があったわけで、著述活動はあくまでごく一部の特権階級の余技でしかなかった。著述が生活の糧と切り離されている以上、作品の一部が「盗用」されるとしても、それは名誉の問題であって権利意識とははるかに遠いところにあったのである。残りの三分の一も、ごく少数の例外を除いて何らかの仕事を営みながら、そのおかげで著述をする余裕を得ていた。具体的には法律家、高等教育教員、医者などだ。旧体制下、著述活動の独立を担保するものがあったとすれば、このようにいずれの著述家たちにも他に糊口の資があり、著述そのものが生計とかかわりがなかったことである。

そのなかで例外的だったのが演劇である。役者、劇団主宰者には民衆階級出身のものもいた。音楽についても同様で、歴史的にみて演奏者は下層階級に属するものが多く、そもそも英語の吟遊詩人やミンストレルをいう《minstrel》やフランス語の宮廷楽人を指す《ménestrel》は、ラテン語の《ministerialis》から派生したもので、もともとは「奉仕する」とか「仕える」という意味の形容詞である。作曲家ももとはといえばほとんどこうした演奏者であった。これらの人びとは芝居や演奏によって生計を立てており、これを主たる職業としているという意味でプロであったが、このような演劇関係者や音楽家が台本や歌詞を書くことを除けば、通常の著述活動は基本的に生計とは無関係であり、みずからの個人的娯楽の域を出ないのが一般であった。それゆえ、作品の価値が経済的指標で計られることもなければ、かりに剽窃があったとしても、それが経済的な事象として問題になることはほとんどなかったのである

（二）文芸の庇護活動

このように著作活動が直接経済と結びついていない時代、財産のない才能にも活動を許す道があった。それが今日いうところのメセナである。裕福なものが文化活動を支援するという意味で日本語でも定着したフランス語の「メセナ」（mécénat）が、ローマ皇帝アウグストゥスの助言者ガイウス・マエケナス（Gaius Cilnius Maecenas 前七〇～前〇八）に由来することはよく知られている。ホラティウスやウェルギリウスをはじめ、多くの詩人・芸術家がこの政治家の庇護を受けて後世に名を残した。長い歴史をつうじて文芸に繁栄をもたらしたのはこうした擁護活動であり、母体となるものが国家か宗教団体か、あるいは富裕な民間人かによってその目的はさまざまであったが、このような金銭的バックアップがなければ文芸が職業として成り立ちえなかったのは自明であろう。「〔……〕何を恐れるというのか、芸術がつねに／恵まれし星のまなざしを覚えるこの世紀において／明るき大公の賢き先見が／有能の貧窮を知らずにいさせてくれるこの世紀において」[7]とボワローが謳うように、絶対的な権力者の庇護のもとで芸術家は生活の苦労を忘れて制作に没頭することができた。もちろん庇護者の意向を汲み、その力の大きさを讃えることが条件である。

とはいえ、ボワローの時代、こうした権力者による芸術・文芸の庇護活動からどれほどの人間が恩恵を受けていたかというと、その範囲はきわめて限定的である。一六六三年、アカデミー・フランセーズの会員であったシャプラン（Jean Chapelain 一五九五〜一六七四）の協力のもと、コルベールが王の内帑金からの助成制度をつくり、支給対象となる九八名の作家・学識者リストを作成したが、その総額は七万七五〇〇リーヴル。これではとうてい十分とはいえない。平均しても八〇〇リーヴルに満たず、当時の生活水準からしてもけっしてゆとりのある生活を可能にする金額ではなかった。(8)当時、印刷工でもある程度熟練していれば一日三〇スー、一年に換算して五〇〇リーヴル以上の収入があったのである。さらに広く見渡せば、もの書く人間はこの数倍はいたわけで、ほとんどはこのような制度とまったく無関係であったといわなければならない。折り返した襟が汚れ、キュロットや胴着が破れていたりする男を街でみかけたら、名前を聞かずともそれがだれかはわかるだろう、「詩人か、少なくとも詩人になりたがっている男だ」(9)──そうマチュラン・レニエ（Mathurin Régnier 一五七三〜一六一三）が書いたのは一七世紀のはじめだったが、多くの書き手にとって現実はその後もほとんど変わらなかった。

したがって、メセナによる作家の経済的庇護は限定的で、作家の精神的自立という点ではむしろ障碍になることも多かった。フランソワ・メズレ（François Eudes de Mézeray 一六一〇〜一六八三）がフランス史を書くにあたって、大法官セギエ（Pierre Séguier 一五八八〜一六七二）が一三〇〇リーヴルの年金と引き換えに身贔屓になるような記述をもとめた例を想起すればよい。いつの世も、作家や学識者がなんらかの庇護を権力者から受けながら活動するというのは、経済的援助と表現の自由や思想の自立性を交換するようなところも少ない。たとえばディドロが書籍商に作品の所有権を認めるかたちで文学活動を市場原理のなかに位置づけようとしたのも、ひとつには権力者による庇護活動の効果を信じていなかったからである。執筆によって自分が得るであろう収入の総額を四万エキュと見積もり、順調にいけば金持ちとは言わぬまでもそれなりの生活はできるとしたうえで、「その埋め合わせを気前よくしてくれるような裕福な君主」などいるはずもない、と述べている。[10] 要するに、かれは進みゆく市場経済のなかに作家というものを位置づける必要性を痛感していたのである。さらに、著述家を助ける社会保障やある種の文学基金のようなものまで漠然と考えていた。あとでみるように、たしかに一八世紀後半以降の著作権論者の考えと比較すれば、「特認」を評価している点など、なお伝統的とはいえ、経済的にも精神的にも作家を自立させる道を模索していたといってよいであろう。

(三) 作家意識

現代の感覚ではやや捉えにくいが、一八世紀の後半にいたるまで、作者であることと作家になることとのあいだには今日とはかなり異なる意識の断層があった。というのも「作家」(auteur) というの

オリヴァー・ゴールドスミス

は「書いたものを印刷させる、してもらう」というのが当時の定義であり、作品の主人であるという意味で使われるものではなかった。たとえばトレヴーの辞書では、神のように事物の創造者、物事の創案者、物事の原因をなすものなど、一般的に知られている語義を並べたあとに「文学に関して」の記述をおき、つぎのように書かれている。「何らかの書物を世に出したすべての者。いまは書物を印刷させた者についてしか言わない」[11]。この辞書のベースとなった一七世紀末のフュルティエールの辞書においてもほぼ同様の定義がみられるのは当然である[12]。

要するに、作家（auteur）とはこの時代、作品の創造者（créateur）であるよりもむしろ、書籍商を介して書物を世に出す人間という意味合いで使われることが多かったのだ[13]。ものを書く行為が古代より連綿と続き、それが一種の知的生産の典型でありつづけてきたことは繰り返すまでもないが、この営みが職業化したのは、すでに触れたようにそれほど古いことではない。さらに、ものを書く職業と一口に言ってもそこには段階があって、書く行為（生産行為）が特定の個人や組織にとって有用であるという前提のもとに社会的に認知される段階と、書かれたもの、すなわち作品が生産物として商品的価値をもち、それを媒介とした経済行為が職業を成り立たせる段階とでは、作者の意識は根本的に異なるだろう。前者から後者への変化があらわれてくるのがまさに一八世紀ごろなのであり、さきに引いた辞書の定義もこのことを反映していると思われる。

ボワローのいう、ものを書く人間の精神の高貴さや君主の庇護、すなわちメセナが作家の職業的地位を決定づけていた時代から、作品の商品価値に基盤をもとめる時代へと移行していくのは、市民社会の基盤がより早く形成されたイギリスのほうがさきであった。小説『ウェイクフィールドの牧師』（*The Vicar of Wakefield* 一七六六）で知られるゴールドスミス（Oliver Goldsmith 一七三〇〜七四）は、モンテスキューの『ペルシャ人の手紙』（*Lettres persanes* 一七二一）に触発されて書きはじめたと思われる『世界市民、あるいは中国人哲学者の手紙』（*The Citizen of the World, or Letters from a Chinese Philosopher* 一七六二）で以下のように記している。

目下、ほんの一握りだがイギリスの詩人はもはや生活のために身分の高い人びとに依存していない。いまやかれらの庇護者は公衆（public）をおいてほかにいないのだ。総体としてみれば公衆は寛大なよき主《あるじ》である。［……］

現在、作品に価値のある文人はこの価値を十二分に意識している。教養ある社交界の構成員はみな、かれの書いたものを買うことでかれに報酬を与える貢献をなしているのだ。［……］いまやかれは食事の招待を断っても庇護者（patron）を不機嫌にしたり、家にとどまって飢えたりする心配はない。いまやかれは、知的優越意識をふりまきながら、他の人びとがふつうに着ているような服装をして社交界にあらわれ、王子たちにさえ語りかけてよいのだ。ここでかれは、財を誇ることはできなくても、自立していることの威厳（dignity of independence）を堂々と示すことはできるのである。(14)

大貴族や王族、あるいは大富豪をパトロンとして、かれらに気に入られ、そこから生活の保証を得ていた作家は、一八世紀後半、しだいにそうしたメセナの体制から自立していく。もちろん、出版文化の先進都市であったロンドンでも、当時のベストセラーの代名詞たるリチャードソンの『パミラ』（*Pamela* 一七四〇）でさえ発行部数は半世紀をかけて二〇万部に届くかどうかといったところで、今日の数字とは比べるべくもない。したがってゴールドスミスの言はいささか楽観的すぎるのだが、それでもこの時期に書き手たちが作品の商品価値を意識しはじめたことはこの文章から読み取ることができる。ちなみにゴールドスミスは年間平均四〇〇ポンドほどの収入を得ていたとみられる。(15)

作家が庇護者から自立して生活するには、作品が商品として流通しなければならない。しかし、書物が商品とみなされるとしても、書き手みずからがこれを売り歩くわけではなく、そこにはつねに書籍商が介在する。フランスについていえば、さきにも述べたように、今日知的所有権として作者に認められている権利が意識されるようになったのはそれほど昔のことではなく、ながいあいだこの権利を所有していたのは書籍商であった。そもそもこのような権利が成立したのは、海賊版への対抗からである。一五世紀半ばの活版印刷の登場とほぼ同時期に海賊版は登場する。当然、出版業者は利益を守るためにこれに対抗することになるが、その際にとられたのが公権力に出版の独占権を認めてもらい、それによって他を排除するというやりかたであった。[16]「特認」(privilège)とよばれ、多くは国王、教会、高等法院などが出した出版許可であり、その許可を受けたことを示すために、タイトルページに«cum privilegio»(特認付)と刷り込んだ。

もっとも、海賊版がすべて否定されるべき現象であったかといえばそうではなく、当時の書物は刷られる部数が限られていたうえに値段が高く、しかもいったん刷られると解版されて簡単には再版されることがなかったため、粗悪品とはいえ格安で手に入りやすい海賊版はいわば必要悪であった。宮下志朗氏が指摘しているように、「著作権観念が稀薄な時代にあっては、〈海賊版〉はなかば公然と出版文化の一翼をになっていた」のである。[17]出版権の保護と海賊版がその後もイタチごっこをつづけていくのは、ある意味で必然性をもった現象であった。

ところで、海賊版から出版権を護るという考えは、書籍商を保護する意図から発したものであって、作者にとっての著作権ではない。作品に対する著者の権利は、一九世紀にいたるまでほとんど顧みられることはなく、特認という制度はあくまで出版にかかわる問題であり、権力側にとってもこれによって出版物を取り締まるという点で都合がよかった。こうして当初から教会と世俗権力の双方とも、出版業者の権利を守りながら、他方でこれを統制する法的根拠として特認制度を利用してきたのである。

フランスではフランソワ一世（一四九四〜一五四七）の時代から出版物への監視体制は強まっていくが、一六世紀後半になると、それまでに何度も版が重ねられてきた古い時代の作家の著作よりも、同時代の書き手たちの原稿を印刷することのほうが多くなってくる。そうなると、特認の対象となる作品や有効期限の問題が生じることになるだろう。この時代の決定をみると、古い時代の著作や外国の作品に関しては基本的にだれが刷ってもよかったが、あらたに書かれ、まだ一度も印刷されたことのない同時代の作品については、特認を得ることが絶対条件となっており、さらに、特認の有効期限が切れると、すべての印刷業者に刷る権利が発生するというものだった。しかも、パリの印刷業と書籍業者が圧倒的な影響力をふるっていたから、特認の継続や更新はかれらの手の内にあったといっても過言ではない。したがって、地方の出版業者の不満が募り、特認の有効期限の問題はきわめて微妙な問題になっていたのである。[18] シャルル九世下（在位一五六〇〜七四）に発せられた王令によって、国王が下す特認をえた書物のみが出版の対象となっていったが、[19] とはいえ、特認の期限、更新・延長等について明文化された規程はなく、ようやく条文化されたのは一六一八年のことである。[20] 一七世紀をつうじて絶対王政が確立していくなか、制度はさらに整備されていく。印刷業者の数を限定し、一六七四年には非公式ながら「出版統制局」が設置され、一切の印刷物は大法官による国璽なしに出版することができなくなる。徹底した検閲を行い、表現手段を規制し統率することに最大限の注意を払うことは、絶対的な権力体制を敷こうとする意思には不可欠である。

（四）著作権意識の芽生え

このように書籍出版業と権力が互いに利害の一致するところから築き上げられてきた特認制度だが、一般の読者層の広がりとともに書物が商品的価値を帯びるにしたがって、しだいに議論の的になっていくのは必定であろう。先述のとおり、いまや作家の「庇護者は公衆（public）をおいてほかにいない」というゴールドスミスの言葉が端的にあらわしていたように、国家権力による庇護と統制について、さらには書籍商と作者のあいだの関係についての議論は、一八世紀中葉以降、さまざまなかたちで展開していくことになる。

具体的な例として、特認の期限が切れた『寓話』（*Fables* 一六六八～九四）についての議論がある。一七六一年、当局は生活に困窮していたラ・フォンテーヌの孫娘に、書籍商への特認の期限の過ぎた作品の出版権を与えた。このことをめぐって出版業者や当時の著述家、さらには政治家を巻き込んでかなりの論争が起きる。これは所有権が書籍商側と著作者側のいずれに帰属するかという問題でもあった。

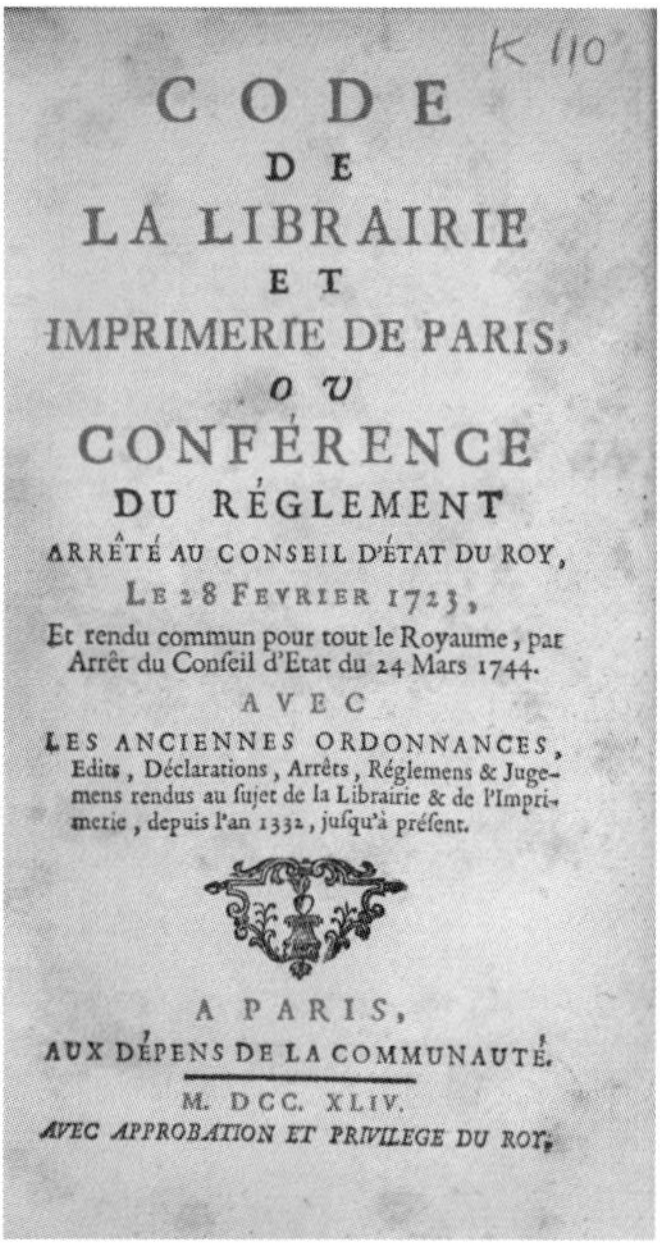
K 110
CODE
DE
LA LIBRAIRIE
ET
IMPRIMERIE DE PARIS,
OU
CONFÉRENCE
DU RÉGLEMENT
ARRÊTÉ AU CONSEIL D'ÉTAT DU ROY,
LE 28 FEVRIER 1723,
Et rendu commun pour tout le Royaume, par Arrêt du Conseil d'Etat du 24 Mars 1744.
AVEC
LES ANCIENNES ORDONNANCES, Edits, Déclarations, Arrêts, Réglemens & Jugemens rendus au sujet de la Librairie & de l'Imprimerie, depuis l'an 1332, jusqu'à présent.
A PARIS,
AUX DÉPENS DE LA COMMUNAUTÉ.
M. DCC. XLIV.
AVEC APPROBATION ET PRIVILEGE DU ROY.

『パリ書籍業・印刷業法典』

所有権の問題は、さきにも触れたように、もともとは特認の延長をめぐって書籍業者のあいだで生じたものである。ところが、この事案では書籍商ではなく著者の後裔に特認が下された。この点がそれまでにないことで、出版界にとっては自分たちの独占的所有権が脅かされる可能性のある由々しき事態であった。それまでの出版に関わる規程を集約して一七二三年にまとめられた『パリ書籍業・印刷業法典』(*Code de la librairie et imprimerie de Paris*)[21]においても、このタイトルのとおり、規定されているのは書物の印刷や検閲、特認の更新などで、いずれも業者との関係における問題ばかりである。特認が著者や著者の親族の一部に認められることはなかったからである。『百科全書』の「複製権」(Droit de copie)の項にあるように、「書籍商が著者から得る文学作品にたいする所有権は、著者がその作品にたいしてもつ権利そのものであって、疑う余地のない」ものであった。[22]したがって、『寓話』をめぐるこの決定は出版界にとってはきわめて重要な問題で、ディドロが『書籍業の商取引についてある行政官に宛てられた歴史的政治的書簡』(*Lettre historique et politique adressée à un magistrat sur le commerce de la librairie* 一七六三）[23]なるものを書いたのも、当時のパリ書店共同組合代表であった書籍商ル・ブルトン（Le Breton）のもとめによるものであった。

　この文書は、一八世紀の作家および著作の法的位置づけを知るうえできわめて重要な文献である。ここで展開されるディドロの議論については、藤原真実氏が詳細かつ的確に論じているのでそれに譲るが、[24]簡単にいえば、著作の所有権は書籍商の側にあるというのがディドロの立場であり、従来の特認のありかたを支持するものであった。特認は原理的に商取引の自由を阻害するものであり、旧体制の象徴ともいうべき特権のひとつと考えれば、これをディドロが是認するのはいかにも奇妙な印象をうける。しかし、かれが弁護したのはそのような特権そのものではなく、契約と所有権である。ディドロ自身もこの微妙な立場は理解していたようで、「経験と良識に照らして、いかなる障碍も商業にとって有害であることが証明される時代に、書籍商を維持するものが特認しかないと申し立てるのは、いかにも奇妙な逆説ではありましょう」[25]ともいっている。そう述べつつも、書籍商に与えられている特認は、特定の人びとにのみ優先的に与えられる特権と異なるという。すなわち、書籍商は法的な手続きをへて原稿を得るのであり、政府は認可によってその原稿の出版を正当化し、原稿を得た者にその所有を保証するのであって、これは他の正当な所有の過程、たとえば家を購入する場合とまったく異なるところがない。したがって、何ら全体の利害に反するものは存在しない、というのである。[26]さらにディドロはいう、「繰り返しますが、著者はみずからの著作の主であり、そうでなけれ

ドニ・ディドロ

ば、だれもみずからの財産の主ではないということになります。書籍業は、著作が著者によって所有されていたのと同じようにそれを所有します。かれは、版を重ねることによってそれを好きなだけ活用する議論の余地なき権利を有するのです。もしそれを妨げるとすれば、それは農夫に土地を荒れ地のままにせよ、あるいは家主に部屋を空けたままにせよと命ずるのと同等に馬鹿げています」[27]、と。

したがって、ラ・フォンテーヌの孫娘たちの問題についても書籍業を擁護し（そもそもこの文書が書籍業組合から依頼されたものであるから当然だが）、婉曲的に孫娘たちの権利を否定している。著作者たる自分が書籍業側に立ってとやかくいう問題ではないとししつも、もしもわが子が同じように「卑しくも当局に訴えてかような不正（cette injustice）」をしたなら、自分が子どもに教えたものが完全に消えてしまったからで、それは「所有についての民法のなかでいちばん神聖なるものを金のために踏みにじる」に等しいと述べる[28]。ディドロには、のちの近代的著作権（たとえばベルヌ条約）が認める一身専属性を有する著者の権利、言い換えれば、著作を所有し利用する第三者に譲渡しえない精神的権利（droit moral）として著作権をとらえる見方はなかった。

これに対し、さきのサルティィーヌの前に出版統制局長を務めたマルゼルブ（Chrétien-Guillaume de

Lamoignon de Malesherbes 一七二一～九四）は、ある意味で特認が出版業の不幸であったという見解をもっていたようで、『書籍業および出版の自由に関する意見書』（*Mémoires sur la Librairie et sur la liberté de la presse* 一八〇九）では、一七二三年の法令を中心とする過去の例規と、あるべき書籍販売の姿を順次論じたあとで、作者と販売の関係を端的に述べている。

このように書籍商の振舞いについて考察してくると、もうひとつ別種の人間、すなわちわたしの考えるところ、書籍販売を全面的に禁じられている状態から外されてしかるべき人間について語りたくなる。それは作者のことで、自然権にしたがうならば、作者はみずからの著作を自分で売る能力をもっているから、そこから利益をそっくり引き出すはずであろう。民法はまったくそれに反対していない。自分の才能の結実たる一作者の著作を、もっと正当にかれに帰属するものとして、さらに、かれが自由に扱うことができるもっとも当然な財産としてみなすべきではないだろうか。(29)

この文章は「第四の意見書」の最後の部分にみられるものだが、マルゼルブが作家の経済的自立を考えていたことのあらわれといえよう。(30) 既得権にあぐらをかく書籍業者の横暴を暴き、著者もまた自分の著書を売る権利をもつべきであると主張し、特認そのものが時代遅れであることを説くマルゼルブは、(31)特認がないがしろにされ、出版業者のあいだで自由競争になれば、版本の質の低下を招くという危惧を抱いていたディドロとは大きく異なるところである。出版統制局長といういわば官僚の頂点にあって、現実が許す限り出版の自由を推し進めたマルゼルブという貴族は、まさに近代人であったというべきだろう。

世紀全体の状況をみれば、もともと原稿を買い取ってしまえばその作品の所有者になると考えられていたから、書籍商たちにとって特認は所有者の資格を絶対的なものにする切り札であったし、それを論拠にその永続性を主張しつづけた。一方、作家たちは、作品とは精神の産物であって、一般に所有されるような物理的対象とは一線を画すべきものであるという考えにしだいに傾いていく。したがって、徐々にではあるが、特認も断罪されるべき旧態依然たる制度として認識される運命にあった。もちろんディドロのように著作も一般の所有と同一の次元でとらえようとした思想家もいたが、世紀後半の論調は一段と著者の権利を擁護する考えに傾いていく。

一七七七年の「特認に関する裁定」においてもなおパリの印刷・書籍業組合の解体にはいたらなかったが、(32)特認の制度については大きく揺らいだといってよい。というのは、この新たな王令によって、新刊書のみが特認の対象となり、再版についてはその対象からはずされたからである。

著作権という権利意識はこのように一八世紀後半をつうじてしだいに広がりをみせていくが、出版の自由に深く理解を示したマルゼルブでさえ、ただちに完全な出版の自由を導入すべきではないと考え、その理由にエートスの変化がおきるには時間がかかることを挙げていた[33]。同様に、書き手の意識もそれをとりまく環境もそれほど急に変化するわけではない。したがって、制度的な改変は繰り返されたが、市民階級の著述家の層がいまだ十分に成熟していない以上、全体のエートスにそれほど大きな変化はなかった。経済力を蓄えはじめた銀行家や金融資本家がその財力をもとに援助の手を差しのべたのは、したがって、やはり職業的に舞台に立つ演劇関係者だったのである。著作権要求の声を最初にあげたのも劇作家ボーマルシェだったことを想い起こさねばならない。著作への権利にせよ、庇護活動にせよ、それをもっとも必要とするのは、余技として著述や芸術を実践している者ではなく、それを職業とし、それで生活している人間であることはいうまでもない。ペレゴーがそうであったように、銀行家が庇護活動の対象にしたのは、まず俳優や歌手、あるいはオペラ座の踊り子であった。

出版統制局長マルゼルブ

さらに話を美術の世界にまで拡大してみるならば、次章以降に述べるように、絵画が市場に出ていくのがまさに一八世紀後半からなのである。もちろん、前世紀後半から絵画の価格は高騰をつづけており、国王間の競争もあってヨーロッパ中で価格は三倍になったという。[34] しかしながら、一八世紀前半にはまだ愛好家による絵画への投機は見られなかったようだ。ところが、世紀後半になると、芸術作品の高騰が人びとの確信としてとらえられるようになる。[35] これ以降、銀行家たちがこの市場に参入してくるであろうことは容易に想像がつく。芸術作品を描かせ、それを買うという行為が投機になり金儲けの手段となりつつあったわけだが、これを否定的にばかりみることもできない。それは一方で芸術家を育成することにもつながっており、ときに庇護活動にもなり、広い意味で芸術を護ることにつながっているからである。本書で扱っている一八世紀末から一九世紀前半の銀行家も多く絵画コレクションをもつことになる。

（1） Jean Giraudoux, *Giegfried*, acte I, scène 6, in *Théâtre complète*, Gallimard, coll. « Bibliothèque de la Pléiade », 1982, p. 16.
（2） Michel Scheneider, *Voleurs de mots. Essai sur le plagiat, la psychanalyse et la pensée*, Gallimard, 1985.
（3） Nicolas Boileau, *L'Art poétique*, chant IV, v. 127-132, in *Œuvres complètes*, édition établie et annotée par Françoise Escal, Gallimard, coll. « Bibliothèque de la Pléiade », 1966.
（4） Georges Forestier, *Jean Racine*, Gallimard, 2006, chap. 11.
（5） Louis Racine, *Mémoire contenant quelques particularités sur la vie et les œuvres de Jean Racine*, in Racine, *Œuvres complètes*, t. I, *Théâtre et Poésie*, éd. Georges Forestier, Gallimard, coll. « Bibliothèque de la Pléiade », 1999, pp. 1129-1130.

（6）Nicola Boileau, *L'Art poétique*, chant IV, v. 189-192.

（7）*Ibid.*, v. 192.

（8）Robert Escarpit, « La rentabilité de la littérature », *Annales de l'Université de Lyon*, 3e série, Lettres, Fasc. 39, 1965, p. 208.

（9）Mathurin Régnier , *Satire II*, in *Œuvres complètes de Mathurin Régnier*, P. Jannet, 1853, p. 15.

（10）Denis Diderot, *Lettre sur le commerce de la librairie*, in *Œuvres complètes*, Texte établi par J. Assézat et M. Tourneux, Garnier, 1885-1877, vol. XVIII, pp. 47-48.

（11）*Dictionnaire universel françois et latin : contenant la signification et la définition... des mots de l'une et de l'autre langue... la description de toutes les choses naturelles... l'explication de tout ce que renferment les sciences et les arts...* Tome I, 1721, pp. 750-751.

（12）*Dictionnaire universel contenant généralement tous les mots françois, tant vieux que modernes, et les termes de toutes les sciences et des arts*, La Haye, A. et R. Leers, 1690, p. 520.

（13）この点は藤原真実氏も「作品はだれのもの？——ディドロの『出版業に関する手紙』とその前後」で触れている（四六頁）。この論考はディドロについてのものだが、一八世紀の著作権意識の全体的な概要を知るうえでも有益である。

（14）Oliver Goldsmith, *The Citizen of the World, or Letters from a Chinese Philosopher*, Letter LXXXI.

（15）Michèle Vessilier-Ressi, *Le métier d'auteur. Écrivains, compositeurs et cinéastes, auteurs de théâtre et de radio-télévision*, Dunod, 1982, p. 23.

（16）初期の「特認」はベネツィアやミラノなど、イタリアで盛んに行われた。*Cf.* Lucien Febvre, Henri-

Jean Martin, *L'apparition du Livre*, Albin Michel, 1971, p. 328. リュシアン・フェーヴル、アンリ＝ジャン・マルタン『書物の出現』関根素子ほか訳、ちくま学芸文庫、一九九八年、下巻、一四七頁。

（17）宮下志朗『書物史のために』晶文社、二〇〇二年、二五八頁。宮下氏は、一七世紀にパリから取り寄せたコルネイユの著作を海賊版にして六分の一以下の値段で売ったグルノーブルのニコラという人物の例を引いている。

（18）Henri Falk, *Les privilèges de librairie sous l'ancien régime. Études historiques du conflit des droits sur l'œuvre littéraire*, Slatkine Reprint, 1970, p. 80.

（19）Lucien Febvre, Henri-Jean Martin, *op.cit.*, p. 329. リュシアン・フェーヴル、アンリ＝ジャン・マルタン、前掲書、下巻、一五四～一五五頁。）

（20）Henri Falk, *op. cit.*, p. 81.

（21）この法典は、表題の副題に示されているように、その後「一七四四年三月二四日の国務評議会令によってフランス全土に」適用されることになった。

（22）*Encyclopédie ou Dictionnaire raisonné des sciences, des arts et des métiers*, t. V, 1755, p. 146 a.

（23）完全なタイトルは『書籍業の商取引とその古今の状況、その規程、特認、黙許、検閲者、行商人、橋梁通行権、および出版取締りに関するその他の事がらについて、ある行政官に宛てた歴史的政治的書簡』（*Lettre historique et politique adressée à un magistrat sur le commerce de la librairie, son état ancien et actuel, ses règlements, ses privilèges, les permissions tacites, les censeurs, les colporteurs, le passage des ponts et autres objets relatifs à la police littéraire*）で、ここで「ある行政官」とされている時の出版統制局長アントワーヌ・ド・サルティーヌ（Antoine de Sartine 一七二九～一八〇一）への意見書の体裁をとって

いる。もっとも、翌年（一七六四年）実際に提出された文書は、ル・ブルトンの手によって大幅に修正されたもので、タイトルも『書籍業の古今の状態、とくに特認の所有権等々についての書簡形式の建言と考察』（*Représentations et observations en forme de mémoire sur l'état ancien et actuel de la librairie et particulièrement sur la propriété des privilèges, etc. etc. etc. Présentées à M. de Sartine par les syndics et adjoints*）であった。ディドロのテキストが刊行されたのは約百年後、一八六一年のことである。

(24) Mami Fujiwara, « Diderot et le droit d'auteur avant la lettre : autour de la *Lettre sur le commerce de la librairie* », in *Revue d'histoire littéraire de la France*, Presses universitaires de France, 2005, no 1 (vol. 105), pp. 79-94.

(25) Denis Diderot, *Lettre historique et politique adressée à un magistrat sur le commerce de la librairie*, in *Œuvres complètes de Diderot*, textes établis par J. Assézat et M. Tourneux, Garnier frères, 1876, t. XVIII, p. 28.

(26) *Ibid.*, p. 29.

(27) *Ibid.*, pp. 29-30.

(28) *Ibid.*, pp. 26-27.

(29) Chrétien Guillaume de Lamoignon de Malesherbes, *Mémoires sur la Librairie et sur la liberté de la presse*, Paris, Agasse, 1809, pp. 175-176.

(30) マルゼルブの出版に関する思想については、木崎喜代治『マルゼルブ　フランス一八世紀の一貴族の肖像』岩波書店、一九八六年、一五六〜二〇九頁を参照。

(31) 同書、一七五頁。

（32）宮澤溥明『著作権の誕生　フランス著作権史』太田出版、一九九八年、六一頁。
（33）木崎喜代治、前掲書、一八五頁。
（34）Jean-Baptiste Dubos, *Réflexions critiques sur la poésie et la peinture*, Paris, 1733, t. II, p. 152.
（35）クシシトフ・ポミアン『コレクション　趣味と好奇心の歴史人類学』（吉田城、吉田典子訳）、平凡社、一九九二年、二三四頁。

第七章　銀行家たちの文化活動とロマン主義

（一）自由主義の世代

フレデリック・ペレゴー亡きあと、フランス金融界の中心を担うのは、ペレゴーの右腕となって実質的にこの銀行を動かしていたジャック・ラフィットである。フランスの歴史文化研究がながいあいだ共和主義的な歴史観に偏っていたためでもあろうか、ペレゴーにせよ、ラフィットにせよ、歴史的にきわめて重要な役割を演じているにもかかわらず、かならずしも深く研究されてこなかった。ラフィットの場合、名前が取り沙汰されるのはもっぱら七月王政の最初の首相としてである。たしかにラフィットは七月王政誕生に多大な貢献をなし、ルイ=フィリップの「キングメイカー」ともいわれ、一八三〇年一一月からは首相にも就任しているから、政治上の威光は絶大である。とはいえ、かれの政治家としての行動も銀行家としての長い経験、経済人としてさまざまな次元での利害を観察してきた洞察力に裏打ちされているのであって、その点を無視することはできない。にもかかわらず、かれ自身の回想録が、実業家のそれにありがちな自画自讃と虚栄的記述を含んでいることも手伝ってか、近年までその生涯を克明にたどる研究がほとんどなかった。(1) また、冒頭でも述べたとおり、銀行家であって経済の理論家ではなかったために、経済史においてもほとんど挿話的にしか扱われない。

しかしながら、産業革命とともに経済活動があらたな局面を迎え、市場経済にもとづく産業主義が活発に議論されるようになった第二次王政復古期（一八一五〜一八三〇）にあって、ラフィットという銀行家の存在は時代を象徴する存在ですらある。ピレネー山脈に近いバイヨンヌ（現在のピレネー＝アトランティック県の都市）の大工の息子からフランス銀行の頭取にまで昇りつめ、ついには首相を務めるまでになるというのは、見ようによってはナポレオンの出世物語に近いともいえる。製材所の倅から社会の階梯を駆け上がる『赤と黒』の主人公は、ナポレオンの運命を心に描くが、現実にはこの銀行家の運命のほうが似ているのかもしれない。スタンダールがこの小説を仕上げつつあったのはまさしくラフィットが首相になるころと重なっていた。(2) いずれにしても、銀行家の存在が、社会のあらゆる局面でペレゴーの時代以上に重要になっていたことは疑いようのない事実である。

では、王政復古期の社会において銀行家がどのような実際的役割を果たしていたのか——といっても、一九世紀の銀行家や金融資本家が影響をおよぼす範囲はきわめて広範であるため、本章ではとくにその文化的な側面からその一端を眺めてみたい。中心的な主題としてとりあげるのは、銀行家と芸術との関係およびかれらの博愛主義的振舞いの二点である。

試みにラフィットと同世代の著名人を並べてみよう。一七六七年の同年生まれにはバンジャマン・コンスタン、一歳年長にスタール夫人、一歳年少にシャトーブリアン、二歳下にナポレオン——すなわち、青年時代を旧体制下で、二〇歳代を革命時代に、さらに三〇代から四〇代にかけてをナポレオン体制のもとで、そして五〇歳前後からは王政復古に生きた世代である（七月王政期まで生き延びるのは、コンスタン、ラフィット、シャトーブリアン）。歴史を世代でみることにあまり意味はなかろうが、時をおかずして頻繁に政治体制が入れ変わる時代にあっては、「世代」がその当事者たちにとって歴史認識上大きな意味をもつことも少なくない。激しい時代の変遷のなかで翻弄されつつ生きたものは、多かれ少なかれ、変化する時代を通して世界を見、そのような激動の歴史に己を重ね、おそらくそれをいわば自身の歴史的アイデンティティとして思想のなかに刻み込む傾向が強いからである。

実際、王政復古期にはある種の世代論的な見方が議論の契機をつくっていたことはたしかだ。バランシュは、「われわれは心ならずも、そして知らぬ間に、無数の不確かな思想や漠然とした不安を呼吸しているような雰囲気のなかに生きている。［……］若者はこの波乱に満ちたなかで生まれ、揺らぐ大地のうえで育ったがために、晴朗な時代に生まれた父親たちと同じ感情を経験することができない」(3)といい、スタンダールもまたロマン主義宣言の書ともいえる『ラシーヌとシェイクスピア』で

「老人」と「青年」の対比を、伝統的な文学と来たるべきあたらしい文学の相違に重ねた。(4) そのあとの世代のアルフレッド・ミュッセも、「いまの世紀病（mal du siècle）はすべてふたつの理由に由来する。九三年と一八一四年を通過した人びとは心にふたつの傷を負っている――もはや存在しなくなったものすべて、いまだに存在しないものすべて。われわれの不幸の秘密を他所にもとめてはならない」(5) と述べる。このように、ロマン主義世代は「若さ」を拠り所として世代的アイデンティティをつくっていったという意味で、世代は他の時代に増して重要な要素といえるだろう。

ピエール＝シモン・バランシュ

ところで、こうした精神状況が、革命の落し子である「自由」や「個の解放」という観念とつながっているのは当然であるにしても、じつは金銭や市場といった経済観念とも深く関係していることを見落としてはならない。旧体制における「世襲」制度のもと、相続される「血筋」や財産としての「土地」が支配していた時代から、市場経済のなかでの商業活動や投機が財をつくる世の中へと、社会構造が根本的に変化したからである。ロマン主義を標榜した若い世代は、夢想や幻想、神話やユートピアといった地平に誘われつつも、ブルジョワの世紀の経済的現実に深く影響されつつ、みずからの価値観を鍛えていった。その意味で、文学や思想とあまりにかけはなれているがゆえに文化的にはほとんど顧みられないラフィットのような存在も、じつは重要な意味をもっている。あとでも述べるように、実際にこの時代のさまざまな集団――正式に認可された協会や政治的集まりからサロンにいたるまで――を覗いてみれば、そこにはかならず銀行家・金融家が名を連ねている。かれらは、経済活動の自由とその土台となる政治的自由をつよく主張し、そのために自由主義の台頭を後押ししたわけだが、自由主義的振舞いのなかに金融家としてのアイデンティティをもとめたようなところがある。ロマン主義の思潮に欠かせない要素である自由は、他方で経済活動と産業の発展を推進する原動力でもあった。ここにおいて、「自由」は政治、経済、文芸を共通の場に引き寄せる磁力を帯びた言葉になったのである。今日われわれが文学者や芸術家としてとらえている人物と金融家・銀行家の距離は想像以上に近かったといってもよい。作家が作家として生活できるような基盤がまだ整っておらず、政治家や外交官を兼ねているのはあたりまえであり、したがって、そのような交流は当然のように行われていた。「象牙の塔」に籠る狷介孤高の芸術家像ができあがるのは、もう少し後のことである。

(二)「レユニオン」という集まり

さて、ナポレオンが失墜し、ふたたび王政が復活してのち、人びとが参集し語り合う場にも変化があらわれる。一八一六年以降、政治サロンにはあらたなかたちが生まれていた。党派ごとに特定の有力者の邸宅に集まり、議会での議論の情報交換をしたり、つぎの議会に臨む準備をしたりという習慣が一般化していたのである。旧来のサロンにあった堅苦しい社交儀礼からいくぶん離れて、政治的親近性によって集まりをつくり、そこで自由に議論するような集会で、これを「レユニオン」(réunion)といった。このような活発な議論があちこちでなされるようになった背景には、ナポレオン体制の崩壊後、すなわち王政復古初期の政治情勢は、新しい体制の骨格をどのようにつくるかをめぐって百家争鳴、複雑に意見が分かれ、さまざまに議論が紛糾していたという事実がある。「憲章」(la Charte)をもってイギリスのような政治体制をフランスに導入しようとする際、そのバックボーンとなる議会制の原理についてさえ、政治的・法的にみてしっかりした理論がそれまで構築されていなかったからである。当時、きわめて特殊な政治状況にあったフランスでは、多数派から内閣を選ぼうとしない国王に対する不満に端を発して、右派によって過半数の原理が擁護されるというようなことも起きた。(6) 過激王党派の代表格と目されていたシャトーブリアンでさえ、『憲章による君主制について』(*De la Monarchie selon la Charte*)のなかで「[……]立憲君主制のもとでは、世論こそが内閣の本源であり根本、基本であり源泉(*principium et fons*)なのだ。そして、この世論に由来する帰結によって、内閣は下院の多数派から出なければならない。というのも、下院議員が民衆の意見の主要な代弁者だからである[……](7)」と、まるで政治的左派であるかのような主張を展開している。

このように政治議論が活況を呈するなか、パリだけでも十指に余るレユニオンが組織され、それぞれに集会の場を提供する人物の名前がついた。たとえばシャトーブリアンは、『墓の彼方からの回想』（*Mémoires d'outre tombe*）で過激王党派が集う「ピエ・レユニオン」（réunion Piet）に触れている。

当時諸々の意見がとても活発に交わされていたが、それが類似しているか否かによって、両院の少数派のあいだに仲間意識が形成されていた。フランスは代議制政府を学習しているときだった。わたしは愚かにもそれを文字どおりに受け取り、大損になるのにもかかわらず心底熱中して、これを採用しようする人たちを支援した。かれらの対立のなかに、わたしが憲章に対して抱いていたような純粋な愛情よりももっと俗人的な動機が入っていないかどうかも気にすることなしに。わたしは馬鹿ではなかったが、わが愛の対象《マダム》の偶像崇拝者であったから、それを腕に抱えて持ち去るためには炎さえ飛び越えたことだろう。一八一六年、わたしがド・ヴィレール氏を知ったのはまさにこのように憲法熱の発作の渦中であった。［……］野党の他のメンバーとともに、われわれはかなり頻繁にテレーズ通りに行き、ピエ氏の家で討議して夕べをすごした。［……］われわれは提案された法律、出すべき動議、秘書や財務担当やさまざまな委員会につける仲間について話した。(8)

フランソワ＝ルネ・ド・シャトーブリアン

ピエという人物は、[9] その才能よりも、パレ・ロワイヤルにほど近いテレーズ通り八番地にあった広い住居で有名だったようで、そこでは仲間にご馳走がふるまわれ、「王政のレストラン」（restaurant de la Monarchie）ともよばれていたらしく、集まる者たちも「ピエティスト」（いうまでもなくPietという名と敬虔派piétisteがかけられている）と綽名されていたようである。[10] このように当時の議員たちは、リシュリュー公一派ならロワ伯の、ボナパルティストならヴォワイエ・ダルジャンソンの、極右王党派ならピエの、自由主義派なら実業家テルノー（Guillaume Ternaux 一七六三〜一八三三）の、という具合に、その政治的立場に応じてそれぞれのレユニオンに集まっていたのである。[11]

「ラフィット・レユニオン」もそのひとつであった。集まっていたのは、かれの兄弟、多数の法曹関係者、『立憲派』（*Le Constitutionnel*）や『ラ・ミネルヴ・フランセーズ』（*La Minerve française*）の創刊にも加わったアントワーヌ・ジェー（Antoine Jay 一七七〇〜一八五三）のようなジャーナリスト、ナポレオン時代に外交官も務めたセバスティアーニ将軍（Horace François Bastien Sébastiani 一七七二〜一八五一）、ラファイエットの義弟にあたるテオデュール・ド・グラモン侯（Théodule de Grammont 一七六六〜一八四一）、バンジャマン・コンスタン、バンジャマン・ドレセール

（Benjamin Delessert 一七七三〜一八四七）といった面々であった。左派の下院議員で憲章擁護の立憲派自由主義を奉ずる人物が目立つ。シャルル・ド・レミュザ（Charles de Rémusat 一七九七〜一八七五）によれば、そこでの遣り取りは「あからさまに革命的ではない」にしても、とても「活気があった」[12]という。さらにその場のラフィットの肖像についても以下のように伝えている。

ラフィットはお喋りだった。自分が話すのに少し酔いながら、上品ぶってゆっくりと話した。感じのよい、ほっそりした顔立ち、素朴な仕草、気さくな話し方、品位のある微かなアクセント、これらがかれの会話に実質以上の見かけの価値を与えていた。とはいえ、かれは好感のもてる人物で、心の奥にある大きな、そしてかれを滅ぼすことになった虚栄心はセンスのよい外面のしたに隠されていた。人のよさ、愛想のよさ、協調性、気持ちのよい自信の風情があったから、騙されることもあった。[13]

シャルル・ド・レミュザ

このようなサロンの派生的存在は、これ以降も重要な政治的・文化的位置を占める。というのも、アンヌ・マルタン=フュジエのいうように、これらのレユニオンは「政治的共感」をもとに集まった者たちの集団であり、そこから「すべて社交空間へと道が通じていた」からだ。(14) 一般のサロンと異なるのは、この集まりがほぼ男性のみで構成されていた点である。一九世紀のブルジョワ・イデオロギーにおいて、政治経済的な主体がつねに男性であったことはよく知られているが、このレユニオンにもそれがはっきりとあらわれている。いずれにしても、七月王政に下院議員となる若者たちは、多かれ少なかれ、こうした政治的集まりと関係していたのである。

(三) ブルジョワと芸術

銀行家が政治家や芸術家と交流する場としてサロンの派生形である政治的レユニオンを活用したことは以上のとおりだが、そのなかで重きをなすための手段として、金銭的パトロンの役割を果たすということがあった。なかでも芸術活動の庇護は重要な意味をもった。ペレゴーに文化的庇護者の側面があったことは第三章でもみたとおりだが、(15) 一九世紀金融界の第一人者としてジャック・ラフィットにもそのような一面はあった。

銀行家や実業家がその財力と地位を社会的に認知してもらうために芸術保護という手段をとりはじめるのも、一九世紀ブルジョワ社会の特徴のひとつである。世紀初頭、上流社交界に社会的エリートとして迎え入れられるには、経済的成功だけでは足りなかった。いまだに旧体制下での階級意識、すなわち血筋（生まれと爵位）、王家との関係などを重んじる風潮や慣行が上流階級のあいだに根強く残っていたからである。したがって、あとから貴族を追いかけるかたちで社交界に入ろうとする者は、金とは異なる次元のしるしを獲得する必要があった。万人が認める社会的地位や爵位を得ることもそのひとつだが、さらに有効な方法、それが芸術の活用であった。

物資的有用性によって消費される対象（機能的・道具的価値をもつ「モノ」）と区別して、ある種の象徴的意味作用を付与され、その抽象的価値によって成立しているものを「セミオフォール」（sémiophores）と名づけたのはクシシトフ・ポミアンである（邦訳書では「記号保持物」と訳されている）。[16] かれによれば芸術作品もそのひとつで、一五世紀以降、それまでもっていなかった威光を獲得するにいたったという。時とともに移ろい消滅していく自然に対して、それを持続させるもの、それが芸術であって、世界を永遠の相のもとに、さらにいえば未来の相のもとに描きだす芸術を保護することは、「真に栄光に到達したいと願うあらゆる君主の義務」となった。こうして「君主は、文芸の庇護者となり蒐集家となる」わけだが、これは君主にとどまらず、「権力の階級制の上位に位置するすべての人々は、同じ役割を演じるように仕向けられ」ていく。[17]

事情は一九世紀前半の銀行家にとっても同じであった。セミオフォールの獲得、すなわち芸術作品の購入や個人コレクションの形成は、「有用性を意味作用に変容させることによって、富の階級制において上位に位置している人が、趣味や知の階級制においてもそれを対応するような位置を占めることを可能にする活動のひとつ」[18]なのである。このように金銭を「有用性の流通回路」から引き離すこと、そしてそれを趣味や教養という象徴的な記号に置き換えることは、とくに金によって富を得る銀行家には必要だった。

銀行家や実業家と芸術の結びつきは、芸術を取り巻く状況の変化によってさらに緊密なものになる。フランス革命とナポレオン時代は、たび重なる遠征をとおして、芸術市場の拡大にも寄与したから、前世紀にくらべて名のある芸術家の「消費者」はヨーロッパ全体に広がった。この間、政治的理由によって外国に亡命を余儀なくされた芸術家もいれば、ナポレオン戦争によっていくつもの芸術品が国境を越えもして、結果的に流通を促すこととなり、多くの作品や芸術家がヨーロッパ全体に広く知られるようになった。芸術作品を投機対象にするようになったのは一八世紀からだが、産業革命とともに経済活動が活発になり、裕福な実業家が出てくると、芸術の市場経済への組み込みにいっそう弾みがつき、美術商はますます幅を利かせるようになる。蒐集家の助言者として振る舞いはじめるのだ。[19]

王政復古とともにこうした現象はさらに加速した。美術商はもはや愛好家の延長ではなく、積極的に美術作品を商品にし、経済活動へと引き込んでいく役回りを演じることになる。のちにバルザックが『ピエール・グラッスー』(*Pierre Grassou* 一八四〇)で画商と高利貸しを結びつけたようなユダヤ人エリアス・マギュスという人物を創造し、[20]この悪魔的な人物と勤勉かつ凡庸な市民画家ピエール・グラッスーを通じて、芸術さえも侵食するブルジョワ社会の経済過程を皮肉り、芸術的価値の平板化を推し進める民主主義を批判することになるだろう。ちなみにグラッスーを婿として迎える成功したブルジョワ商人ヴェルヴェルは、別荘に立派な絵画コレクションをもっている。スタンダールもまた、ほぼ同時期に同様の主題で『フェデール、あるいは拝金亭主』（*Féder ou le mari d'argent* 一八三九 未完）を書いている。[21] 小説はいずれも王政復古から七月王政にかけての時期が舞台となっており、芸術が悲劇的に資本主義経済に取り込まれていくことを実感させる状況が描かれている。『ピエール・グラッスー』の主人公と『知られざる傑作』（*Le Chef-d'œuvre inconnu* 一八三一）のフレノフェールのちがいは、芸術を取り巻く環境の、一九世紀と一七世紀のあいだの差でもある。

ところで、このような状況とは裏腹に、いや、こうした状況だからこそというべきか、芸術家の社会的地位も大きく変容した。『百科全書』では工芸職人も「アルティスト」（artiste）とよばれていたが、一八世紀末になるとこの語の価値が急速に高まってくる。そして一九世紀の初め、その意味はしだいに今日のわれわれがイメージするような「芸術家」の意味に限定されていくとともに、芸術の表現者（演奏家・演

ヴェルヴェル氏
（『ピエール・グラッスー』）

技者）をも含むようになった。(22) こうして芸術家の神格化がはじまり、やがて芸術家は特別な存在であり、一般人には近づけない何かを実現する神に選ばれし者として象徴的に君臨するようになる。ロマン主義時代の芸術家像とは、まさにそのような運命的で神々しい輝きに包まれた精神的存在として屹立するものであろう。(23) 天才的芸術家は俗塵からはるか遠く、清澄な天空の極北に輝く孤高の巨星であることをロマン主義的魂は望む。一方でそのような社会は天才を夢見て脱落していく多数の凡人芸術家を生む。凡庸な芸術家は「売る」ために、すなわち生きるために作品を生産・供給し、消費・需要するブルジョワも、芸術の真の価値を理解する地平からは遠く、もっぱら名声と評判が判断の基準である。模写の技術で名声を勝ち得、勲章にまで手の届いたピエール・グラッスーは、やはりブルジョワ的価値観しかもちあわせないヴェルヴェル氏の目にかなう条件を完全に満たしていたのであった。「何事においても創案すること（inventer）」は、弱火で焼かれるがごとく「少しずつ衰弱しながら死ぬこと」を意味するのに対して、「まねること（copier）」は「生きること」である。ここで言われている「衰弱しながら死ぬこと」が意味するのは、芸術的創造とは本来身をすり減らし、命と引き換えにしてはじめて成就する神聖な行為である、ということだ。模倣によってついに金鉱脈を発見してからというもの、グラッスーは凡庸な「芸術家」を実践する。これは名声というわかりやすい指標が力をもつ凡庸な社会を生きる術でもある。バルザックは、最大多数によって権力を選ぶシステム、すなわち近代的な選挙制度を指して、「自分よりも上位の者をすべての社会階層から選ばなければならない」今日の「社会の不名誉な凡庸さ」と言った。バルザックにとってブルジョワ市民社会の芸術と政治は、まさに凡庸という同じ根のうえに成り立っている。[24]

同時代の銀行家たちもまた、「国王ルイ＝フィリップ、そしてヴェルサイユのギャラリーと張り合おうとしたかのような[25]」瓶商人ヴェルヴェル氏さながらに、自邸に芸術コレクションをもとうとするのである。

（四）銀行家と芸術庇護

ラフィットよりも一〇歳ほど年下のスイス生まれの銀行家、ジャム・ド・プルタレス（James de Pourtalés 一七七六〜一八五五）は父の莫大な資産を元手に、[26]すでに一八世紀末に蒐集をはじめ、王政復古とともにパリのトロンシェ通り（現在のマドレーヌ寺院の裏手）に邸宅を建てて住んだ。そのコレクションはブロンズィーノ、レンブラント、アングルなどの作品を含み、プロイセン国王やベリー公夫妻にも見せている。[27]バンジャマン・ドレセールもやはり革命時代に父のエティエンヌ・ドレセールがはじめた蒐集を受け継ぎ、コレクションを増やしつつあった。数の上では、オランダ、フランドルの画家の作品が多く、ルーベンス、ファン・ダイク、レンブラント、バックホイゼンなどがあった。続いてフランスの画家で、クロード・ロラン、ミニャール、オラース・ヴェルネ、ジロデ、

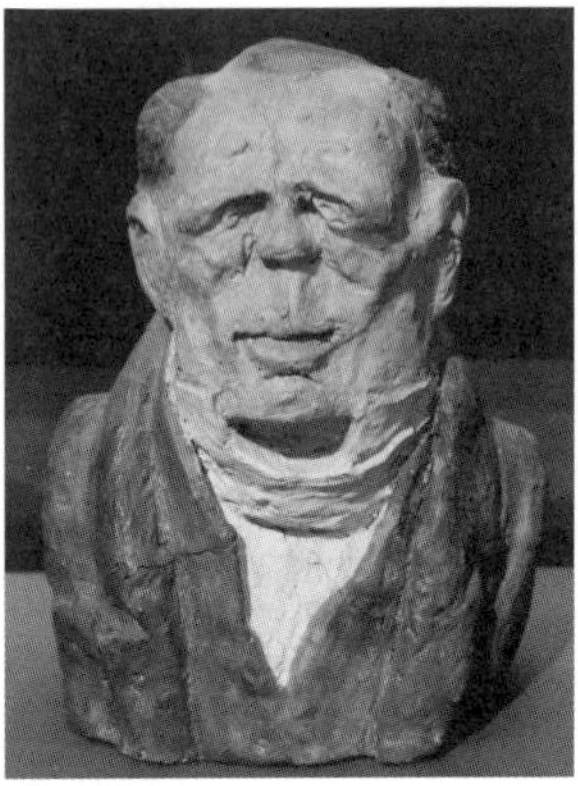

バンジャマン・ドレセール
（ドーミエによる）

ジェリコーなどもあったことをバンジャマン・ドレセールの死亡記事は語っている。[28] 銀行家でラフィットのあとに首相をつとめたカジミール・ペリエもやはり絵画蒐集を行っていた。

文化的教養が露骨な金銭の臭いを消すのだとすれば、成り上がりの条件をもっともよく具えていたジャック・ラフィットにとって、これは重要なファクターであっただろう。ドレセールやプルタレスとちがい、かれの場合は父から受け継ぐものは何もなく、まさに一代で築いた地位であっただけに、そのような思い入れはよけいにつよかったと思われる。後発のこの銀行家がとった方針は、買う美術品を自分と同時代のものに絞り、いま生きている芸術家を助けることであった。これは当時、ショセ＝ダンタン地区にあったモンモランシー館（Hôtel de Montmorency）の所有者となったジョヴァンニ・バッティスタ・ソンマリーヴァ（Giovanni Battista Sommariva 一七六〇〜一八二六）に習った結果であるともいわれる。[29] イタリアに生まれ、のちにフランスに帰化したこの男はまさに出世のために美術コレクションを活用した人物で、王政復古時代、フランスの美術愛好家にはよく知られていた。「たしかに美術に勤しむのは金のかかることだ。しかし、この財産はつねに残るし、ときには増えさえする。さらに、多大な名誉をもたらしてくれるのだ」[30] といって憚らず、ナポレオンの妻ジョゼフィーヌにダイヤのネックレスを贈って拒否されたり、タレランに高価な懐中時計を献上したりしたともいわれている。(31) 金銭的資産は築いたとしても、とくに後ろ盾のない地方出身者や外国人の場合、上流社交界で認められるためにはこのような文化的記号を手にすることが必要であった。さきにも述べたように、革命以降、王侯や貴族階級の囲いから拡散した美術品が出回り、市民に開放された美術館が建設され、美術の享受が民主化されていくのと並行して、作品が資本主義経済の流通のなかに取り込まれ、商品化していくのは必然である。短期に富を蓄積し、新しく拓かれたモダンな地区に瀟洒な邸宅をかまえる新興ブルジョワジーにとって、そこに自前の美術コレクションをもち、サロンを開いて招いた貴顕の士に絵を見せることは、経済的のみならず文化的にもかれらに肩を並べるための必須条件となっていたのである。

ラフィットもまた、芸術を見る目はなかったものの、美術作品を栄達の手段のひとつとすることに躊躇はなかった。かれの絵画蒐集は、いかにも合理的な近代人らしく、またブルジョワ銀行家らしいもので、損をしないことが第一であったようだ。絵は必ずサロン展で、もしくは画家から直接買うことにしていた。そのほうが安く仕入れることができたし、偽作をつかまされる心配がなかったからである。また、サロンに出展される画家であれば、それなりの評価もある。しかもサロンで買うことは買い手の宣伝にもなった。もっとも、世間はいまだ古典作品が基準となっていたから、ラフィットのようなコレクションはそれほど評価されたわけではない。(32) フランスでは一八二〇年代から美術愛

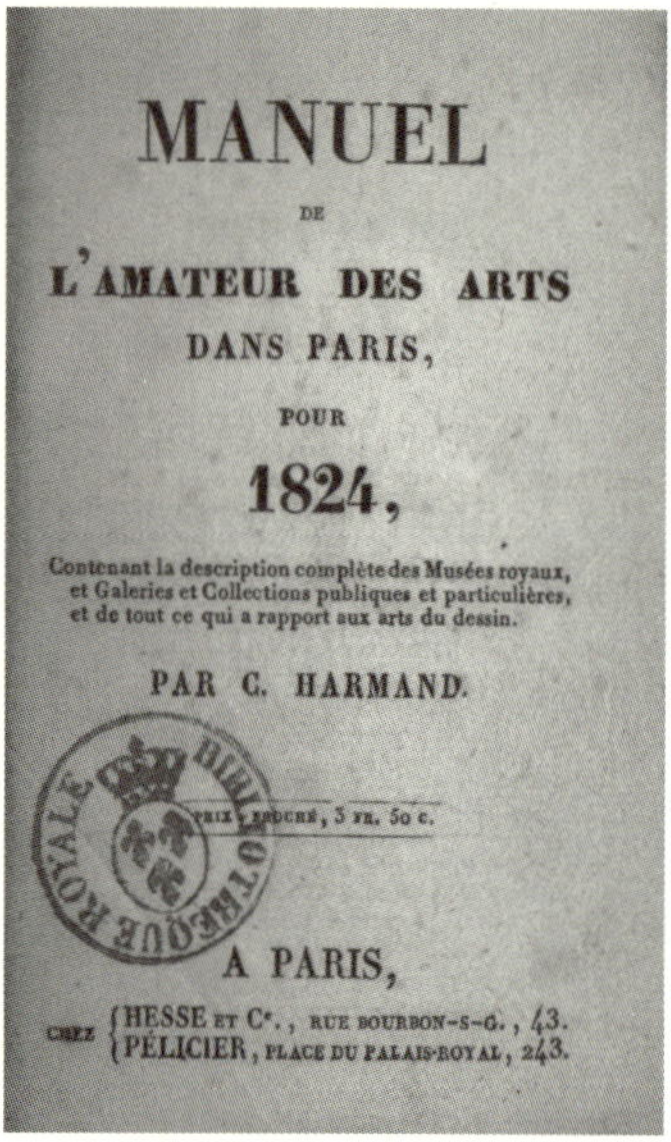
MANUEL
DE
L'AMATEUR DES ARTS
DANS PARIS,
POUR
1824,
Contenant la description complète des Musées royaux, et Galeries et Collections publiques et particulières, et de tout ce qui a rapport aux arts du dessin.
PAR C. HARMAND.
PRIX : BROCHÉ, 3 FR. 50 C.
A PARIS,
CHEZ {HESSE ET Cᵉ., RUE BOURBON-S-G., 43.
PÉLICIER, PLACE DU PALAIS-ROYAL, 243.

『一八二四年版 パリ芸術愛好家手引き』

好家向けの美術作品案内が出版されはじめるのだが（この点からも美術のひろがりの度合いが見てとれる）、そのひとつ、『一八二四年版 パリ芸術愛好家手引き』（*Manuel de l'amateur des arts dans Paris, pour 1824*）[33]を開いても、ドレセールやペリエのコレクションはとりあげられているのにラフィットのそれについてはまったく言及がない。かれにとって重要だったのは、コレクションの内容や質よりも絵画を蒐集しているという行為そのものであった。芸術活動へ理解を示し、その普及の一翼を担っているという姿勢を見せることによってもたらされる利益をよく知っていたのである。

このあたりの事情を理解するためには、王政復古の時代から美術作品を取り巻く環境が大きく変化したことを認識する必要がある。それまで国家が主導して作品価値をつくりあげていた感のあったところへ、そうした「官」による美意識を疑問視する空気がうまれてきたのである。ひとつには、一八一八年四月にリュクサンブール美術館が開館され、現在生きて活躍中の芸術家の作品を集めたこと、要するに現代美術館の開館があった。古典的な作品に対して新しい息吹への理解、すなわち、過去ではなく未来を志向し、あらたな価値の創造と結びつくような契機がいわば制度的につくられたのだ。これは同時代の美術をかつての作品と同等に評価することを意味していた。さらに、サロン展では同時代美術も売買されていたのだが、そこには一般の購入者も行政と同じ資格で参加していた。このような状況のなかで新しい画家が生まれ、美術ジャーナリズムも出展された作品についての評を多く載せたこともあって、若手の作品の値段が急騰するというようなことが起きてきたのである。こうして美術作品がいっそう投機的価値をもちやすくなっていく。[34] いうまでもなく、当時の銀行家もこぞって美術作品に手を出すようになった。そして、サロン展で作品を手に入れることは、「国家と同じ資格で芸術の保護者、庇護者の立場に立つ手段でもあった」。[35]

ここに観察できるのは、それまで芸術から締め出されていた階級が、いわば「経済の回路」を通じてそれに接触するという事態である。ある地位にもとからいる者は、さまざまな手段を使って新しく参入してきた者に対してみずからを差異化しようとする。オルテガ・イ・ガゼットは新しい芸術について、「本質的に非大衆的であるばかりでなく、反大衆的でさえある」といったが、[36] 芸術を理解できる者と理解できない者とに分け、互いに対立させる効果のあることは、芸術のひとつの真理であり、とくに市民社会の成立以降、この真理はいちだんと見えやすいものになったといえるだろう。金融ブルジョワジーが美術品を買い漁り、自邸に個人コレクションをつくるようになると、当然のことながらそれまで芸術を占有していた階級は芸術的感受性にすぐれた特権的少数者としてみずからを位置づけ、大衆との差異化に励むべく、芸術をとおして「自分の使命を自覚」する。(37) そしてこのような「幸福なる少数者《ハッピー・フュー》の自己正当化的想像力には際限がない」(38)。一九世紀前半に生じたブルジョワジーの急速な台頭、資本主義経済体制の確立、さらにほぼ同時期に起こったロマン主義運動の根は同じ土壌から養分を得ているのである。天啓、孤高の天才、カリスマなど、ロマン主義がこうした神格化された芸術家像をつくりあげていくのも、ブルジョワ的資本主義社会の浸透によって芸術の裾野が大きく広がったからであって、孤独な夢想や神秘的霊感、孤絶した自我や高遠な理想といった個人に局限された特異な世界ばかりを考えていては足をすくわれてしまうだろう。ロマン主義とは、少数選良の純粋美学とブルジョワ階級にも享受されうる中間美学の相克においてこそ生まれる運動なのである。

いずれにしても、ラフィットは芸術に対しての向きあい方においても典型的なこの時代の銀行家であったといえる。

(五) 博愛精神と慈善活動

ところで、こうした絵画蒐集は、もうひとつ別の次元の活動とも結びついている。よく知られているとおり、一八二〇年代の国際的な政治問題のひとつにギリシャ独立戦争があった。フランスでは二〇年代のはじめから、自由主義陣営を中心に親ギリシャ運動が活発に展開されるようになる。ドラクロワは『墓場の孤児』（*Jeune orpheline au cimetière*）を大作『キオス島の虐殺』（*Scène des massacres à Scio*）の準備として描き、両作品を二四年のサロンに出展する。この年はバイロン卿がミソロンギで死んだ年でもあり、文学者や画家たちが積極的にギリシャ独立運動に加担するようになっていた。バイロンの『チャイルド・ハロルドの巡礼』と『ギリシャ頌歌』がフランス語に翻訳され、一八二七年に出版されたスタンダールの事実上の処女小説『アルマンス』（*Armance* 一八二七）の主人公オクターヴ・ド・マリヴェールもバイロンさながらにギリシャに向かう船上で最期を迎える。また、カジミール・ドラヴィーニュ（Casimir Delavigne 一七九三～一八四三）もいくつかの詩編をギリシャに捧げ、独立戦争にフランスが積極的に介入することを促した。

バイロン卿

世界の強者たる汝らよ、平和と戦を手のうちにもつ陸の王たる汝らよ、苦しみに疲れたギリシャの人びとが武器をとったのは打ち勝つためなのか、はたまた死ぬためなのか、これを決するのは汝らなのだ。(39)

このように、画家や作家がギリシャを主題化するなか、実業家たちのあいだでも問題は共有された。独立に立ちあが

ドラクロワ『墓場の孤児』

るギリシャへの経済的支援は、プロテスタントの銀行家やフォーブール・サン=ジェルマンの貴族にとってはキリスト教擁護の意思表明に、また、自由主義者にとっては民族自決の原則を堅持しようとする政治的思想のあらわれとなった。「パリ親ギリシャ委員会」(Comité philhellène de Paris)[40]の設立はそうした活動の中核をなすもので、ここには政治信条を越えて、多くの有力者が参集した。当初、自由主義派とオルレアン派が中心となったが、シャトーブリアンが加わることによって、まさに共和主義、自由主義、王党派といった政治的立場を超越する組織となった。ショワズール公(Claude-Antoine-Gabriel de Choiseul 一七六〇～一八三八)、ブロイ公(Victor de Broglie 一七八五～一八七〇)、フイッツジャム公(Édouard de Fitz-James 一七七六～一八三八)、ラボルド伯(Alexandre de Laborde 一七七三～一八四二)、セバスティアーニ将軍、実業家のテルノー、ラフィット、出版業者フィルマン・ディド(Firmin Didot 一七六四～一八三六)、バンジャマン・コンスタンなど、そのメンバーをみてもそれはあきらかだろう。[41]

この親ギリシャ熱は西ヨーロッパ全体に広がりをみせたもので、ナポレオン戦争後、フランスを含めてはじめての汎ヨーロッパ的な運動といっても過言ではない。「親ギリシャ委員会」なるものも西ヨーロッパの複数の国で組織され、一八二一年八月に第一号がシュトゥットガルトに、ついで二三年二月にロンドンに、パリのそれは少し遅れて二五年の初めに設立された。発足こそドイツ、イギリスに後れをとったものの、パリの委員会はもっとも活発な活動を展開し、三年間でギリシャ基金として一五〇万フランを集めたという。(42) 資金集めの一環として、一八二六年に「ギリシャ人のための展覧会」(Exposition au profit des Grecs) と銘打った有料の絵画展をギャラリー・ルブラン (Galerie Lebrun) で大々的に開催する。展覧会は大成功を収めるのだが、それは、グロ、ダヴィッド、ジェリコー、ヴェルネ、アングル、ドラクロワといった著名な画家の絵が並んだのとあわせて、自前のコレクションから絵を貸し出した名だたる庇護者たちの名前が発表されたからでもある。プルタレスやドレセール兄弟、カジミール・ペリエの名前とともにラフィットの名も並んでいた。(43)

社会階層や政治的党派性を突き抜ける契機がこのようなかたちでありえたということは歴史的にも重要である。外部の敵が内部の凝集力を高めるのはいつの時代にも観察されることだが、現実には互いに鋭く対立しながらも（政治的に、宗教的に、社会階級的に）、ギリシャ独立の大義において合意し、顔を合わせる場をもちえたというのは大きな意味をもつ。一八二〇年代のギリシャ独立戦争は、多くの場合、『キオス島の虐殺』のような強烈な絵画的イメージやバイロンというあまりに英雄的な雄姿とともに語られる。自由と独立という近代的理想に燃え、義勇兵として参加する姿（バイロンだけではない）はいかにも「個」の熱い意思を炸裂させるようで、まさにロマン主義的理想を体現し、そのような理想を追おうとする者たちの欲望に応えるものだからであろう。たしかにこの運動は、初期において個人の自発性に依拠するところが目立ち、一八二三年にボレル（Borel）という偽名をつかってギリシャに赴いたファヴィエ大佐（le Colonel Fabvier）は、当時のフランス人にとってギリシャ愛の象徴的存在として突出した姿だった。[44] ファヴィエという名前は、「ひとりの人間のなかにあればよいと思われるすべての美点」と結びついていたとの指摘もある。[45] スタンダールも『産業者に対する新たな陰謀について』のなかで、ギリシャ独立戦争をそのような英雄的な相のもとにみている。ウィリアム・テルやリエゴ、ボリヴルといった人びとに体現されるような、「何らかの高貴な目標のために利得を犠牲にすることができる」[46] 高邁な精神、これこそがギリシャ独立戦争にみる英雄的形象であり、ロマン主義的感性を熱狂させるものであった。

ギリシャで戦う兵士を模して遊ぶ子どもたち

しかしその一方で、ギリシャ救済熱は広く国民にも浸透し、社会全体を動かした情熱であったという点で、それまでほとんど例のない運動でもあった。階層を超えてフランス全土にひろがる社会現象になったというところに、ある種の「社会」的理想をみる者が出てきても不思議ではない。実際、この基金に寄附をした人びとはあらゆる階級にわたっている。一〇フラン寄附した仕立屋、三フラン出した革なめし工、客から一六〇フランの拠金を集めた美容師、さらにはボランティアでアピール広告を刷る印刷屋など、(47) 小口の寄附・義捐が後を絶たなかった。寄附運動は子どもにまで広がったのである。

興味深いのは、このギリシャ問題がその英雄主義的な理想と行動によって惹きつけられた人びとばかりではなく、人道的博愛主義の視点から共鳴した人びとを広く動員したことである。前者には、スタンダールがその典型であるように、ブルジョワ支配の社会には消失してしまった精神的貴族性をもとめる傾向――その意味でロマン主義と通じる――があったのに対し、後者はブルジョワ支配を代表する銀行家や実業家が多くを占めていた。そもそも「親ギリシャ委員会」の会合は実業家テルノーの邸宅で開かれており、さきに述べたとおり、そこに貴族や軍人、実業にいたるまでさまざまな人びとが集まったのである。

構成員だけをみるかぎり、いかにも雑多な集団だが、かれらを束ねていたのは博愛精神である。ブルジョワにとっては芸術が栄達の手段であったように、博愛主義的行動にも同じような意味があった。元来キリスト教的な慈善活動であった博愛主義が社会的・政治的運動の様相を帯びてくるのは一八世紀以降である。一九世紀初頭、王政復古とともに、革命によって崩壊したキリスト教組織の再建運動がはじまるが、そのなかで宗教的な立場からの慈善事業も活発化する。他方、啓蒙思想や革命のなかで育まれてきた平等主義や人権思想が教会とは離れた世俗の運動として社会的弱者の救済活動に結びついて、[48]あらたな人道的博愛の実践を生みだしていく。いずれにしても興隆してきたブルジョワ勢力、なかでも銀行家や実業家がそのような活動に参入し、自分たちの美点として取り込もうとするのは理解しやすいだろう。ポール・ベニシューもいうように、フランスではいくらブルジョワが勝利し、思想上の進化を経験しても、「ブルジョワジーが思索する人びとの目にとって、したがって世論一般にとっても、威信を獲得するものにはけっして至らなかった」[49]。それゆえかれらが、多分に宗教的な響きのあった«charité»(慈善・慈悲)や«bienfaisance»(慈善・善行)という語を使うにせよ、あるいはより近代的な意味を込めて«philanthropie»(博愛)とよぶにせよ、[50]このような篤志家的行動に参入し、みずからの実践を喧伝することは、芸術的教養を身にまとうパフォーマンスと同様に、きわめて効果的で賢明な選択であったといえるだろう。

繰り返すまでもないが、一八二一年末に進歩主義的なキリスト教徒たちが集まって結成した「キリスト教道徳協会」(Société de la morale chrétienne)は、博愛主義的な理念のもとに設立された団体である。その定款には団体の目的として、「社会の諸関係にキリスト教の教えを適用すること」[51]とあり、取り組むべき重要な社会的課題としてあげたのが、奴隷制および黒人売買の廃止、監獄の環境改善、孤児の救援、死刑廃止、賭博・富籤への反対運動などであった。[52]圧政に苦しむギリシャに大きな関心を寄せたのも、当然の成り行きだろう。会の発足後まもなく、会員のひとりであったシャルル・

ド・レミュザが声をあげ、「キリスト教と正義によって心動かされるすべての人間に当然のこととして利益をもたらすような大義がこの世にあるとすれば、それはまさしくギリシャ解放の大義である」(53)と述べている。この団体は「親ギリシャ委員会」と歩みをともにしてその独立を支援するのだが、かなりのメンバーが両団体に属していた。

一八二〇年代は国家の立て直しをめぐってさまざまな政治・宗教イデオロギーが対立した時代であるが、(54)以上にみたように、宗教色のあるなしにかかわらず、また政治的党派を超えて、互いに目標を共有するような契機もあった。全体としてみればたしかに過激王党派と自由主義的王党派が政権の中心を占めたが、ブルジョワジーの成熟とともにシャルル一〇世の反動政策への不満がしだいに肥大していくなか、王政と自由の理念とを調和させる中道的政治志向が強まっていく。第二次王政復古が成立した当初多数派を占めいていたドクトリネール（Doctrinaires）は、しばらくは反動勢力に押され気味であったものの、やがて七月王政の中核となっていく。かれらは政治的には自由主義的王党派、すなわち中道右派を形成し、一定額以上の納税者に選挙権を与える制限選挙を土台とした立憲君主制を標榜したが、唱導したロワイエ＝コラール（Pierre-Paul Royer-Collard 一七六三〜一八四五）、フランソワ・ギゾー（François Guizot 一七八七〜一八七四）、レミュザ、ヴィクトール・クーザン（Victor Cousin 一七九二〜一八六七）、デュヴェルジエ・ド・オーランヌ（Prosper Duvergier de Hauranne 一七九八〜一八八一）、アベル＝ヴィルマン（Abel-François Villemin 一七九〇〜一八七〇）

といった顔ぶれからも、銀行家や産業実業家の利害を代表する勢力でもあったことがわかるだろう。そして、かれらを互いに結びつける「場」を提供していたのも銀行家や実業家たちであった。そのような場は今日いわれるところの「アソシアシオン」とみなせるかもしれない。いずれにせよ、このような場は上昇するブルジョワたちの文化的憧憬を実現する空間ともなったのである。

フランソワ・ギゾー

銀行家たちによる文化活動の側面が正面から取り上げられることはほとんどない。これまでみてきたように、たしかに一九世紀前半に生きた多くの銀行家にとって、芸術は活用すべき「道具」であったし、博愛主義的な活動もある種のステイタスを顕示するための振舞いである部分が大きい。したがって、芸術至上主義的な視点からは俗悪の誹りを免れないし、過酷な状況におかれた労働者の側に立ってヒューマニズムを説く思想家たちの目には偽善としか映らなかったであろう。

とはいえ、かれらの提供した場は、政治的のみならず文化的にもきわめて重要な位置を占めている。政治的な意図からであったにせよ、かれらが提供した場がある意味で文化的生成を促す力になったことはたしかだからである。かれらが絵を買い上げることによって育った芸術家も少なくない。また、この時代にはさまざまな新聞・雑誌が刊行されているが、そのほとんどは出資金を募り、その資金があってはじめて可能になったものであり、その際、出資の中心になったのもやはりかれらである。ラフィットも『国民派』(*Le National*)や『ラ・ミネルヴ・フランセーズ』(*La Minerve française*)の重要な出資者であった。世紀半ば以降、実業家の多くはみずからの野心と利害のためだけに新聞の買収合戦に参画するようになっていく。それがゆえに、王政復古期の銀行家たちも同じような捉え方をされがちだが、時はまさに芸術の商業化やジャーナリズムのありかたについての本格的な議論が開始されたばかりであり、銀行家という存在があらたな文化的表象を与えられつつあった時代である。アンヌ・マルタン゠フュジエの言葉を借りるなら、「銀行、行政、新聞および演壇の貴族階級《パトリキ》」(55)がかつての貴族階級《アリストクラシー》に代わり、その貴族性を模倣して同じブルジョワ階級とのあいだに文化的な差異化を図ろうとするようになった、といってもよい。そのための手立てはいくつもあるが、文化的洗練を見せつけることがもっとも効果的な手段であったことはさきにみたとおりだ。「特権というものがあるとすれば、それは精神の優越性から生まれるのだ」とバルザックはいう。(56)「みずからの優越性と、国家の政治的運営においてではなく自分たちの文明《シヴィリザシオン》の発展において指導的な役割を果たしているのだという確信」(57)の形成は、この時代の銀行家や実業家にとってもっとも重要なファクターであった。これ以降、芸術はそのようなかたちで文化を支配しようとする新興勢力と微妙な関係を保ちつつ展開せざるを得なくなったのである。

（1）ようやく数年前に生涯全体を追ったまとまった著作として、Virginie Monnier, *Jacques Laffitte. Roi des banquiers et banquier du roi*, P.I.E. Peter Lang, 2013 が刊行されたが、それ以前には Maurice Brun, *Le banquier Laffitte*, F. Paillart, 1997 があるのみ。

（2）スタンダール自身はラフィットをむしろ嫌っていたから、この人物をジュリアン・ソレルのモデルにしたとはいえないが、その出世主義的側面についてはいくらか反映されているのかもしれない。

（3）Pierre-Simon Ballanche, *Le Vieillard et le jeune homme*, in *Œuvres de M. Ballanche de l'Académie de Lyon*, Librairie de J. Barbezat, 1830, p. 48.

（4）Stendhal, *Racine et Shakespeare*, in *Œuvres complètes*, Cercle du Bibliophile, 1967-1974, t. XXXVII, p. 51.

（5）Alfred de Musset, *Confession d'un enfant du siècle*, in *Œuvres complètes d'Alfred de Musset*, Charpentier, 1888, t. VIII, p. 24.

（6）Joseph Barthélemy, *L'introduction du régime parlementaire en France sous Louis XVIII et Charles X*, Mégariotis Reprints（reproduction de l'édition de Paris）, 1904, p. 14 et suiv.

（7）François René de Chateaubriand, *De la Monarchie selon la Charte*, in *Œuvres complètes de M. le Vicomte de Chateaubriand*, Paris, Firmin Didot Frères, 1840, t. II, ch. XXIV, p. 230.

（8）François René de Chateaubriand, *Mémoires d'outre-tombe*, Gallimard, coll. « Bibliothèque de la Pléiade », 1965, Livre XXV, chap. VIII.

（9）Jean-Pierre Piet（一七六三〜一八四八）のことで、弁護士、政治家。

（10）Ghislain de Diesbach, *Chateaubriand*, Perrin, 1995, p. 313. ただし、アンヌ・マルタン゠フュジエは、ピエ邸での夕食の資金については招待客の間で募金が行われていたというミュッセ゠パテの文章を引用している。Anne Martin-Fugier, *La vie élégante, ou la formation du Tout-Paris 1815-1848*, Éditions du Seuil, coll. « Points Histoire », 1993, p. 245. アンヌ・マルタン=フュジエ『優雅な生活〈トゥ=パリ〉、パリ社交集団の成立 1815～1848』前田祝一監訳、前田清子、八木淳、八木明美、矢野道子訳、新評論、二〇〇一年、二八六頁。

（11）Anne Martin-Fugier, *op. cit.*, p. 226. 前掲邦訳書、二八五頁。

（12）Charles de Rémusat, *Mémoires de ma vie*, présentés et annotés par Ch. H. Pouthas, Plon, 5 vols, 1956-67, t. II, p. 83.

（13）*Ibid.*, t. II, p. 83.

（14）Anne Martin-Fugier, *op. cit.*, p. 228. 前掲邦訳書、二八七頁。

（15）拙稿「革命から第一帝政時代の金融界とその周辺——一九世紀前半における「銀行家」の社会的地位と文学空間（二）——」、関西大学『文學論集』第六八巻第二号、二〇一八年九月。

（16）クシシトフ・ポミアン『コレクション　趣味と好奇心の歴史人類学』吉田城、吉田典子訳、平凡社、一九九二年、五二頁。

（17）同書、六一～六二頁。

（18）同書、六五頁。

（19）このあたりの事情については、同書第五章を参照。

（20）作品のなかでかれは「芸術の高利貸し」と呼ばれ、メフィストフェレス的な雰囲気を湛える。Honoré de Balzac, *Pierre Grasson*, in *La Comédie humaine*, Gallimard, coll. « Bibliothèque de la Pléiade », t. VI, 1977, pp. 1094, 1098.

（21） Stendhal, *Féder ou le mari d'argent*, in *Œuvres romanesques complètes* III, Gallimard, coll. « Bibliothèque de la Pléiade », 2014 , pp. 747-828. スタンダールとバルザックの両作品の類似性については Gérald Rannaud, « *Féder* et *Pierre Grassou*, un compagnonnage littéraire ? », in *Littérature*, n° 47, automne 2002, pp. 137-153.

（22） Natalie Heinich, *Du peintre à l'artiste, artisans et académiciens à l'âge classique*, Éditions de Minuit, 1993, pp. 203-204.

（23） *Cf.* Jean-Philippe Luis, « L'artiste, le prince et l'amateur d'art. Art et pouvoir dans l'Europe du début du XIXe siècle », in *Les divertissements utiles des amateurs au XVIIIe siècle*, Études rassemblées par Jean-Louis Jam, Presses universitaires Blaise-Pascal, 2000, pp. 201-215.

（24） Honoré de Balzac, *Pierre Grassou*, p. 1101. バルザックは「選挙の原理は、あらゆることに適用されると、ひとを欺くものになる」という。なお、バルザックにおける芸術と模倣の問題については、デルフィーヌ・グレーズが詳しく論じている。*Cf.* Delphine Gleizes, « « Copier, c'est vivre ». Des valeurs de l'œuvre d'art dans le roman balzacien », in *L'Année Balzacienne*, 2004/1（n° 5）, pp. 151-167.

（25） Honoré de Balzac, *Pierre Grassou*, p. 1109.

（26） 父ジャック＝ルイはナポリで銀行業を営み、巨万の富を得た。

（27） *Cf.* Laurent Langer, « Les tableaux italiens de James-Alexandre comte de Pourtalès-Gorgier », in Philippe Costamagna *et al.*, *Le goût pour la peinture italienne autour de 1800, prédécesseurs, modèles et conccurents du cardinal Fesch. Actes du colloque, Ajaccio, 1er–4 mars 2005*, Musée Fesch, 2006, pp. 261-275.

（28） *Journal des économistes. Revue mensuelle d'économie politique et des questions agricoles, manufacturières et commerciales*, t. 17（avril à juillet 1847）, Paris, Guillaumin et Cie, 1847, p. 306.

（29）Virginie Monnier, *op. cit.*, p. 140.

（30）Francis Haskell, *De l'art et du goût, jadis et naguère*, Gallimard, 1989, p. 127.

（31）ソンマリーヴァについてはFrancis Haskell, *op. cit.*, pp. 107-144を参照。

（32）Virginie Monnier, *op. cit.*, p. 142.

（33）C. Harmand, *Manuel de l'amateur des arts dans Paris, pour 1824, contenant la description complète des Musées royaux, et Galeries et Collections publiques et particulières, et de tout ce qui a rapport aux arts du dessin*, Paris, Hesse et Cie, Pélicier, 1824. パリの美術館や画廊、コレクションなどの作品を吟味するに際して、「愛好家を正しく導くこと」がこの著作の目的であると冒頭に述べられている。

（34）Marie-Claude Chaudonneret, « Collectionner l'art contemporain（1820-1840）. L'exemple des banquiers », in Monica Preti-Hamard et Philippe Sénéchal, *Collections et marché de l'art en France 1789-1848*, Presses Universitaires de Rennes, 2005, pp. 276-277.

（35）*Ibid.*, p. 277.

（36）オルテガ・イ・ガゼット『芸術の非人間化』神吉敬三訳、『オルテガ著作集3』白水社、一九九八年、五八頁

（37）同書、六〇頁。

（38）Pierre Bourdieu, *La Distinction. Critique sociale du jugement*, Les Éditions de Minuit, 1979, p. 48. ピエール・ブルデュー『ディスタンクシオン 社会的判断力批判Ⅰ』石井洋二郎訳、新評論、一九八九年、五一頁。

（39） Casimir Delavigne, « Épilogue de la XIIe Messénienne », in *Œuvres complètes*, Bruxelles, J. P. Meline, 1832, *Poésies diverses*, t. III, p. 70.

（40） この委員会の呼称はいくつかあり、« Comité en faveur de la Grèce »、たんに « comité grec » とよばれることもあった。

（41） William Saint-Clair, *That Greece might still be free. The Philhellenes in the War of Independence*, Open Book Publisher, 2008, pp. 270-272.

（42） *Ibid.*, p. 267.

（43） *Cf. Explication des ouvrages de peinture exposés au profit des Grecs*, Imprimerie Firmin Didot, 1826. ラフィットはフォルバンの『カストロのイニェス』を貸している。

（44） シャトーブリアンは後年、委員会がファヴィエ大佐の華々しい活動の陰に隠れてしまっていたことを回想している。*Cf. Mémoires d'outre-tombe*, Nouvelle édition, Garnier Frères, 1910, t. IV, pp. 321-322.

（45） Michelle Averoff, « Les Philhellènes », in *Bulletin de l'Association Guillaume Budé*, quatrième série, n° 3, 1967, p. 316.

（46） Stendhal, *D'un nouveau complot contre les industriels*, éd. de Michel Crouzet, La Chasse au Snark, 2001, p. 57.

（47） William Saint-Clair, *op. cit.*, p. 271. 大口の寄附はもちろん政治家や実業家で、ラファイエットは五千フラン、カジミール・ペリエは六千フラン、オルレアン家は一万六千フラン、さらにフリー・メイソンのロッジから約八千フランが寄せられた。

（48） フランスにおける宗教色のない最初の慈善組織は、革命前の一七八〇年にできた「博愛協会」

（Société philanthropique）で、これは今日も続いている。

（49）Paul Bénichou, *Le sacre de l'écrivain 1750-1830. Essai sur l'avènement d'un pouvoir spirituel laïque dans la France moderne*, José Corti, 1985, p. 426. ポール・ベニシュー『作家の聖別　一七五〇〜一八三〇年近代フランスにおける世俗の精神的権力到来をめぐる試論』片岡大右、原大地、辻川慶子、古城毅訳、水声社、二〇一五年、四六六頁。

（50）«bienfaisance» という語自体は一四世紀に遡るが、古典主義時代にはあまり使われず、一八世紀に入ってサン・ピエール師（Charles-Irénée Castel de Saint-Pierre 一六五八〜一七四三）が再び使用して広まった。興味深いことに «philanthropie» のほうもやはり一八世紀のはじめ、フェヌロン（François Fénelon 一六五一〜一七一五）が使いはじめるまではそれほど一般的でなかった。Alain Rey (sous la dir. de), *Dictionnaire culturel en langue française*, Le Robert, 2005, t. I, p. 907. Alain Rey *et al.*, *Dictionnaire historique de la langue française*, Le Robert, 1992, t. II, p. 1502. どちらの語も一八世紀になって啓蒙思想の胎動のもとで新しい意味を帯び、社会改革の意図とともに語られるようになっていく。

（51）*Journal de la Société de la Morale chrétienne*, t. I, 1822, p. 14.

（52）この団体の掲げる改革運動にはかなり過激なところもあり、保守的なカトリック勢力から危険視されていた部分もある。この点については、拙著『スタンダールのオイコノミア』関西大学出版部、二〇一七年、第四章でも触れた。

（53）*Journal de la Société de la Morale chrétienne*, t. II, 1823, «appendice», p. 18.

（54）王政復古期の政治情勢を簡単に振り返るならば、最初の選挙で大多数を占めた過激王党派がリシュリュー内閣（Armand-Emmanuel du Plessis de Richelieu 在位一八一五年九月〜一八一八年一二月）のもと、いわゆる「またと見出しがたき議会」（Chambre introuvable）をつくる。「国王よりも王党派」といわれた議会はまもなくルイ一八世とも対立し、国王は一八一六年九月に議会を解散した。続く選挙では、より自由主義的な王党派、すなわちドクトリネール（Doctrinaires）とよばれる政治家が多数派を占めた。こののちリシュリューは、ジャン＝ジョセフ・デソル（Jean-Joseph Dessolles 在位一八一八年一二月～一九年一一月）、エリー・ドカーズ（Élie Decazes 在位一八一九年一一月～二〇年二月）を挟んで再び首相となる（一八二〇年二月～二二年九月）。しかし、あとを継いだヴィレール（一八二二年九月～二八年一月）のもとで再び過激王党派が勢力を伸ばし、この間にルイ一八世が没してシャルル一〇世が国王になり、より反動的な体制になっていった。

（55）Anne Martin-Fugier, *op. cit.*, p. 23. 前掲邦訳書、三五頁。

（56）Honoré de Balzac, *Traité de la vie élégante*, Gallimard, coll. « Bibliothèque de la Pléiade », 1981, t. XII, p. 224.

（57）Anne Martin-Fugier, *op. cit.*, p. 25. 前掲邦訳書三八頁（訳文は文脈に応じて適宜変更を加えた）。

第八章　「金銭」への馴化

（一）「金」の肯定化

一九世紀には、「金」を肯定的に捉えようとするイデオロギーの構築の歴史があるように思われる。「金」を直接的に媒介することで生活しているブルジョワジーにとって、「金」に対する価値観の転換は無意識的な要請であった。金にかかわる言葉は否定的なものが多いが（vénal など）、生活の土台が金である以上、これをネガティヴに捉えることはみずからの根っこを否定することにつながる。かりに「金の肯定化」の過程というものを想定してみた場合、そこにはいくつかの契機がみてとれる。

そのひとつは「恒久的貧困」（«paupérisme»）である。この語は、一八一五年にイギリスで出現した «pauperism» がフランス語に入って、一八二二年以降使用されはじめた。「貧困」を意味する言葉だが、社会現象として捉えられたもので、ある社会構成集団全体の永続的貧困を意味している。

言い換えれば「社会的災厄としての貧困」(la misère en tant que fléau social)[1]である。『フランス人の自画像』(*Les Français peints par eux-mêmes. Encyclopédie morale du dix-neuvième siècle*)においてモロー＝クリストフ(Louis Mathurin Maureau-Christophe 一七九九〜一八八一)は、さまざまな貧困(misère)の段階と分類を試みたあと、この絶対的貧困(paupérisme)について以下のように記している。

［……］絶対的貧困(paupérisme)は貧困(misère)の一変種ではない。それは貧困そのもの、といっても、変容して体制(institution)とみなされるにいたった貧困であり、環境として、身分として、主要な部分として民衆の体制に加わったものなのである。
絶対的貧困は近代的災厄であり、文明の漸進的進行を追い、産業の発達とともに伸長し、増えつづける人口にレプラのごとく執着する。人口とともに、人口と同じように増加し、自己生産し、進行しつつあらたな力をつけるのだ。[2]

この文章が書かれたのは一八四〇年前後であるから、一八三〇年代には貧困層の存在が社会的事実として認識されており、しかも文明の発達、産業化の進行とともに生まれてきたことがつよく意識されている。じつは王政復古期末ごろから多くの経済学者によってこうした貧困の源が産業の発達にあることが指摘されていた。おそらくはこうした認識が、七月王政をつうじて広くかつ本格的に浸透し、当時活発な活動をみせていた慈善運動や社会改革運動とあいまって、文学においてもさまざまなかたちで具現化するようになった。ウジェーヌ・シューの『パリの秘密』（*Les Mystères de Paris* 一八四二〜四三）もその代表的なもののひとつで、人びとの目を民衆の貧困に向けさせようとする意図が随所にみえる。その意味で、民衆階層の貧困と犯罪との結びつきを如実に示し、「危険な階級の生態について証言してくれる貴重な小説」(3)である。パリの犯罪者の世界がいかなるものであるかを知らしめることにシューの意図はあったといえようが、小倉孝誠氏がいうように、この作品には善良な民衆の姿も描かれていて、たとえばモレル家の人びとの運命は、ウジェーヌ・ビュレやアントワーヌ・フレジェらによる専門的な記述には欠落している「パリの労働者の正確な肖像であり、だからこそこのエピソードは圧倒的な支持と共感を得た」(4)のだという点も忘れてはならない。いずれにしても、この小説は、同時代の貧困問題を多くの人びと

『フランス人の自画像』

に知らせるメディアとして重要な意味をもったといえるのである。

こうして社会的問題として認識されるようになった絶対的貧困に対しては、多くの知識人や政治家がそれぞれに主張を展開した。トクヴィルのように、貧困の解決を宗教や個人の慈善活動に任せるのではなく、社会的問題として政治が対応しなければならないことを説く者もいたが、[5]多くは貧困を民衆階級の人間性の問題に還元する主張に終始した。本来、自由主義経済と産業主義の発達、大都市に集中する人口、産業社会における悪しき労働の組織化や富の配分といった経済的あるいは政治的問題として議論されるべきところが、七月革命やそれにつづく民衆の暴動がセンセーショナルに報道されるにつけ、むしろ都市労働者のなかに「危険な階級」を見、問題全体を個人の資質にかかわるものとして受けとめようとするブルジョワジーが増えたのである。ジャーナリズムや大衆小説によって凶悪な犯罪と民衆が劇的に結びつけられる機会が増えるにつれ、ブルジョワジーの意識はその方向に流されていった。

その結果、理念的には貧困問題を社会問題のひとつと認識しつつも、現実には生産構造や産業構造のありかたそのものを問うようなかたちで議論されることは少なかった。そもそもブルジョワジーの社会はそうした構造のうえに成り立っており、ここにメスを入れればみずからの土台を崩すことになりかねない。貧困問題の本質を議論することは、ブルジョワ社会の利益に反し、自由主義的な産業社会の発展そのものの否定につながる可能性もあり、それはむしろマルクス主義的な立場からの議論を誘発するものである。

この点で、貧困を喰い止め、かつ銀行家の社会的役割を正当化しうる考えとして取り入れやすかったのは、貯蓄共済金庫（Caisse d'épargne et de prévoyance）という発想である。最初の貯蓄金庫となるパリの貯蓄共済金庫の創設は、一八一八年七月二九日に認可の勅令を受けてなされたが、[6]この銀行の目的は、設立当初の定款の冒頭に謳われていたように、「農民、労働者、職人、家事使用人や、その他倹約家でよく働く人びとから託されるであろう僅かな金額を預金として受け取る」ことであり、そうすることによって労働者のつつましい経済的基盤を助けることにあった（五％の固定利率）。ジョゼフ＝マリー・ド・ジェランド（Joseph-Marie de Gérando 一七七二～一八四二）とバンジャマン・ドレセールが中心となり、ラ・ロシュフコー＝リアンクール公爵（Duc de La Rochefoucauld-Liancourt 一七四七～一八二七）の協力を得て創設したもので、これらの名前からしても博愛主義的な企図であったことが想像できよう。[7]この考えは、貧困をその原理的解決によってではなく、貧困階層の自己管理へと移行させせて解決を図ろうとする点で、銀行家はもちろん、ブルジョワジーの多くに受け入れやすいものであった。この点は、トクヴィルの貧困論のなかにもみてとれる。こうして貧困問題への対処は教育と管理の問題に結びつくことになった。絶対的貧困という社会的病理を癒すためには、何よりも金をうまく管理する術を民衆に教えることが肝要であるとの認識が人びとのあいだにひろがるのである。

ところで、本書では日本語になじむよう「貯蓄共済金庫」と訳しているが、原語をみればあきらかなとおり、ここで意図されているのは《prévoyance》、すなわち「未来への配慮」であり「用心」である。みずからの将来を予測してそれに備える力の欠如、言い換えれば「不用意」(imprévoyance)こそが民衆階級の弱点であり、さきを考えずに暮らす生活をあらためさせることが貧困から脱却する道であると考えるのは、当時の自由主義者に共有された見方であった。貧困の原因を労働階級の無自覚もしくは無教養に帰すことは自由主義思想イデオロギーにとってはまことに都合がよい。同時に、教育によって労働者階級から貧困を撲滅するという意図は、当時の自由主義者の一部がもっていた博愛主義に根ざす社会的使命にも合致する。民衆を教育によって啓蒙するというヒューマニズムにも通じる考えは、ジェランドの「貧困と裕福の関係は、ちょうど子どもと成熟した年齢の関係に等しい」(8)という言葉にもみてとれる。このように民衆と子どもとを結びつけるアナロジーは、民衆を未開人に譬える比喩とともに、この時期かなり頻繁にもちいられた。(9)シャルル・デュパン(Charles Dupin 一七八四～一八七三)も、労働者階級はそのような無知と無自覚からくる「悲惨な習慣によって自らの貧困をうみだしている」と述べている。(10)ロベール・カステルが指摘するように、「ある種の道徳政策」が必要とされるようになった、あるいは、社会政策が必要に迫られて道徳性を帯びるようになったのである。(11)要するに、民衆を教育し、将来に備えるだけの自覚をつけさせるというのが、貯蓄共済金庫設立の背後にあったブルジョワ自由主義者あるいは経営者たちの思想的立場である。のちにラマルティーヌがやや叙情的に「[……]これこそがまさしく無産者《プロレタリア》と呼ばれるもの、地に棲みつくことを運命づけられた人種、産業の一種の奴隷」[12]と訴えるように、絶対的貧困が社会的分断の象徴となっていくなかで、着実に進んでいく自由主義経済の支配が編み出したのが貯蓄共済金庫であった。一見したところ他愛もない金融政策にみえて、じつに巧妙な権力側の管理技術ともいえよう。国家の介入を嫌い、放任主義的な競争原理を旨とする自由主義イデオロギーの支配は、公的な博愛政策をむしろ退け、国民的連帯への志向を排除する方向へと傾斜する。階級的貴族が革命によって崩壊したいま、政府が資本主義によって惹起された貧困を緩和するための手段を委ねたのは、その資本主義によって新しい貴族ともいうべき座についた経済的支配者層であった。自発的に将来にそなえる貯蓄習慣とそれを現実化する貯蓄共済金庫は、そのようなブルジョワ階層のモラルのなかで練り上げられたものである。[13]労働者を教化し、浪費、無為、博打、不用意といった悪しき習慣から救済すること——これらは貯蓄共済金庫が掲げた使命であり、その成り立ちと効用を労働者に知らしめるために、デュパンが工芸学院で講じた内容の一部を印刷して二〇サンチームの値段で労働者に頒布したりもしている。[14]貯蓄共済金庫の責任者となったバンジャマン・ドレセールも同金庫の教育的重要性を強調し、学校と貯蓄金庫は「ふたつの偉大な制度であって、個人の安寧と幸福を確かなものとし、ついには社会の局面を変えることになる」と高らかに語っている。[15]貧困とは道徳的生活を教育することによって打ち負かすべき個人の状態であるとされたのである。

かくして七月王政になって社会的性格を帯びた最初の法案は、一八三五年六月五日に採択された貯蓄金庫に関するものであった。貯蓄金庫は労働に結びついた貧困という社会問題を解決するものと期待されたのだが、実際には個人がみずからの道徳的管理能力を高めることに依拠していたのであり、貧困問題の社会的解決という視点からはほど遠いものであった。社会的問題は個人のなかに押し込められたのである。(16)

（二）金銭的啓蒙と文芸ジャーナリズム

こうしたいわば金銭的啓蒙ともいえる社会教育にはジャーナリズムも一役買うことになる。かのエミール・ド・ジラルダンも『プレス』紙（*La Presse*）を創刊する五年ほどまえに出した『役立つ知識新聞』（*Journal des Connaissances utiles*）で、この制度の利点や利用法を周知喧伝する用意があると し、実際、発行時から関係記事を掲載している。(17)また、『プレス』紙においても、少なくとも最初の一年は、貯蓄金庫の増設を主張している。

他方、設立にあたった中枢もメディアを利用して情報を拡散させる試みに出た。かれらの大部分は「キリスト教道徳協会」のような博愛主義的傾向をもつ慈善運動団体に加入していたが、この時代のそうした運動の特徴のひとつに労働者階級の教育的開明があったから、ここでも倹約と勤勉といった労働倫理をわかりやすく解説する読み物の出版が考えられた。実際、初代理事長であるラ・ロシュフコー＝リアンクール公自身、フランスでもひろく読まれていたベンジャミン・フランクリンの『貧しきリチャードの暦』（*Poor Richard's Almanack*）[18]に範をとって、はやくから『貯蓄金庫に関するアレクサンドルとブノワの対話』（*Dialogue d'Alexandre et de Benoît sur la Caisse d'épargne*）や『貯蓄金庫に関する司祭と教区民の談話』（*Entretien d'un curé avec ses paroissiens sur la Caisse d'épargne*）を書いており、類似の読み物はこれ以外にもかなりある。[19]

一九世紀末以降の学校教育のなかでつくりあげられた文学史観によれば、この時代はロマン主義文学が確固たる地位をしめ、その全盛期にあたるが、もう少し視野を広くとれば、キリスト教系の「良書慈善事業団」が推奨する古典主義の作品や、民衆教化を目的とする寓話的物語が多く読まれていた。[20]貯蓄金庫推奨の物語もこのような流れの中に位置づけることができようが、いずれも自己啓発的な内容であり（フランクリンの『富に至る道』がそうであるように）、労働者階級が危険な階級とみなされる原因ともなっている博打、富籤、キャバレー、飲酒等の習慣をあらためさせ、真面目な労働と倹約、安定した平穏な生活を推奨する教化的内容となっていた。[21]

ところで、貯蓄共済金庫が発展を遂げる七月王政期、こうした慈善博愛主義的な運動にかかわりをもちつつ進歩派を自負する人びとについて、バルザックの小説『アルシの代議士』（*Le Député d'Arcis*）に興味深い記述がある。[22]この小説は、フランスの東部アルシ＝シュル＝オーブ（Archis-sur-

Aube）を舞台にした国民議会選挙が重要なモチーフとなっていて、一八三九年以降、数度にわたって着手されつつも未完に終わり、一八四七年四月から最初の部分だけが『君主連合』（*L'Union monarchique*）に発表された。[23] この新聞は右派の論壇を率いていた『日日新聞』（*La Quotidienne*）、『フランス』（*La France*）、『フランスのこだま』（*L'Écho français*）の三紙が統合されるかたちであらたに創刊されたもので、第一号の日付は同年の二月七日である。再出発にあたり、新聞の売れ行きをねらって新聞の側からバルザックに打診があり、かれはこの作品の掲載を提案したのである。[24]

小説は冒頭、一八三九年、シモン・ジゲがアルシの代議士に立候補するにあたって開かれた集会を描く。この地はずっと、体制派の銀行家で貴族院議員フランソワ・ケレールの地盤であったが、今回の選挙で銀行家は息子シャルル・ケレールを後継者として、地盤を譲ろうとしていた。これに対し、二〇年来の「選挙隷属」（servitude électorale）から脱却を図りたい人びとが集まり、進歩・独立派の候補としてシモン・ジゲを選んだのである。シモンは中道左派であったオディロン・バロ（Hyacinthe Camille Odilon Barrot 一七九一～一八七三）[25] に近い立場をとり、「進歩」（Progrès）の御旗を裏切らないことを約束した。そのあとにつづく記述は以下のとおりである。

言葉のなかには、当時、その裏側に思想よりも中身なき野心をよりたくさん集めようと人びとが努める言葉があったが、進歩（Progrès）もそのひとつで――一八三〇年以降、これは何人かの飢えた民主主義者の自己主張しか代表していなかったからだが——、この語はアルシではまだ大いに効力をもっていて、自分の旗にそれを書きこむ者に芯の強さをあたえていた。みずからを進歩的人間だというのは、自分が何においても哲学者であり、政治的にはピューリタンであると宣言することであった。こうやって、鉄道、レインコート（mackintosh）、監獄、木製舗装、黒人の独立、貯蓄金庫、シームレスシューズ、ガス灯、アスファルト歩道、普通選挙、王室費削減に賛成の立場を表明していたのである。［中略］（進歩という）この語は、自由主義を浮き立たせる装飾、あらたな野心のあたらしい合言葉なのだ。(26)

進歩派が唱えるもののなかに貯蓄金庫も数えられていることがわかるが、バルザックはこうした進歩派の主張を冷ややかな皮肉の目でみている。かれ自身の政治的立場（王党派）、発表媒体の思想傾向を考えれば当然のことであるが、そういうものを越えて、自由主義経済を推し進めつつ、博愛主義的な振舞いを取りつくろう「進歩的人間」を見抜いていたのかもしれない。

（三）証券取引とジャーナリズム

さらに、一般の文学作品のなかでも「金」への言及は王政復古時代以降、急激に増えてくる。それは小説にかぎらない。二〇年代には金をモチーフにした戯曲が多く書かれている。タイトルにあらわれる作品だけでも、カジミール・ボンジュール（Casimir Bonjour 一七九五〜一八五六）の『金、あるいは時代の風俗』（*L'Argent ou les Mœurs du siècle* 一八二六）やウジェーヌ・スクリーブ（Eugène Scribe 一七九一〜一八六一）の『金銭結婚（打算結婚）』（*Le Mariage d'argent* 一八二八）などがある。さらにそこに「投機」が盛んに扱われるようになって、金銭はますます前景化する。たとえばスクリーブは『株主』（*Les Actionnaires* 一八二九）を、フランソワ=ルイ・リブッテ（François-Louis Riboutté 一七七〇〜一八三四）は『投機家、あるいは若者の学校』（*Le Spéculateur ou l'École de la jeunesse* 一八二六）という作品を残している。(27) そこにみられるのは、金によって買われる肩書、金に群がる人びとの葛藤、そしてそうした人びとを騙すペテンである。おそらくこれらのテーマの集大成ともいえる作品がフレデリック・ルメートル（Frédérick Lemaître 一八〇〇〜七六）の『ロベール・マケール』（*Robert Macaire* 一八三四）であろう。(28)

戯曲においてはこのあとも、アルフレッド・バイヤール（Alfred Bayard 一七九六〜一八五三）のヴォードヴィル劇『証券取引所のゴゴ氏』（*Monsieur Gogo à la Bourse* 一八三八）などが書かれ、(29) 第二帝政期にはいってもこのテーマはつづく。フランソワ・ポンサール（François Ponsard 一八一四〜六七）の『証券取引所』（*La Bourse* 一八五六）、アレクサンドル・デュマ=フィス（Alexandre Dums fils 一八二四〜九五）の『金銭問題』（*La Question d'argent* 一八五七）、エルネスト・フェドー（Ernest

Feydeau 一八二一～七三）の『株価急変』（*Un coup de Bourse* 一八六八）などである。

ここで注目されるのは、証券取引が一気に文学のなかに流入してくる点である。注意深い読者なら、すでに『赤と黒』のラ・モール侯爵が株に手を染めていたことを知っているだろう。一八二五年、ヴィレール内閣のもとで可決した賠償金法（いわゆる一〇億フラン法）によって、亡命貴族は相当な補償額を手にするが、かれらがその金を使ったのは、バルザックの小説でも随所に示されているように、没収された不動産の買い戻しではなく、むしろ投機であり、国債を買って金銭の財を増やすことであった。貴族階級でさえそうなのであるから、もともと土地とそれほど深い関係になかったブルジョワジーのもとでは投資はいっそう刺激的な経済行動になる。七月王政の時代にその方向性は決定的となり、世紀後半、経済活動が飛躍的に伸長した第二帝政期において、株取引および証券取引所は文学にとっても欠かせない主題となった。またそこからさまざまなあたらしい表現やメタファーを産む契機にもなっていく。思わず「迷い込んでしまうスフィンクス」(30)であることを承知で身を投じるにせよ、その危険を諭すにせよ、「証券取引所はとりわけ現代社会の記念碑」、あるいは「投機の神殿」なのである。(31)やがて世紀末、エミール・ゾラはまさしく『金』というタイトルのもと、「だれも何一つ理解できていないことが生起している、ぽっかりとあいた神秘的な洞窟のようにパリの真ん中にある証券取引所」(32)の小説を書くことになるだろう。

以上のように、証券取引や投機をテーマとして同時代の文学が盛んに取り上げていることからわか

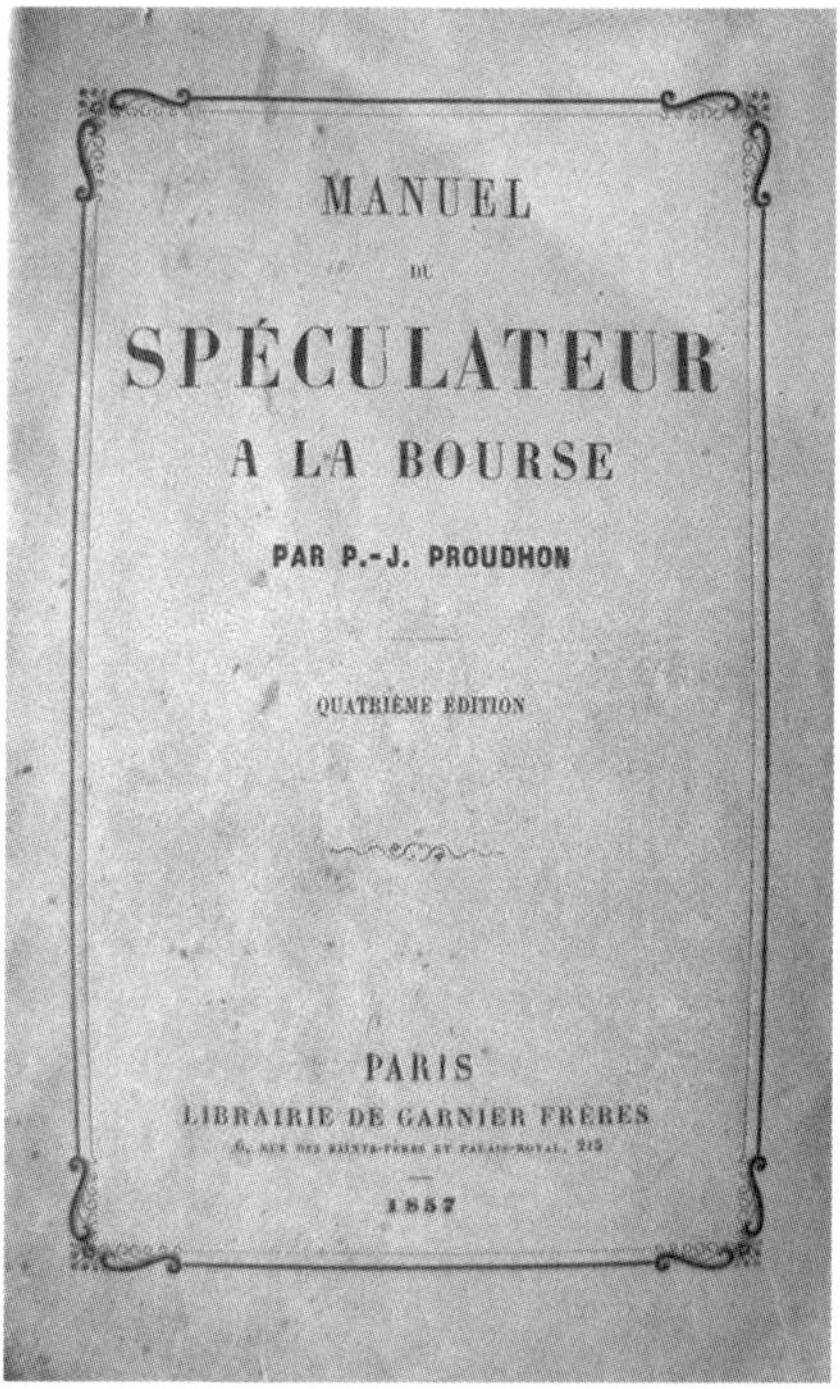

プルードン『株式投資家マニュアル』

るとおり、このような時代の現象はたんに経済界だけで観察されたものではない。おそらく投機の問題はある意味でひとつの社会現象と認識されるほど、人びとのあいだに共有されていたのである。

　この点で興味深いのが、あの無政府主義の父プルードンが書いた『株式投資家マニュアル』（*Manuel du Spéculateur à la Bourse*）である。この著作は、もちろん利益追求のみを目的とした投機売買を批判するものであるが、投機そのものは否定していない。「投機」を指すフランス語には«spéculation»と«agiotage»という二語があって、前者が一般的な投機を意味するのに対し、後者には軽蔑的な意味が滲む。この差異が顕著になるのは一九世紀で、この世紀に刊行されたアカデミーの辞書、すなわち一八三五年版、七八年版には«agiotage»が「悪い意味」に理解されることを明記しており、(33) また、一九世紀ラルースでも「株の不正取引、違法な投機の意味でしばしば悪く解釈される」[34]としている。

実際、産業の自由主義に批判の目を向けていたシャルル・フーリエ（Charles Fourier 一七七二〜一八三七）は、「産業主義はあらゆる悪徳、すなわち、偽造、独占、破産、投機売買（agiotage）、買い占め、高利の寄せ集めである。産業主義はほんの少し前から政治的動揺の梃子になり、内戦と宗教戦争の火つけ役になった」[35]と記して、投機を産業主義の「悪徳」のひとつに挙げている。フーリエがこの文章を書いたのは王政復古期の末期であるから、株取引による法外な利益追求はこの時期にすでに問題化していたといってよいが、こののち、問題ははるかに拡大し先鋭化していくのである。プルードンがこの『マニュアル』を署名入りで出版したのは一八五六年で（最初の二版はそれぞれ一八五三年末と一八五四年五月に出版されたが、この第三版になってはじめて署名した）、投機熱が猖獗を極めていた時期である。指南書の形式をとりながらも、著者の意図の中心は議論のなかに政治をもち込み、経済と政治を結びつけ、「盗み」（かれにとって「所有」＝「盗み」である[36]）を承認し支持する国家と経済の関係を告発することにあった。

恐怖政治の罪、総裁政府の恥辱、帝政の専制、正統王朝およびブルジョワ王政の腐敗についてひとは語ってきた。ならばこうした悲惨さと比べてみるがよい、証券取引とその行いを十戒とみなし、証券取引を哲学とみなし、証券取引を政治とみなし、証券取引を道徳とみなし、証券取引

を祖国そして教会とみなしてきた時代の頽廃を。(37)

このように、プルードンは証券取引を批判しているが、それが現代社会と文明の原理を担っていることは否定しない。それが腐敗していることは正されるべきだが、その存在と威力は否定しようもなく大きく、そこにこそ「文明の秘められた原動力」や「歴史の秘密」が隠れている。(38) それゆえ、「証券取引を廃止してはならない（この温度計を壊すことはできない）」のであって、なすべきは「そのモラルを正す（moraliser）こと」だ。(39) たしかに人びとの生活や習慣を腐敗させていることは事実だとしても、正すべきはそれを操る人間の心であり、それゆえ証券取引の「高尚で気高い機能を到底理解しているといいがたい」ブルジョワからこれを引きはがさなければならない、というのである。(40)

ところで、見逃してならないのは、証券取引はメディアも支配するということである。プルードンはジャーナリズムを株で買収したジュール・ミレス（Jules Mirès 一八〇九～七一）を告発している。(41) 銀行家ミレスについては、モイーズ・ミヨー（Moïse Millaud 一八〇一三～七一）とともに『プティ・ジュルナル』（*Le Petit Journal*）を創刊したことで知られ、ペレール兄弟とともに立ち上げたクレディ・モビリエの破綻は、ゾラの『金』の素材になったことも周知のとおりである。(42) この銀行家は『鉄道新聞』（*Journal des Chemins de fer*）、『立憲派』（*Le Constitutionnel*）、『故国』（*Le Pays*）といった新聞をつぎつぎと買収して、メディアをとおしてみずからの事業に利するように情報を操作した。

その事実をプルードンは以下のように指摘している。

株にとって条件とは、生きていることである。そして株は需要と供給によってしか生きない。釣りをする漁師のように株を動かすこと。そうすれば毎日、確実に地方の買い手を何人かおびよせることができる。ある株について『立憲派』、『故国』、『鉄道新聞』が値上がりの後押しをすれば、だれがそのような感動的な一致に抵抗することができようか。が、公衆はそれらが一個の吹口をもつ三つのメガホンであることを知っているだろうか。(43)

このように、企業家がメディアを買収して株価を操作するというのは常套手段になりつつあった。なかでもミレスはその典型であったといえる。「金をもらって書かれた告知と真面目な批評とを見分けることのできる読者」はまずいないし、一見しっかり独立しているかにみえる記事でさえ、「執筆者に相応価の株か、べつの何かの方法で金が支払われていないとだれが読者に保証してくれようか」(44)。こうして多くのジャーナリズムは、程度の差はあれ、証券を梃子に大ブルジョワジーと利害をともにするようになっていったのである。

（四）ジュール・ヴァレスの『金』

この点を如実に示すかのように、第二帝政初期、ジュール・ヴァレス（Jules Vallès 一八三二～一八八五）が象徴的な作品を無署名で世に出す。すなわち『金』と題され、「年金生活者、相場師、大富豪」という副題をもつ特異な一書だ。ヴァレスといえば、日本ではパリ・コミューンの闘士として、そして『パリ・コミューン』という作品でしか知られていなかった。最近（二〇一二年）ようやく自伝『ジャック・ヴァントラス』（*Jacques Vingtras*）の第一部にあたる『子ども』（*L'Enfant* 一八七九）が邦訳されたが、[45] それほど知られた作家というわけではない。

さて、この作家が書いた『金』という書物だが、そうした反体制的イメージからは想像しがたい、いささか特殊な書きものである。タイトルのすぐ下には「投機師となった一文人による」（par un homme de lettres devenu homme de Bourse）[46] とある。ヴァレスはそれまで文学で身を立てることを志していたが、小説にせよ演劇にせよ、ひとつとして思いどおり成就した作品はなかった。真の文学は時代を支配しているブルジョワジーの価値観の対極にあると考えていたようで、ブルジョワたちの欲望が出版界にも広く浸潤していた第二帝政期にあって、そのような「真の」文学に傾注した数年間の努力が水泡に帰するのも当然であろう。かれの最初の作品といってよいこの著作は、いわばその反

ジュール・ヴァレス

動としてうまれたものであり、「文人」から「投機師」へという宣言ともとれるさきの言葉にそれはあらわれている。金と文学の折り合いをつけ、時代の趨勢に追随しなければ取り残されるばかりである。生活上のさまざまな事情も手伝ってのことではあるにせよ、(47) ヴァレスの筆は、少なくとも表面上は左から右へ大きく振れたのである。(48)

黄色の表紙には実物大の五フラン金貨が描かれ、それを「わたしは純分検査においては五（cinq）の価値だが、取引の舞台裏では百（cent）の価値がある」という文が取り囲むデザインとなっている。実質的価値と投機によって膨れ上がるバブルの名目的価値との乖離がいかに進んでいるか、目の前に差し出されるこの現実を無視して倹約と誠実の道を説いたところで、どれほどの意味があるのか――この書は、表面的には「百の価値」を追い求めることを是とするセンセーショナルな書き方を意識的にとっているかにみえる。実際、序文は「ミレス氏への手紙」というかたちをとり、このユダヤ人投機家を称賛している。ここでヴァレスは貧困というものの不条理を徹底的に暴く。

極貧はもう時代遅れ、だからわたしは金持ちの側につく。蜂起する者たちの悲痛な歌よりも六〇人［六〇人の両替業者を指す」の金属的な叫び声のほうがいい。内戦の旗よりも紋章に刻まれた大金持ちの名前とともに証券取引所の中央に立てられた旗のほうが、わたしにはよいのだ。(49)

この序文では、文人を志し、貧困のなかでそれを捨てた若者の文学への恨み節が通奏されている。そしてまず、ヒューマニストとはまったく異なる方向から貧困を攻撃する。一夜にして著名な作家になることを夢見る若者のほとんどが貧窮に甘んじる世情をまえに、書き手はそのような文学者への道を敢然と捨てて投機家になったのである。文学さえも市場経済のなかに取り込まれたいま、文学者の貧困生活を詩的に謳い、金に見放され、赤貧に打ちひしがれることが芸術の母体であるかのごとく、困窮を美化するような言説のどこに意味を見いだせるのか。まさしくアンリ・ミュルジェール(Henri Murger 一八二二〜六一)が『ボヘミアン生活の肖像』(*Scènes de la vie de bohême* 一八四七〜四九)で描いたような世界はすでに終わったのであり、その種の文学的貧困主義は捨てなければならない。「金」はもっとも重要な時代の徴《しるし》なのであって、それについて文学が判断を下すことなどできない。むしろ金こそが文学に判断を下すのである――ヴァレスはそう言い放ち、金のなかに「一九世紀の聖なる詩」を見いだそうとしているかにみえる。(50)

ところで、革命の動乱で一時閉鎖されていたフランスの株式市場は、一七九六年に再開され、一八二五年に壮麗な証券取引所、いまに残る通称ブロンニヤール宮(Palais Brongniart)をもつにいたった。当初の市場規模は三〇ほどの会社の株式であり、世紀前半の取引はそれなりに伸びていたものの、二月革命で大きな打撃をうける。取引が拡大し、急速に伸びていくのは第二帝政期に入るころからであり、一八五二年から五七年のあいだに市場の景気は大幅に上昇した。ちなみに一八五〇年に一一八だった相場付銘柄は帝政末期の六九年には四〇七になっている。(51)ヴァレスの『金』はまさにこのような時流を背景に出版されたものであった。

この著作はジャーナリズムに大きな議論を巻き起こす。『フィガロ』のような新聞は、この衝撃的な一書に感嘆の声をあげながら歓迎している。「この本は飢餓に対する告発状である」とし、文学が「金」を否定する必要のないことを宣言していると記して快哉を叫んだ。(52)他方、表向きの倫理を顕示し、ブルジョワジーの文化イデオロギーを体現するメディアは、こぞって否定的な態度をとり、この著述そのものを「若気の過ち」として断罪している。(53)

ではヴァレスの真意はどこにあったのか。この作品をもってかれが思想的に大きく変貌したと考えるべきではない。というのも、この文書で述べられているのは、同時代の欲望のありかたを人間の本性として見極めながら、そのように肥大化する投機的欲望を批判しつつも、証券取引が下層階層にも裕福な生活への機会を平等にあたえるものであるとの考えであり、それにもとづいて、痛烈な皮肉の矢を放っているからである。この書で批判の対象となっているのは悪辣な投機家たちであって、「われわれは証券取引を頑なに敵視するものではない」(54)と明言しているように、証券取引自体を攻撃しているわけではない。「真の革命とは、政府や政治体制を変える革命ではなく、貧者を富ませる革命なのである」[55]——ヴァレスの態度はさきにみたプルードンの考えを踏襲したものといえるだろう。プルードンもまた証券取引そのものは肯定していた。実際、ヴァレスはプルードンをはじめ、同時代の手引書を貼り合わせてこの文書をつくりあげた可能性が高い[56]。

いずれにしても、「時代の大芝居（grande comédie）が演じられる劇場」たる証券取引所は、一九世紀の状況をもっともよく映し出す鏡であった。ジャーナリズムも作家たちも証券取引をネタにして数多くの記事や作品をつくりだしていく。もはや金はタブーではなく、一義的に断罪される卑しい金属ではない。むしろ社会を動かすエネルギーであることを積極

パリ証券取引所

的に承認し、だれしも否定できないその必要性について堂々と語り、議論されるようになったのである。崇高な文芸において久しく遠ざけられ、否定性のなかでしか言及されなかった投機や株式は、このように一九世紀をつうじて中心的なテーマとなる。翻って考えれば、これは芸術という枠組みにおいても人びとの意識が「金」にずっと近くなったことを示している。

金を見下すモラルはその後もつよく残り続け、文学が金にまみれることは許されないとする倫理観がそう簡単には消えなかったことはいうまでもない。劇作家スクリーブを皮肉ってゴーティエはいう、「お似合いの散文で表現されたあの商業的感情は、何よりも産業的な社会の魅力になるはずだし、現になっている。そういう社会にとって誠実さとは決済期限の正確さと化し、夢見ることといえば最短期間に可能なかぎり多くの金をかせぐことなのだ」[57]と。

この時代になっても文学における金銭は一般的には批判的に書かれることが多いのだが、批判されつつも現実には社会に君臨しているのが金であることを承知したうえで、観劇者はみな痛快な笑いを得る。そして、そのような芝居や小説をとおして金儲けや投機を身近に感じるようにもなる。いくら批判したところで、社会を動かしている原理が資本主義経済であり、金の力なのであれば、その体制に生きる以上、最終的に金は肯定されなければならない。「金儲け」や「吝嗇」といえば聞こえは悪いが、「一所懸命金を稼ぎ」「貯蓄」するといえば印象はまったくちがう。時代は「金儲け」の投機的精神と、「節約」「貯蓄」のプロテスタント的モラルが互いに綯い合わされ、あるいはせめぎあいながら人びとの精神を支配しはじめていた。それを象徴するものとして、一方に投機や証券取引所があり、他方に貯蓄共済金庫があったといえるだろう。そしてこの両者を貫いているのが金である。市民は金の力で成り上がる人間を見せつけられながら、金に対するモラルを教えられるのだ。どちらの方向をむいても、金は隠され否定されるのではなく、その最前線に姿をあらわし、何よりも重要な社会的意味をもつ要素として日常生活の前景にとどまりつづける。貴族的価値観とモラルにおいて従来語ることと自体が忌避されていた「金」への言及が、このようにして抵抗なきものへと変化していくのである。

「産業的文学について」[58]で同時代の文学状況を嘆いたサント=ブーヴは、一八四三年、やはり当時の文学の傾向を批判して、「金、金、これがどれほど文学の神経となり神となっていることか」[59]と述べている。「さる流行小説家が、第一巻の半分ほどしか書いていない誕生途上の小説をほとんど抵抗もなく駄目にしてしまうのは、出だしが効果を発揮して成功するのをみると、そのネタを二倍に引き伸ばし、その主題で一巻どころか二巻、いや六巻も誕生させようと考えてしまうからだ」と嘆き、金に支配されて中身が空疎になる一方の文学を悲しんでいる。ところがその約四〇年後、エミール・ゾラは一八八〇年に書かれた記事「文学における金銭」[60]のなかで、サント=ブーヴとはまったく逆のことを毅然と記す。この大批評家を「旧い文学精神」の代表、すなわち、滅び去った過去、「とりわけ一七世紀への絶えざる懐古」のなかに生き、「その古い世界が崩れていくのを感じながら涙した最後の人物のひとり」[61]として退けるのだ。そして、「わたしは過去を否定しようとしているのではない。逆にそれを定義し、過去はあくまでも過去であって、フランス文学はまったくあたらしい時期に入ったこと、無用な哀惜を逃れて、これから決然と歩もうとするならば、このあたらしい時期を明確に際立たせるのがよい」(62)として、過去と現在の作家の経済基盤の相違を論じていくのである。注目すべきは、この文章の最後、これから文学の未来を託すべき若者への呼びかけのようなかたちで結ばれる部分である。

仕事をしなさい、すべてはそこにある。自分以外をあてにしてはならない。もしきみたちに才能があるのなら、その才能はどんなにしっかりと閉じられた扉も開けるだろう、そして昇るにふさわしい高みにきみたちを置くと信じなさい。とりわけ行政からの援助は拒否し、国家の保護をけっしてもとめてはならない。そんなことをすれば男らしさの一部を失うだけだ。人生の鉄則とは戦いであって、他人がきみたちに負うているものは何ひとつないのだから、きみたちに力があればかならずや勝利するだろうし、もし負けても不平をいってはならない。きみたちの負けは当然だからである。つぎに、金を敬いなさい、そして詩人気取りに金に毒づくような稚戯に陥ってはならない。何をいってもよい自由の身が必要なわれわれ作家にとって、金は勇気であり誇りなのだ。金によってこそ、われわれは世紀の知的指導者、すなわちありうべき唯一の貴族階級になるのである。自分の時代を人類のもっとも偉大な時代として受け入れ、

エミール・ゾラ

しっかりと未来を信じ、ジャーナリズムの氾濫や低俗な文学の商業主義など、避けがたい結果に立ち止まってはならない。最後に、死んだ社会とともに消えていった旧い文学精神を惜しんで嘆いてはならない。あたらしい社会からべつの精神があらわれている、真実の探求と確立のなかで日々拡大していく精神が。自然主義運動が進展するにまかせ、天賦の才があらわれ仕事を成し遂げるにまかせなさい。今日生まれた君たちは、社会と文学の進化に抗ってはならない。二〇世紀の天才たちはきみたちのあいだにいるのだから。(63)

いかにも『金』という小説を書くゾラらしい言葉だが、『自然主義小説家たち』(*Les Romanciers naturalistes* 一八八一)でバルザックの登場人物、とくにビロトー家、ポピノー家の人びとのように、腕一本でのしあがったブルジョワジーの殉教者たちに対するバルザックの共感を正確に読み取り、(64)金のちからを社会の根本原理として位置づけているのがわかるだろう。いずれにしても若者を相手にここまで高らかに「金を敬え」と呼びかけられるのは、サント=ブーヴの時代からさらに金に対する意識が大きく変化したからにほかならない。

(1) Eugène Buret, *De la misère des classes laborieuses en Angleterre et en France*, Paris, Paulin, 1840, t. I, p. 108.

（2）Louis Mathurin Maureau-Christophe, « Les pauvres. Physiologie de la misère », in *Les Français peints par eux-mêmes. Encyclopédie morale du dix-neuvième siècle*, t. IV, Paris, Léon Curmer (éd), 1841, p. 168.

（3）小倉孝誠『「パリの秘密」の社会史――ウージェーヌ・シューと新聞小説の時代』新曜社、二〇〇四年、二〇二頁。

（4）同書、二三八頁。

（5）Alexis de Tocqueville, *Mémoire sur le paupérisme*（1835）, in *Œuvres* I, Gallimard, coll. « Bibliothèque de la Pléiade », 1991.「貧困についての覚書」と題されたこの論考は、一八三五年、『シェルブール・アカデミー論集』に発表されたものである。一八三八年に続編を書いているが発表にはいたらなかった。トクヴィルはここで、貧困を人間の欲望と相関する相対的なものと位置づけ、かつての農耕社会よりも生活水準が上がった現在の産業社会のほうが貧困は拡大していると考える。つまり、貧困問題は文明化の必然的な結果なのである。そのうえで、かれは貧者に対する個人的扶助も公的扶助も批判する。公的扶助批判の根拠の第一は、国家が貧民に扶助を与えることが人間を労働にしむける「生存の必要」を奪い、その結果、労働意欲が失われてしまうのではないかという危惧である。もしそうなれば怠惰な国民をうみだすことになる。また、公的扶助を公正に実施するとなれば、本当に扶助の必要な対象をそうでない対象から正確に区別しなければならなくなるが、そのような判断を大規模におこなうのは不可能に近い。さらに、公的扶助は、扶助する者の顔が見えない。したがって、与える側と与えられる側のあいだに絆もなければ感謝もうまれない。つまり、富者と貧者というふたつの階級を固定し、ひとつの国民に統合することなく終わるのである。トクヴィルの考えでは、このような公的扶助よりは個人的慈善活動に優位がおかれているが、これもまた、中世社会のような規模の小さい集団では可能であっても、現代の大都市のような大規模な人間集団のもとでは大きな困難がともなうとされている。いずれにしても、トクヴィルは救貧対策としてこうした慈善活動を否定的にみていた。

では、かれが考えていた方法はどういうものであったか。これが続編の論考で論じられたのだが、ひとつは労働者を所有者にすることである。人間は失う何かをもてば将来に備えるようになるだろう。したがって、農民階級の貧困を解決する手立ては土地財産の分与といえる。では、都市の労働者階級はどうであろう。本来的には給与以外に企業の利潤を配分することであるが、そのようなことを考える資本家はまずいなかったから、すぐには無理である（とはいえ、トクヴィル自身は民主主義が進み、将来的にはこれが可能になるだろうと考えていた）。そこで考えられたのは貯蓄金庫（caisse d'épargne）の活用である。余裕のあるときに貯蓄をつくれば、これによって少ないながらも財産所有の習慣がつくと同時に、貧窮の際の助けとなる。とはいえ、この場合の利息は国家の財に依ることになるため、それでは「救貧税」とかわらなくなる。そこでかれが考えたのは、貯蓄金庫と公営質店（mont-de- piété）を融合したような制度であった。これは一種のマイクロクレジットともいえるかもしれない。

（6）　バンジャマン・ドレセールが二〇名の博愛主義者（そのほとんど全員が銀行家）を集め、一種の株式会社の形式をとった。一八一八年一一月一五日付の『モニトゥール・ユニヴェルセル』（*Moniteur universel*）に発表された内容によれば、その体制はラ・ロシュフコー=リアンクール公爵を長とする二五名の理事からなる取締役会があったが、二七年に公爵が没したあとはドレセールが長を継いでいる。

（7）　ジョゼフ=マリー・ド・ジェランドは人類学の先駆者のひとりとして有名な言語学者で、一七九九年に創設された学会、「人間観察者協会」（Société des observateurs de l'homme）の一員として、かのニコラ・ボーダン（Nicolas Baudin）の学術探検に際し、研究の手引きとして『未開人の観察においてとるべきさまざまな方法についての考察』（*Considérations sur les diverses méthodes à suivre dans l'observation des peuples sauvages*）を書いたことで知られている。一方、熱心な博愛主義の教育論者でもあり、民衆の産業教育促進を意図したさまざまな学会に参加するかたわら、一八二四年には『貧者の視察官』（*Visiteur du pauvre*）を出版した。

バンジャマン・ドレセールも植物学、政治家など、さまざまな顔をもつが、何といっても実業家として一九世紀前半を代表するひとりである。スイスのプロテスタント系銀行家の家系で、父エティエンヌ・ドレセールは銀行業、保険業で財を成した。バンジャマンもまた、父の銀行を受け継ぐと同時に、綿工場、砂糖工場を設立して実業家としての手腕をみせた。慈善活動にも情熱を傾け、人類愛協会の会員にもなっている。初等教育の普及にも力を注いだ。貯蓄共済金庫の中心人物として、フランス人にはなじみの深い貯蓄口座《Livret A》を発案し導入したのもこの人物である。

ラ・ロシュフコー＝リアンクールもまた、公爵という身分をもちながら、亡命中のアメリカ旅行では当地の監獄制度に関心を寄せ、一七九六年、『フィラデルフィアの監獄、一ヨーロッパ人による』（*Des prisons de Philadelphie, par un Européen*）を刊行。これは、のちにトクヴィルとギュスターヴ・ド・ボーモン（Gustave de Beaumont）によって調査報告『合衆国における監獄制度とそのフランスへの適用について』（*Du système pénitentiaire aux États-Unis et de son application en France* 一八三二）が出されるまで、ほとんど唯一のアメリカの監獄情報であった。王政復古とともに貴族議員に返り咲き、みずからもその創設者のひとりとして深くかかわったキリスト教道徳協会（Société de la morale chrétienne）を足場に、奴隷貿易廃止、監獄の環境改善、相互教育（enseignement mutuel）などを推進し、博愛主義的な立場は一貫していた。なお、ジェランド、ドレセール、さらにトクヴィルもこの協会のメンバーとなっている。

（8）Joseph-Marie Gérando, *Le visiteur du Pauvre*, Jules Renouard, 1826, p. 9.

（9）たとえばP・ロッシは一八四四年、『中等教育の自由について』（P. Rossi, *Discours sur la liberté de l'enseignement secondaire*）のなかで、「労働者はたくましい、しかし無学な子どもであって、置かれている状況が困難なだけに、一層の指導と助言を必要としている」と述べている。

（10）Charles Dupin, *Progrès moraux de la population parisienne depuis l'établissement de la Caisse d'Épargne*, Firmin Didot frères, 1842, p. 51.

（11）Robert Castel, *Les métamorphoses de la question sociale. Une chronique du salariat*, Fayard, 1995, p. 236. ロベール・カステル『社会問題の変容　賃金労働の年代記』（前川真行訳）、ナカニシヤ出版、二〇一二年、二八三頁。

（12）Alphonse de Lamartine, Discours du 14 décembre 1844 à la Chambre des députés. *La France parlementaire (1834-18519)*, *Œuvres oratoires et écrits politiques*, t. IV, A. Lacroix, Verboeckhoven et Cie, 1865, p. 109.

（13）Robert Castel, *op. cit.*, p. 381.

（14）Charles Dupin, *La Caisse d'Épargne et les ouvriers, leçons donnée au Conservatoire royal des arts et manufactures, le 22 mars 1837*, Firmin Didot frères, 1837.

（15）Benjamin Delessert, « Développemens de la proposition de MM. B. Delessert et Charles Dupin, fait par M. B. Delessert, Député de Maine-et-Loire, sur les Caisses d'Épargne », séance du 13 décembre 1834,

Procès-verbaux des séances de la Chambre des députés. Session de 1835, t. I, L'Imprimerie d'A. Henry, 1835, p. 412, p. 236. かれはまた、貯蓄金庫に関する新たな法に関して、「この法は初等教育の法を補完するものとなるでしょう。というのも、知識的観点からの教育と、物質的観点からの几帳面さと節約は、どのような政府にとっても目的となるべき個人の幸福に対して、宗教感情のつぎにもっとも大きな影響力をもつものだからです」ともいっている（Benjamin Delessert, « Développemens de la proposition de M. Benj. Delessert, Député de Marne-et-Loire, sur les Caisses d'Épargne », séance du 18 janvier 1834, *Procès-verbaux des séances de la Chambre des députés. Session de 1834*, t. I, L'Imprimerie d'A. Henry, 1834, p. 412）。

（16）銀行家のなかには、こうして労働者から預けられた金を国家のためにより有効に運用すべきだ主張するものもいた。一八三七年二月の下院議会で議論された法案について、五名の銀行家が見解を述べたが、このなかには、貯蓄金庫が労働者への貸付をせずに年金支給のために預金をつかっているのは惜しいと述べている者もいる。この時期、政府は公共投資の議論を進めており、貯蓄金庫の預金を公共事業にも使おうという機運もあった。このような議論のあったことは、トクヴィルも触れている。*Cf. Deuxième article sur le paupérisme*, in *Œuvres* I, sous la direction d'André Jardin avec la collaboration de Françoise Mélonio et Lise Queffélec, Gallimard, coll. « Bibliothèque de la Pléiade », 1991, p. 1189.

（17）この新聞は、やはりジラルダンがみずからつくった「知識の解放のための国民協会」（Société nationale pour l'émancipation intellectuelle）によって、一八三一年一〇月に創刊された。表紙には月あたり三二頁、年間四フランと記されている。協会の目的は、第一号冒頭に示されているとおり、文字の読めるすべての人びとに対し、生活に直接かかわりのある法律の条項を知らせ、異議申し立ての法的手段を示して税負担等の平等を維持し、市民としての義務の実践について教化することなどであった。貯蓄金庫にかかわる記事は、第一号（一八三一年、一〇月、一一月、一二月号）からすでに掲載されている。*Cf. Journal des connaissances utiles*, octobre, nevembre et decembre 1831, p. 60 ; *ibid.*, octobre 1832, p. 272.

（18）フランクリンがリチャード・ソーンダースという名前で一七三二年から四半世紀にわたって発行しつづけた生活暦。周知のとおり、そこから生まれたのが『富に至る道』（*The Way to Wealth*）である。『フランクリン自伝』（松本慎一、西川正身訳）岩波文庫、一九五七年、参照。

（19）これらは一八一九年に出版されたもの。同年には、文筆家でありアカデミー会員でもあったピエール＝エドゥワール・レモンテー（Pierre-Édouard Lémontey 一七六二〜一八二六）による『貯蓄共済金庫のよき効用あるいはブルーノ氏の三度の訪問』（*Des bons effets de la Caisse d'Épargne et de Prévoyance ou les Trois visites de M. Bruno*）なども出版されている。*Cf.* Carol Christen-Lécuyer, « Pédagogie de l'argent et lutte contre le paupérisme dans la littérature. L'exemple des Caisses d'épargne sous la Restauration et la monarchie de Juillet », in Francesco Spandri（sous la dir. de）, *La Littérature au prisme de l'économie. Argent et roman en France au* XIXe *siècle*, Classiques Garnier, 2014, pp. 320-321.

（20）これについては拙著『スタンダールのオイコノミア〜経済の思想、ロマン主義、作家であること』（関西大学出版部、二〇一七年）でも述べた（第一章）。

（21）Carol Christien-Lécuye, *op. cit.*, p. 321.

（22）Honoré de Balzac, *Le Député d'Arcis*, in *La Comédie humaine* VIII, sous la direction de Pierre-Georges Castex, Gallimard, coll. « Bibliothèque de la Pléiade », 1977, pp. 736-737.

（23）一八四七年四月七日から五月三日まで。なお、この新聞は翌年の一八四八年には『連合』（*L'Union*）

と名前を変える。

（24）*Cf.* « Histoire du texte » du *Député d'Archis*, in *La Comédie humaine* VIII, éd. citée, p. 1593.

（25）ルイ＝フィリップ王朝政権に距離を置くが、完全に対立するわけではない王党派左派、いわゆる「王朝内反対派（王朝内左派）」（opposition dynastique あるいは gauche dynastique）の中心人物。第二共和政下で首相を務めた（一八四八年一二月～一八四九年一〇月）。

（26）*Le Député d'Arcis*, pp. 736-737.

（27）証券取引と文学については、世紀後半についての研究が多く、Christophe Reffait, *La Bourse dans le roman du second XIXe siècle. Discours romanesque et imaginaire social de la spéculation*, Honoré Champion, 2007 が詳細に分析している。また、論文としては、Roger Bellet, « La Bourse et la littérature dans la seconde moitié du XIXe siècle », in *Romantisme. Revue du dix-neuvième siècle*, n° 40, CDU et SEDES, 1983, pp. 53-64.

（28）ロベール・マケールという人物が最初に登場したのは、バンジャマン・アンティエ（Benjamin Antier 一七八七～一八七〇）の芝居『アドレの宿』（*L'Auberge des Adrets* 一八二三）であり、すでにこの作品でルメートルはロベール・マケール役を演じていた。この人物名がタイトルとなる『ロベール・マケール』はこの続編としてつくられることになる。ルメートルの演じたロベール・マケールはフランス演劇における不朽の人物となった。

（29）ロベール・マケールとゴゴはそれぞれ相場師と騙され役の株主の典型になっていく。当時の売れっ子作家ポール・ド・コック（Paul de Kock 一七九三～一八七一）も『証券取引所のゴゴ氏』という同名の小説を書く（一八四四）など、七月王政後期から第二帝政にかけて、ロベール・マケールとゴゴはあちこちの作品に登場することになる。

（30）Frrançois Ponsard, *La Bourse*, comédie en cinq actes en vers, Michel Lévy Frères, 1856, p. 23. パリの証券取引所を「神殿」になぞらえるのは常套表現になっていた。

（31）Pierre-Joseph Proudhon, *Manuel du Spéculateur à la Bourse*, troisième édition entièrement refondue et notablement augmentée, Garnier Frères, 1857, pp. 22, 23.

（32）Émile Zola, « Notes Massias », dossier préparatoire de *L'Argent*, BnF, Ms. NAF 10269, fos 104-105.

（33）*Dictionnaire de l'Académie française*, sixième édition, 1835, t. I, p. 40. ; septième édition, 1878, t. I, p. 37.

（34）*Grand dictionnaire universel du XIXe siècle*, Larousse, 1866, t. I, part. 1, p. 134, « agiotage ».

（35）Charles Fourier, *Le Nouveau monde industriel, ou l'agriculture combinée*, Paris, Bossange père, 1830, p. 6.

（36）「では《所有とは何か》。この問いに対しては、《それは盗みである》と答えたらどうだろうか。」『所有とは何か』（一八四〇）は、この有名な文章ではじまる。

（37）P.-J. Proudhon, *op. cit.*, « Préface », p. XI.

（38）*Ibid.*, p. 23.

（39）*Ibid.*, p. 146.

（40）*Ibid.*, p. 38.

（41）*Cf. Ibid.*, p. 115.

（42）それ以前に、デュマ・フィスの『金銭問題』もかれをモデルにしている。

（43）P.-J. Proudhon, *op. cit.*, p. 145.

（44）*Ibid.*, p. 144.

（45）ジュール・ヴァレス『子ども』（上・下）、朝比奈弘治訳、岩波文庫、二〇一二年。なお、『ジャック・ヴァントラス』三部作の第二部は『大学入学資格者』（*Le Bachelier* 一八八一）、第三部は『蜂起した者』（*L'insurgé* 一八八六）である。

（46）Jules Vallès, *L'Argent*, in *Œuvres* I（1857-1871）, texte établi, présenté et annoté par Roger Bellet, Gallimard, coll. « Bibliothèque de la Pléiade », 1975, p. 3.

（47）かれはギュスターヴ・プランシュのもとで秘書のような仕事をしていたが、この年、独立する。

（48）« Notice » de Roger Bellet pour *L'Argent*, in Jules Vallès, *Œuvres* I（1857-1871）, *op. cit.*, p. 1158.

（49）Jules Vallès, *op. cit.*, p. 5.「金万歳！」やギゾーをまねて「金持ちになろう」といった言葉も立て続けに登場する（p. 6）。

（50）*Ibid.*, p. 9.

（51）Irene Finel-Honigman, *A Cultural History of Finance*, Routledge, 2010, p. 140.

（52）*Le Figaro*, 12 juillet 1857.

（53）*Cf. Revue de l'Instruction publique*, 4 févier 1858.

（54）Jules Vallès, *L'Argent*, Clermont-Ferrand, Paleo, 2009（première édition : 1857）, p. 45.

（55）Cité par François Marotin, « Préface » à Jules Vallès, *L'Argent*, éd. citée, p. 16.

（56）Bellet Roger, « La Bourse et la littérature dans la seconde moitié du XIXe siècle », *op. cit.*, p. 60.

（57）Théophile Gautier, « 27 avril 1842 : Théâtre-Français. *Oscar, ou le Mari qui trompe sa femme*, comédie de M. Scribe », in *Histoire de l'art dramatique en France depuis vingt-cinq ans*, Paris, Hetzel, 1858-59, vol. II, p. 235.

（58） Sainte-Beuve, « De la littérature industrielle », in *Revue des Deux Mondes*, septembre 1839, p. 678.

（59） Sainte-Beuve, « Quelques vérités sur la situation en littérature », in *Revue des Deux Mondes*, juillet, 1843, p. 14.

（60） この記事はまず、一八八〇年三月に『ヨーロッパ通報』（*Le Messager de l'Europe*）に掲載され、その後『ヴォルテール』（*Voltaire*）紙の同年七月二三日、二四日、二五日、二六日、二八日、二九日、三〇日号に転載、その後、単行本『実験小説論』のなかに収められた。

（61） Émile Zola, « L'Argent dans la littérature », in *Œuvres complètes*, t. X, « Œuvres critiques I », édition établie sous la direction de Henri Mitterand, Cercle du Livre précieux, 1968, p. 1251.「文学における金銭」（佐藤正年訳）、『ゾラ・セレクション８　文学論集１８６５－１８９６』藤原書店、二〇〇七年所収、二二六頁参照。

（62） *Ibid.*, p. 1255. 同訳書、二三二頁参照

（63） *Ibid.*, pp. 1283-1284. 同訳書、一六七～一六八頁参照。

（64） *Les Romanciers naturalistes*, in *Œuvres complètes*, t. XI, éd. citée, p. 65.

第九章　〈むすび〉に代えて

（一）資本主義の欲望

いうまでもないことだが、資本主義を動かしているのは欲望であり、それも模倣される欲望である。ケインズの有名な「美人投票」の譬えのごとく、(1) だれもが一位と予想しそうな対象が結果として一位になるようなメカニズムが、資本主義の利得の決定に大きく関与している。文学活動が市場経済のなかに否応なく抛り込まれ、芸術的価値が自律性（もともとそのようなものがあると仮定すること自体疑問だが）を失い、多数が称賛するものに票が靡くとすれば、富は加速度的にそこに集中していくことになろう。要するに「売れる」商品に視線が集まり、ますます購買力をそそる結果となるのである。個人の好みや審美眼は、少なくとも市場のこうしたメカニズムのなかでは容易に弾き出されてしまう。「傑作も駄作もありやしません。人がいいと言えば、よくなるし、悪いと言えば、悪くなるんです」という、『ヴィヨンの妻』の大谷の言葉さながらに、わたしではないほかの人が資本主義的な価値を決定してしまい、人びとはその価値にそって行動することになる。ジラール風に、われわれは「他者の欲望を模倣する」運命にあるといってもよいかもしれない。

文学においてこうした事態が生じるためには、文学的価値を決定づける多数派の意見なるものが一定以上の規模で生成される必要がある。現在の状況でいえば、そうしたメカニズムの目に見える例として、数ある「文学賞」がもっともわかりやすいだろう。評価の定まった作家や評論家の「お墨つき」を得て決定された賞は、メディアが大々的に発表し、書店に平積みされて着実に販売数を伸ばす。賞が本の市場で決定的な力をもってきたことはだれの目にもあきらかだ。賞が社会に与える影響力は、文化的であると同時に商業的である。一般の読者にとっては本を手に取るための指標になり、出版業界にとっては商品価値を高める役割をもつ。賞は社会において文学的価値と流通的価値を決定するのである。しかし、文学賞の歴史はそれほど古いものではなく、せいぜいこの一世紀の現象である。フランスでいえば、もっとも古いのがゴンクール賞で一九〇三年、フェミナ賞がその翌年に創設され、数はその後増えていった。

もちろんこうした賞が社会的な機能を果たすのも、ある程度の商業的活字文化が成熟しているからこそであり、とくに一八三〇年代以降、一九世紀をつうじて文化活動と文化消費の民主化、言い換えれば、ごく限られた芸術的選良の前衛的な価値の創出からしだいに文学活動が切り離され、大衆的で商業的な大規模生産へのシフトが進むとともに、[2]文芸の大衆化と産業化のあいだでせめぎ合いを顕在化させつつ、賞やメディアの方向づけが大きな力をもつような土壌ができていったのである。[3]

ところで、「売れる」本は、書き手にとっては稼げる本であり、「名」を売るための有効な手段である。文化消費の促進は、大衆化が進めば進むほど文化内容の価値ではなく、その「名」と結びつくようになる。文学作品の鑑賞は基本的に「買う」という行為のあとにくる。読んでから買うのではなく、買ってから読むのだ。その場合、内容よりも「名」が圧倒的な力をもつ。書物を商品として考えたとき、他の消費財と大きく異なるのは、それをインテリアに用いる場合を別にすれば、品物をみただけではその価値が判断されにくいという点であろう。だからこそ、それがだれの作品であるか、どのような評判をとっているかなど、いくつかの外的な評価が客観的指標となってその商品価値を決める重要な因子となる。そしてこれら外的な評価を流通させるのがメディアであることはいうまでもない。

文学の享受が民主化され大衆化されるにしたがい、そのような外的な評価に左右される読者が増加するのは必然だろう。一八三〇年代後半からのジャーナリズムの飛躍的発展がもたらしたものは、文学上の創作および消費活動における「名」の威力に対する認識と警戒であった。名が知られること、有名になることは、売れるための必須条件になりつつあることはだれの目にもあきらかだったからだ。一夜にして文壇の寵児となるといった現象は、メディアが発達するこの時代以前には考えられなかったことである。作品の表題と作家の名前が作品内容に先立つという特殊性によって、文学はメディアの影響を受けやすい――これは文学の宿命だが、大衆化がこの宿命を決定的なものにしたのである。文芸ジャーナリズムにおける批評家や編集者の存在が目にみえて大きくなるのは当然のことだろう。

（二）有名性

広告という点においても経済力がものをいう。広告を載せるには金が必要だからだ。ところで、新聞などの広告は英語では一般に《advertisement》というが、フランス語では《publicité》というのが普通である（英語にも《publicity》という語はあるが）。要するに「一般に知れわたっていること」を目的とする行為を指すわけで、「有名」というのもこの点では同じである。広告活動によってなし得た結果が「有名」ということなら、両者は分かちがたい関係にあるといえよう。もちろん、ある行為がその意図とは関係なく「有名になる」という結果を生むことはある。広告は逆に、有名になることを目的になされる行為である。売名行為もしたがって広告のひとつだろう。

ところで、このような広告活動はメディアの発達とともに内容・質ともに劇的に変化した。フランスの新聞でいえば、一八三〇年代にエミール・ド・ジラルダンの『プレス』紙とともに広告がはじまるが、当時の国王ルイ＝フィリップが市民王とよばれたように、市民意識はこの時代に急速に高まった。中間層をなす市民階級が名実ともに社会の実権を握る時代が到来したのである。かつての社会においては「生まれ」すなわち「血（筋）」が階級アイデンティティをつくり、それによって卓越化（ディスタンクシオン）の機制が構築されていたわけだが、支配層がひろく市民階級に融解し拡散していくなかでは、「生まれ」や「血」に代わる卓越化の契機が必要となってくる。そのような状況においてもっとも端的な効力をもちはじめたのが「有名性」だろう。要するに「名声」である。

マーシャルも指摘したように、有名人という地位は「民主主義時代の可能性というメッセージ」[4]につよく結びついている。産業革命を経て資本主義的成熟を実現してきた市民階級を核とする新しい秩序においては、個人の能力によって獲得される功績や富が従来とは異なる社会的ヒエラルキーをつくることになった。これは、名声を得ることが一般市民にも開かれたものになったということを意味する。

有名人は、この意味で、多くの人々にとって彼方のものではなく達成できるもの、触れられるものである。有名人の偉大さは、共有されるものであり、その本質においてわずかに俗悪な自尊心とともに大声で祝福されるような何かである。それは、大衆の勝利の理想的な表象である。伝統的な社会の慣習的境界の正体を暴くことであり、有名人自身もまた、完全に新しい秩序に依存

している。(5)

こうして一般市民、大衆は、平準化された民主主義の社会のなかで、有名であること、すなわち大多数に知られた個人の名前に視線を集中させる。名家の名前でもなければ個人が所属する団体でもない、もっぱら特定の個人がその知名度によって英雄のように祀り上げられるのである。平等を実現すべき理念として標榜する社会は個人を全体のなかに埋没させる一方、それゆえにこそ、一個人を偶像崇拝的に殊遇する契機をもはらむパラドクシカルな論理をもつ。全体主義が危険な個人崇拝を産み落としてしまうのもその極端な例であろう。平等を実現しようとする革命のさなかからナポレオンのような英雄的個人が立ちあらわれ、一九世紀前半の民衆の偶像となり、『赤と黒』の主人公のような上昇志向をもつ強烈な個人が価値あるものとして位置づけられるにいたるのは、いわばこの新しい秩序の必然ともいえるのである。

本論でみたように、この時代に「個人主義」という語がうまれたことにも留意したい。一九世紀前半の市民化が進むヨーロッパにおいて、「個人」がそれまでとは異なる相のもとで捉えなおされはじめたのであり、これが「個」の解放を謳うロマン主義の底流となっていくことは周知のとおりである。と同時に、トマス・カーライルの『英雄と英雄崇拝』やラルフ・ウォルド・エマソンの『代表的人間像』に端的にみられるように、(6)傑出した個人や天才のロマン的礼讃にもつながっていく。ジョン・スチュアート・ミルが「英雄崇拝」(hero-worship) を否定したのも、[7] 大衆社会におけるブルジョワ的中庸性に対する反撥が極端に反動化することを恐れたからである。

このように、時代は特定の傑出した個人の名前を万能の通貨のように流通させ、また、そのような名声に対する激しい憧れを人びとに植えつけることになった。そのモデルとなったのが、ナポレオンのような政治的英雄とならんで、バイロンやキーツ、ゲーテやユゴーなどの作家であったことはこの時代の特徴である。ロマン主義時代の若者は、名声獲得という自己実現に夢を託し、そのほとんどが挫折し、ときにその挫折感さえも選ばれし者の宿命的悲哀と錯覚して、そこに倒錯的に耽溺することもあった。二〇世紀に入ってアドルノとホルクハイマーが大衆文化産業の欺瞞性を暴くことになるが、その基本的性格は、誰の手にも届くところに有名人をおき、誰にでも名声を獲得する可能性があるという幻想を抱かせる一方で、偶然にも名声を得ることのできた一握りの人間を除いてその幻想を打ち砕いてしまうところにある。「文化産業は素朴な同一化へと人を招いておきながら、たちまちそれを公然と否認してのける」[8]。このような文化産業がうみだす「完成された類似性」とそのうえに立つ「有名人」の幻影のありようを、かれらは痛烈に批判したのである。もちろん、ここで攻撃しているのは複製芸術の登場以降の文化産業ではあるが、そのような大衆文化への最初の一歩が一九世紀にあらわれたと考えることもできるだろう。

ダニエル・ブーアスティンが、「英雄崇拝の習慣」は残ったまま英雄そのものは消え去り、代わりにわれわれのあくなき期待に応える「英雄の代用品」たる「有名人」がそこに住みついているとしたのは、二〇世紀に「名声の製造方法」、すなわち「新しい情報伝達の手段」（マスコミ）の発見以降の時代を指してのことだが[9]、一九世紀のジャーナリズムが急速に発達した時代をその序曲とみなすことができる。ひとによく知られていること、すなわち有名であることが市場価値をもち、その価値を体現する有名人を広告が使い、それによって有名人はますます有名になるという構図は、一九世紀前半にすでにはじまっていたからである。実際、「有名」についての文化史的研究の多くが、活字ジャーナリズムの発達と並進することを指摘している。

インターネットはもちろん、映画もラジオもテレビもない時代、有名人をつくるメディアはなによりも活字であった。山田登世子氏は、バルザック（一七九九〜一八五〇）の時代、活字を媒介として名を広く知られることが重要となり、文学において「偉大な作家（＝文豪）」とみなされることが必要となったとし、かれらに共有され目指されていた価値は「名声」を獲得することであった、と述べている[10]。一夜にして有名になることは、このような新聞のようなメディアの成熟なくしては考えられない。また、ある朝突然に有名になるという事態は「天才」のアウラをまといやすく、ある種のニュース・ヴァリューをともないもする。実際の作品の中身を知らずして、メディアによって祀り上げられた「天才的才能」を崇拝する大衆という構図がこの時代にできあがったのである。「カリスマ」といった言葉が無頓着に垂れ流されるようになるのも、こうした時代の特徴であろう。

新聞等のメディアを介して広告活動が一般化していくとともに、広範に名声を得ることが可能になる。名声は階級や生まれや資産に関係なく、あるいはむしろ、そういうものと無縁であればあるほど価値があがる。メディアによる広告が一般化する時代と、市民のあいだで名声への願望がつよくあらわれてくるのが同じ時期だということにあらためて留意したい。話は若干ずれるが、このことは今日の社会にもあてはまる。インターネットが出現し、SNSのようなあたらしいメディアが登場したことによって、いわば広告革命が起こり、あらたな段階に入ったと考えられるが、一般人が自身を広告する自己喧伝手段を得たことにより、有名になることへの欲望がますます社会を支配しはじめたようにみえる。情報はいうまでもなくより強い発信力をもつ情報を核にして再編成される、すなわち、名声はより強い発信力となって雪だるま式に膨れ上がるという構造をもっている。情報化社会が進めば進むほど、名声は自己肥大化するのだ。

有名になることへの欲望が拡大し一般化していくという事態は、「わたし」への自己言及的嗜好が肥大するということとも解釈できる。自己承認欲求を満足させるのにもっとも効果的な方法は、名を知らしめて万人に自分の存在を認めさせることだからだ。興味深いことに、ジャーナリズムが伸長し、新聞広告が戦略として用いられはじめる時代に「わたしを語る」文芸ジャンルがブームとなっている。自己言及のジャンルにはさまざまあって、従来からあった旅行記なども旅日記風に綴られるようになる。つまり、自己言及をしやすい日記のような形式を取り入れていくのだ。さらに典型的なジャンルは自伝だろう。もちろん多くの自伝は、その目的が自分自身をよく知るための文学的営為であると謳われている場合が多いのだが（スタンダールをはじめ、「汝自身を知れ」の古典的一文を引用したり掲げたりする自伝は少なくない）、ややうがった見方をすれば、このような高尚な哲学的命題を引き合いに出さなければならないほど、自己言及的挙措は自己喧伝という恥ずべき行為と受け取られやすいからであろう。いずれにしても、自分の存在を不特定多数の他者に知ってもらうという抑えがたい欲望が、個人主義が到来するまさにその時代に自伝という再帰的構造をもつジャンルに具現したと考えることも可能であろう。

他者の欲望を模倣する資本主義的欲望の構造は、ジャーナリズムとメディアの進歩の恩恵をうけて大々的に稼働しはじめる。近代とは、無名の大多数の市民が蠢くアノニマスな社会を都市につくり、そのなかから突出した有名性を獲得する英雄をうみだす、そのような時代である。そして、マスメディアの発達がどの市民にも有名性を手にする可能性を匂わせる。いうなれば、社会は埋没と突出を可能態として市民に差し出し、それを餌に他者の欲望を消費させている、といってもよい。

そしてこの欲望がある意味で金に直結している芸術ジャンル、それが文学である。というのは、政治的名声や軍事的名声とはちがって、文学的名声は「売れること」を土台にしているからだ。文学が市場経済原理に組み込まれはじめて以来、作品の価値はその商品価値に圧倒的に影響を受けるようになるが、文学作品の商品価値はさきに触れたように、内容を味わうまえに買うことを前提に考えれば、評判や作者の名声といった外形的価値に依存する部分が大きい。第七章でも述べたとおり、一八世紀以降の美術市場では美術商が批評家以上に作品の価値に決定的な影響力をもつようになるが、文学においては一九世紀前半にあらわれてくる「編集者」も同様の役割を担う。まさに市場の間近にいる人間が作品の価値を決定づけ、しかも編集者は出版メディアのなかに身をおいているわけだから、その価値を喧伝するのにこれ以上ない場にいるのである。こうして作品は売られ、そのことをつうじて作者は名声を獲得すると同時に金を得る——一九世紀に入って芸術と名声と金は一括りになったのである。

（三）裏返しの経済

このような時代に抗うように、フローベールはジョルジュ・サンドに宛てて、つぎのような手紙を書いている。

大衆に語りかけないのなら、大衆が報酬を支払わないのは当然です。それが経済学というものです。ところで私は、芸術作品（その名に値する作品、良心をもって作られた作品）は、評価不能で、商業的価値をもたず、金銭では買えないものであると言いたい。結論——年金がもらえないのなら、芸術家は餓死すべきである！　作家というものは、もはやお上《かみ》から年金を受け取らない以上、ずっと自由で、ずっと貴族的な存在だということになります。作家の社会的貴族性は、いまや乾物屋と対等であることに尽きるのです。なんという進歩でしょう！(11)

あるいはまたべつの書簡でも同じような内容を繰り返し述べる。

仕事に良心をこめればこめるほど、そこから得られる利益は小さくなる。この定理は、首を賭けて断言しても結構です。私たちは贅沢な労働者です。ところが、誰も私たちにお金を払ってくれるほど豊かではありません。ペン一本で稼ごうと思ったら、ジャーナリズム的文章か連載小説、あるいは劇を書かねばならないのです。(12)

こうした文学的態度をとる作家は、ブルデューのいう「裏返しの経済」（économie inversée）のなかに生きている。「芸術家は（少なくとも短期的には）経済的土俵で負けることによってしか象徴的土俵で勝つことができないし、逆に（少なくとも長期的には）象徴的土俵で負けることによってしか経済的土俵で勝つことができない」(13)。フローベールも触れているように、この時代になっても純粋芸術に身を捧げる者があてにできるのは年金ぐらいであった。需要と供給からなる経済原理、そしてそれを基盤に栄えるブルジョワジーの価値観から解放されるためには、まさに市場と市場的価値そのものを否定しければならない。しかし、芸術活動における経済的次元の否定が前提にしているのは、やはり金銭なのである。年金や相続された財産——「たぶん他の分野よりも、特に芸術において、財産は〈純粋〉芸術家に、年金がないためにせざるをえない妥協をまぬがれさせてくれる」(14)のである。作家の職業化が必然的に文学の「産業化」をうむと懸念し、著作権の確立をめざす文芸家協会をかならずしも積極的に評価しなかったサント=ブーヴ（敵対するバルザックが会長をつとめていたからでもあるが）や、あくまで六〇〇〇フランの年金を理想としていたスタンダールの立ち位置を考えあわせてもよい。

裏返しの経済を生きる作家たちがいる一方、フローベールの手紙と同じ時代に、資本主義的欲望と金の蠢く社会のありさまをむしろ人間が生きる宿命の構図としてとらえる小説家も出てくる。作家が職業化していくとともに、もとから財産があり十分な年金がある場合をのぞいて、自身の存在が経済と切り離して考えることはできなくなる。作家はもはや特権的外部に身をおいて睥睨するようなまなざしで金銭を批判的にみることができなくなったことで、金の善悪を弁証法的に止揚させ、金銭を倫理的価値判断の超えた不可欠の社会的実在として位置づける必要がでてきたのである。

一九世紀の小説においては、金は成功と失敗の指標であり、行動の原動力である。金によって翻弄される運命は数多く文学に描かれているが、ゾラの時代になると——たとえば銀行家と実業家の小説といってもよい『金』において——、売ることと買うこと、得ることと失うこと、生命と死、これらはほとんど同義であるかのように描かれるようになる。金は生命体にとっての血液のように社会という有機体をめぐり、活力を与えると同時に老廃物を排泄へと向かわせる。金は都市の有機的・社会的交換の象徴なのだ。おそらく作家もまたその生命体の内部に生きる存在であることを醒めた目で観察し、かつ自覚していたのがゾラである。需要と供給の市場原理に支えられた商品として文学を積極的に承認すること——それは、かならずしもその本来的価値とは合致しない芸術的価値との齟齬を見えにくくするものとしても働く。名声とともに裕福な作家の地位を獲得することは、そのような一種の合理化によって肯定されたのであろう。

(四) 銀行家

銀行家は一九世紀にこそ描かれなければならなかった。しかしそれは、たんに拝金主義に汚染されたブルジョワ社会を批判し風刺するという意味ではない。ある種の倫理感や根強く残る反ユダヤ主義的な思想が描かれる銀行家を薄っぺらな存在にし、読者の側も型どおりの解釈でそれを読み取ってしまいがちだが、じつは一九世紀の資本主義的欲望がもっともみごとに形象化されているのは銀行家である。経済的勝者、社会的地位(政治家になる銀行家がいかに多かったか)、「優雅な生活」の主《あるじ》、これらは基本的に銀行家が獲得した成功であり、市民社会の潜在的欲望の体現である。裏返しの経済をいきるかぎり、作家はこの対極に位置しなければならないが、作家とて経済的人間であることをまぬがれず、多くの市民とおなじような潜在的欲望のなかで生きている以上、その対立構造をいかに止揚するかが問題になるだろう。銀行家は拝金主義を戒めるモラルから批判の対象になると同時に、社会的成功が経済的成功と深く結び合う近代社会の欲望を映し出す鏡でもあり、そこに映るのは作家自身でもある。だからこそ、この時代に銀行家は描かれなければならないのである。

このあたりのことについては、それぞれの作品をこまめに分析しながら論を積み重ねていかなければならない。もとより本書の目的は、現実の銀行家がどのような存在であり、時代の思想や文化とどのようにかかわったのかを概観することであり、そのような分析には立ち至っていない。ただ、作品における銀行家も、一見頻繁に論じられているかにみえて、じつはそうともいえないことは指摘しておきたい。

繰り返しになるが、作品のなかでの銀行家は等しく風刺と批判の対象であって、作品世界に遍在してはいるものの、それ以外のまなざしを向けられることは少ない。研究においても同様で、始終触れられはするが、実存的存在としてまともに語られることがあまりなかった。しかし、拝金の権化のように描かれるかれらの姿の端々に作家自身がみずからを映してみせる瞬間、微かな共感を寄せる瞬間がないわけではない。なぜ銀行家は書かれなければならないのか――この問題の解決は、そのような部分を丹念に拾い集め、検討してはじめて可能になるのだと思われる。

（1）ケインズ『雇用・利子および貨幣の一般理論（上）』（間宮陽介訳）、岩波文庫、二〇〇八年、第一二章第五節。

（2）一九世紀はこのシフトが進行した時代であることはブルデューの『芸術の規則』（前掲）が詳細に描きだしている。

（3）その後、文学賞においても大衆化が進み、いわゆる「読者の声」が取り入れられるようになっていくのは二〇世紀後半以降である。代表的なものに雑誌『エル』の女性読者大賞（grand prix des lectrices d, *Elle*）やラジオ放送局フランス・アンテールのリスナーが選ぶリーヴル・アンテール賞（prix du Livre Inter）がある。前者は一九七〇年、後者は七五年の創設。これらの現象の分析については、Sylvie Ducas, « Prix littéraires créés par les médias. Pour une nouvelle voie d'accès à la consécration littéraire ? », *Réseaux*, 2003/1 (no 117), FT R&D Hermès Science Publication, pp. 47-83 を参照。

（4）P・D・マーシャル『有名人と権力　現代文化における名声』石田佐恵子訳、勁草書房、二〇〇二年、七頁。

（5）同右。

（6）ラルフ・ウォルド・エマソン『エマソン選集〈6〉代表的人間像』酒本雅之訳、日本教文社、一九六一年。

（7）ジョン・スチュアート・ミル『自由論』塩尻公明訳、木村健康訳、岩波文庫、一九七一年、第三章参照。

（8）マックス・ホルクハイマー、テオドール・W・アドルノ「文化産業――大衆欺瞞としての啓蒙」、『啓蒙の弁証法　哲学的断章』（徳永恂訳）、岩波文庫、一九九〇年所収、二九八頁。

（9）ダニエル・ブーアスティン『幻影の時代　マスコミが製造する事実』星野郁美、後藤和彦訳、東京創元社、一九六四年、五五－八七頁。

（10）山田登世子『メディア都市パリ』青土社、一九九一年、三二頁、『有名人の法則』河出書房新社、一九九四年、二四頁。また、石田佐恵子もメディアと「有名人」、およびビジネスの関係の前史を「活字ジャーナリズムと肖像画の時代」として山田の論をもとに書きだしている。石田佐恵子『有名性という文化装置』勁草書房、一九九八年、五二頁。

（11）Gustave Flaubert, « Lettre à George Sand » du 12 décembre 1872, in *Correspondance 1871-1877, Œuvres complètes de Gustave Flaubert*, Club de l'Honnête Homme, 1975, t. 15, p. 192.

（12）Gustave Flaubert, « Lettre au comte René de Maricourt » du 4 janvier 1867, in *Correspondance 1859-1871, Œuvres complètes de Gustave Flaubert*, Club de l'Honnête Homme, 1975, t. 14, p. 320.

（13）Pierre Bourdieu, *Les règles de l'art. Genèse et structure du chamo littéraire*, Seuil, 1992, p. 123. ピエール・ブルデュー『芸術の規則Ⅰ』（石井洋二郎訳）藤原書店、一九九五年、一三六頁。

（14）*Ibid.*, p. 125. 同書、一三八頁。

引用文献一覧

Averoff, Michelle, « Les Philhellènes », in *Bulletin de l'Association Guillaume Budé*, quatrième série, n° 3, 1967

Ballanche, Pierre-Simon, *Essai sur les institutions sociales*, in *Œuvres de M. Ballanche*, t. II, Librairie de J. Barbezat, 1830

——, *Le Vieillard et le jeune homme*, in *Œuvres de M. Ballanche,* même édition

Balzac, Honoré de, *La Comédie humaine* édition publiée sous la direction de Pierre-Georges Castex, Gallimard, coll. « Bibliothèque de la Pléiade », 1976-81

——, « Avant-propos de *La Comédie humaine »,* I, 1976

——, *Béatrix*, in *La Comédie humaine* II, 1976

——, *Ursule Mirouët*, in *La Comédie humaine* III, 1976

——, *Le Père Goriot*, in *La Comédie humaine* III,1976

——, *La Vieille Fille*, in *La Comédie humaine*, IV, 1976

——, *Splendeurs et misères des courtisanes*, in *La Comédie humaine* VI, 1977

——, *César Birotteau*, in *La Comédie humaine* VI, 1977

——, *La Maison Nucingen*, in *La Comédie humaine* VI, 1977

——, *Pierre Grassou*, in *La Comédie humaine* VI, 1977

——, *La Cousine Bette*, in *La Comédie humaine* VII, 1976

——, *Le Député d'Arcis*, in *La Comédie humaine* VIII, 1977

——, *Le Médecin de campagne*, in *La Comédie humaine* IX, 1978

——, *Louis Lambert*, in *La Comédie humaine* XI, 1980

——, *Traité de la vie élégante*, in *La Comédie humaine* XII, 1981

Barthélemy, Joseph, *L'introduction du régime parlementaire en France sous Louis XVIII et Charles X*, Mégariotis Reprints (reproduction de l'édition de Paris), 1904

Bastiat, Frédéric, « Lettre à Félix Coudroy » du 9 avril 1827, in *Œuvres complètes*, t. I, Guillaumin, 1862

Bazard, Saint-Amant, Barthélemy Prosper Enfantant *et al., Doctrine de Saint-Simon, Exposition, Première année, 1829.* Nouvelle édition publiée avec introduction et notes par Célestin Bouglé et Elie Halévy, Paris, Rivière, 1924

Bellet, Roger, « La Bourse et la littérature dans la seconde moitié du XIXe siècle », in *Romantisme. Revue du dix-neuvième siècle*, n° 40, CDU et SEDES, 1983

Bénichou, Paul, *Le sacre de l'écrivain 1750-1830. Essai sur l'avènement d'un pouvoir spirituel laïque dans la France moderne*, José Corti, 1985

——, *Le temps des prophètes. Doctrines de l'âge romantique*, Gallimard, 1977

Bergeron, Louis, *Banquiers, négociants et manufacturiers parisiens du Directoire à l'Empire*, Éditions de l'École des Hautes Études en Sciences Sociales, 1999

Bertaut, Jules, *Les Belles Nuits de Paris*, Flammarion, 1927

Biran, Maine de, *Journal intime de Maine de Biran (1817-1824)*, publié par A. de La Valette-Monbrun, t. II, Plon, 1931

Blanc, Louis, *L'Organisation du travail*, « Introduction », Cauville Frères, 1845

Blanc, Olivier, *Les espions de la Révolution et de l'Empire*, Perrin, 1995

Boileau, Nicolas, *L'Art poétique*, in *Œuvres complètes*, introduction par Antoine Adam, textes établis et annotés par Françoise Escal, Gallimard, coll. « Bibliothèque de la Pléiade », 1966

Bonald, Louis de, *Théorie du pouvoir politique et religieux* (1794), in *Œuvres de M. de Bobald*, t. III, Bruxelles, Société Nationale pour la propagation des bons livres, Gérant, Ch.-J. de Mat, 1845

——, *Du Divorce considéré au XIX*e *siècle relativement à l'état domestque et à l'état public de société*, Leclère, 1801

Bourdieu, Pierre, *Les règles de l'art. Genèse et structure du champ littéraire*, Seuil, 1992

Braudel, Fernand, Ernest Labrousse (dir.), *Histoire économique et sociale de la France*, t. III, PUF, « Quadrige », 1993

Brun, Maurice, *Le banquier Laffitte*, F. Paillart, 1997

Brunetière, Ferdinand, *Les ennemis de l'âme française. Conférence de F. Brunetière*, J. Hetzel, 1899

Buret, Eugène, *De la misère des classes laborieuses en Angleterre et en France*, Paulin, 1840

Cabet, Étienne, *Le salut est dans l'union ; la concurrence est la ruine*, Imprimerie de Delanchy, 1845

Charton, Édouard, *Guide pour le choix d'un état*, F. Chamerot, 1851 (2e éd.)

Castel, Robert, *Les métamorphoses de la question sociale. Une chronique du salariat*, Fayard, 1995

Chateaubriand, François René de, *De la Monarchie selon la Charte*, in *Œuvres complètes de M. le Vicomte de Chateaubriand*, t. I, Firmin Didot Frères, 1840

——, *Mémoires d'outre-tombe*, Gallimard, coll. « Bibliothèque de la Plétade », 1965

Chaudonneret, Marie-Claude, « Collectionner l'art contemporain (1820-1840). L'exemple des banquiers », in Monica Preti-Hamard et Philippe Sénéchal, *Collections et marché de l'art en France 1789-1848*, Presses Universitaires de Rennes, 2005

Christen-Lécuyer, Carol, « Pédagogie de l'argent et lutte contre le paupérisme dans la littérature. L'exemple des Caisses d'épargne sous la Restauration et la monarchie de Juillet », in Francesco Spandri (sous la dir. de), *La Littérature au prisme de l'économie. Argent et roman en France au XIXe siècle*, Classiques Garnier, 2014

Clermont-Tonnerre, Elisabeth de, *Histoire de Samuel Bernard et de ses enfants*, Édouard Champion, 1914

Compagnon, Antoine, *Antimodernes. De Joseph de Maistre à Roland Barthes*, Gallimard, 2005

Comte, Auguste, *Système de politique positive, ou Traité de sociologie, instituant la religion de l'humanité* (1851), Otto Zeller, 1967. Réimpression de l'édition 1851-1881, t. II

Corcelle, François de, *Documens pour servir à l'histoire des conspirations, des partis et des sectes*, Pauli, 1831

Crouzet, Michel, « Préface », in Stendhal, *D'un nouveau complot contre les industriels*, suivi de *Stendhal et la querelle de l'industrie*, édition établie, annotée et présentée par Michel Crouzet, La Chasse au Snark, 2001

——, *Stendhal et le désenchantement du monde. Stendhal et l'Amérique II*, Classique Garnier, 2011

Daumard, Adeline, *La Bougeoisie parisienne de 1815 à 1848*, Albin Michel, 1996

——, « L'argent et le rang dans la société française du XIXe siècle », in *Romantisme*, n ° 40, 1983

Daumard, Adeline, François Furet, *Structures et Relations sociales à Paris au milieu du XVIIIe siècle*, A. Colin, 1961 (*Cahiers des Annales*, 18)

Delavigne, Casimir, « Épilogue de la XIIe Messénienne », in *Œuvres complètes*, J. P. Meline, 1832, t. III, « Poésies diverses »

Delessert, Benjamin, « Développemens de la proposition de M. Benj. Delessert, Député de Marne-et-Loire, sur les Caisses d'Épargne », séance du 18 janvier 1834, *Procés-verbaux des séances de la Chambre des députés. Session de 1834*, t. I, L'Imprimerie d'A. Henry, 1834

——, « Développemens de la proposition de MM. B. Delessert et Charles Dupin, fait par M. B. Delessert, Député de Maine-et-Loire, sur les Caisses d'Épargne », séance du 13 décembre 1834, *Procés-verbaux des séances de la Chambre des députés. Session de 1835*, t. I, L'Imprimerie d'A. Henry, 1835

Diderot, Denis, *Lettre sur le commerce de la librairie*, in *Œuvres complètes*, Texte établi par J. Assézat et M. Tourneux, Garnier, 1876, t. XVIII

——, *Lettre historique et politique adressée à un magistrat sur le commerce de la librairie*, in *Œuvres complètes de Diderot*, même édition, t. XVIII

Didier, Béatrice, *La Littérature de la Révolution française*, PUF, coll. « Que sais-je ? », 1988

Diesbach, Ghislain de, *Chateaubriand*, Perrin, 1995

Dubos, Jean-Baptiste, *Réflexions critiques sur la poésie et la peinture*, t. II, P.-J. Mariette, 1733

Ducas, Sylvie, « Prix littéraires créés par les médias. Pour une nouvelle voie d'accès à la consécration littéraire ? », *Réseaux*, 2003/1 (n° 117), FT R & D Hermès Science Publication

Dunoyer, Charles, *L'industrie et la morale considrées dans leur rapport avec la liberté,* A. Sautelet, 1825

——, *Œuvres de Charles Dunoyer, revues sur les manuscrits de l'auteur. Notice d'économie sociale*, t III, Guilaumin, 1870

Dupin, Charles, *Progrès moraux de la population parisienne depuis l'établissement de la Caisse d'Epargne*, Firmain Didot frères, 1842

——, *La Caisse d'Épargne et les ouvriers ; leçons donnée au Conservatoire royal des arts et manufactures, le 22 mars 1837*, Firmin Didot frères, 1837

Durieux, Gilles, *Le roman de Paris à travers les siècles et la littérature*, Albin Michel, 2000

Escarpit, Robert, « La rentabilité de la littérature », *Annales de l'Université de Lyon*, 3e série, Lettres, Fasc. 39, 1965

Falk, Henri, *Les privilèges de librairie sous l'ancien régime. Études historiques du conflit des droits sur l'œuvre littéraire*, Slatkine Reprint, 1970

Febvre, Lucien, Henri-Jean Martin, *L'apparition du Livre*, Albin Michel, 1971

Fierro, Alfred, *Histoire et mémoire du nom des rues de Paris*, Parigramme, 1999

Finel-Honigman, Irene, *A Cultural History of Finance*, Routledge, 2010

Flaubert, Gustave, *Correspondance 1859-1871, Œuvres complètes de Gustave Flaubert*, t. 14, Club de l'Honnête Homme, 1975

——, *Correspondance 1871-1877, Œuvres complètes de Gustave Flaubert*, t. 15, même édition

Forestier, Georges, *Jean Racine*, Gallimard, 2006

Fourier, Charles, *Le Nouveau monde industriel,ou l'agriculture combinée,* Bossange père, 1830

Fujiwara, Mami, « Diderot et le droit d'auteur avant la lettre : auttour de la *Lettre sur le commerce de la librairie* », in *Revue d'histoitre littéraire de la France*, Presses universitaires de France, 2005, no 1 (vol. 105)

Gautier, Théophile, *L'Orient*, G. Charpentier, 1882

——, « 27 avril 1842 : Théâtre-Français. *Oscar, ou le Mari qui trompe sa femme*, comédie de M. Scribe », in *Histoire de l'art dramatique en France depuis vingt-cinq ans*, Hetzel, 1858-59, vol. II

Gérando, Joseph-Marie, *Le visiteur du Pauvre*, Jules Renouard, 1826

Gillot, C. L., *Dictionnaire des constitutions de l'Empire français et du royaume d'Italie*, Imprimerie de J. Gratiot, 1806

Girardin, Émile de, *La Fille du millionnaire*, Paris, Librairie nouvelle, 1858

Girardin, Saint-Marc, « De la profession d'homme de lettres », in *Essais de littérature et de moral*, t. II, Charpentier, 1845

Giraudoux, Jean, *Giegfried*, in *Théâtre complet*, Gallimard, coll. « Bibliothèque de la Pléiade », 1982

Gleizes, Delphine, « « Copier, c'est vivre ». Des valeurs de l'œuvre d'art dans le roman balzacien », in *L'Année Balzacienne*, 2004/1 (n° 5)

Goldsmith, Oliver, *The Citizen of the World, or Letters from a Chinese Philosopher,* Folio Society, 1969

Goncourt, Edmond de, *La Guimard : d'après les registres des menu-plaisirs de la Bibliothèque de l'Opéra, etc., etc*, G. Charpentier & E. Fasquelle, 1893

Goncourt, Edmond et Jules de, *Histoire de la Société française pendant le Directoire*, G. Charpentier, 1892

Harmand, C., *Manuel de l'amateur des arts dans Paris, pour 1824, contenant la description complète des Musées royaux, et Galeries et Collections publiques et particulières, et de tout ce qui a rapport aux arts du dessin*, Hesse et Cie, Pélicier, 1824

Haskell, Francis, *De l'art et du goût, jadis et naguère*, Gallimard, 1989

Heinich, Natalie, *Du peintre à l'artiste, artisans et académiciens à l'âge classique*, Éditions de Minuit, 1993

Huet, Marie-Hélène, *Le héros et son double. Essai sur le roman d'ascension sociale au XVIIIe siècle*, José Corti, 1975

Jaume, Lucien, *L'individu effacé ou paradoxe du libéralisme français*, Fayard, 1997

Lamartine, Alphonse de, *Voyagen en Orient*, « Résumé politique », in *Œuvres complètes de M. A. de Lamartine*, Nouvelle édition, t. VIII, Charles Gosselin, 1847

——, « Discours du 14 décembre 1844 à la Chambre des députés », in *La France parlementaire (1834-1851), Œuvres oratoires et écrits politiques*, t. IV, A. Lacroix, Verboeckhoven et Cie, 1865

Lambert, Pierre-Arnaud, *La Charbonnerie française 1821-1823. Du Secret en politique*, Presses Universitaires de Lyon, 1995

Lamennais, Félicité Robert de, *Essai sur l'indifférence en matière de religion* (1820), in *Œuvres complètes de F. de La Mennais, revues et mises en ordre par l'auteur*, t. I, Société Belge de Librairie, 1839

——, *Des progrès de la Révolution et de la guerre contre l'Eglise* (1829), in *Œuvres complètes de F. de La Mennais, même édition*, t.II, 1839

Langer, Laurent, « Les tableaux italiens de James-Alexandre comte de Pourtalès-Gorgier », in Philippe Costamagna *et al.*, *Le goût pour la peinture italienne autour de 1800, prédécesseurs, modèles et conccurents du cardinal Fesch. Actes du colloque, Ajaccio, 1er–4 mars 2005,* Musée Fesch, 2006

Laurent, Alain, *Histoire de l'individualisme,* PUF, coll. « Que sais-je », 1993

Le Play, Frédéric, *La Réforme sociale*, in *Textes choisis*, éd. Louis Baudin, Dolloz, 1947

——, *La Réforme en Europe et le salut en France. Le programme des unions de la paix sociale*, Alfred Mame et Fils,1876

Leroux, Pierre, « Cours d'écomonie politique », in *Revue encyclopédique*, Bureau de la Revue encyclopédique, t. LX, Octobre-Décembre 1833

Leroux, Robert, *Aux fondements de l'industrialisme. Comte, Dunoyer et la pensée libérale en France*, Hermann, 2015

Lévy-Leboyer, Maurice, *Les banques européennes et l'industrialisation internationale dans la première moitié du XIXe siècle*, PUF, 1964

Lhomer, Jean, *Perregaux et sa fille la duchesse de Raguse*, Imprimerie Générale Lahure, 1905

Lievyns, A. *et al.*, *Fastes de la Légion-d'honneur: biographie de tous les décorés*, t. II, Paris, Bureau de l'Administration, 1942

Luis, Jean-Philippe, « L'artiste, le prince et l'amateur d'art. Art et pouvoir dans l'Europe du début du XIXe siècle », in *Les divertissements utiles des amateurs au XVIIIe siècle*, Études rassemblées par Jean-Louis Jam, Presses universitaires Blaise-Pascal, 2000

Maistre, Joseph de, « Extrait d'une conversation entre J. de Maistre et de Ch. de Lavau », in *Œuvres complètes*, t. XIV, Lyon, Vitte et Perrussel, 1886

——, *De la souveraineté du peuple*, PUF, 1992

Malesherbes, Chrétien Guillaume de Lamoignon de, *Mémoires sur la Librairie et sur la liberté de la presse*, Agasse, 1809

Martin-Fugier, Anne, *La vie élégante ou la formation du Tout-Paris 1815-1848*, Seuil, coll. « Histoire », 1993

Maureau-Christophe, Louis Mathurin, « Les pauvres. Physiologie de la misère », in *Les Français peints par eux-mêmes. Encyclopédie morale du dix-neuvième siècle*, t. IV, Léon Curmer (éd), 1841

Maurras, Charles, *La Démocratie religieuse* (1921), La Nouvelle Éditions Latines, 1978

Monnier, Virginie, *Jacques Laffitte. Roi des banquiers et banquier des rois*, P.I.E. Peter Lang, 2013

Musset, Alfred de, *Confession d'un enfant du siècle*, in *Œuvres complètes d'Alfred de Musset* t. VIII, Charpentier, 1888

Ozouf, Mona, « Le Panthéon », in *Les lieux de mémoire*, t. I, « La République », Gallimard, 1984

Perdiguier, Agricol, *Mémoires d'un compagnon*, Éditions Duchamp, 1854-1855

Piguet, Marie-France, « *Individualisme* : origine et réception initiale du mot », in *Œuvres et critiques. Revue internationale d'étude de la réception critique des œuvres littéraires de langue française*, Tübingen, Narr Francke Attempto Verlag, XXXIII, 1, 2008

Ponsard, François, *La Bourse*, Michel Lévy Frères, 1856

Potier, Jean-Pierre, Jean-Louis Fournel et Jacques Guilhaumou, *Libertés et libéralismes. Formation et circulation des concepts*, ENS Éditions, 2012

Pranchère, Jean-Yves, *L'autorité contre les lumières. La philosophie de Joseph de Maistre*, Droz, 2004

Proudhon, Pierre-Joseph, *Manuel du Spéculateur à la Bourse*, troisième édition entièrement refondue et notablement augmentée, Garnier Frères, 1857

Racine, Louis, *Mémoire contenant quelques particularités sur la vie et les œuvres de Jean Racine*, in Racine, *Œuvres complètes*, t. I, « Théâtre et Poésie », éd. Georges Forestier, Gallimard, coll. « Bibliothèque de la Pléiade », 1999

Rannaud, Gérald, « *Féder* et *Pierre Grassou*, un compagnonnage littéraire ? », in *Littérature*, n° 47, automne 2002

Reffait, Christophe, *La Bourse dans le roman du second XIXe siècle. Discours romanesque et imaginaire sociale de la spéculation*, Honoré Champion, 2007

Rémusat, Charles de, *Mémoires de ma vie*, présentés et annotés par Ch. H. Pouthas, Plon, 5 vols, 1956-67, t. II

Rey, Alain (sous la dir. de), *Dictionnaire culturel en langue française*, 4 vols, Le Robert, 2005

Rey, Alain *et al.*, *Dictionnaire historique de la langue française*, t. II, Le Robert, 1992

Rouen, Pierre-Isidore, « Examen d'un nouvel ouvrage de M. Dunoyer, ancien rédacteur du *Censeur européen* (Premier article) », in *Producteur, journal de l'industrie, des sciences et des beau-arts*, t. II, Sautelet et Cie, 1826

Saint-Clair, William, *That Greece might still be free. The Philhellenes in the War of Independence*, Open Book Publisher, 2008

Sainte-Beuve, « De la littérature industrielle », in *Revue des Deux Mondes*, septembre 1839

——, « Quelques vérités sur la situation en littérature », in *Revue des Deux Mondes*, juillet, 1843

Saint-Simon, Louis de Rouvroy de, *Mémoires*, édition établie par Yves Coirault, Gallimard, coll. « Bibliothèque de la Pléiade », t. II, 1983

Saint-Simon, Henri de, *Œuvres*, Slatkine Reprints, 1977

——, *L'Industrie ou Discussions politiques, morales et philosophiques dans l'intérêt de tous les hommes livrés à des travaux utiles et indépendants*, « tome quatrième », in *Œuvres complètes*, édition critique présentée, établie et annotée par Juliette Gtrange, Pierre Musso, Philippe Régnier et Frank Yonnet, PUF., « Quadrige », t. II, 2013

——, *Du système industriel*, in *Œuvres complètes, même édition.* t. III

——, *Du Système industriel*, Antoine-Augustin Renouard, 1821

——, *Physiologie sociale*, in *Œuvres de Saint-Simon et d'Enfantin*, t. X, Dentu, 1866

Say, Jean-Baptiste, *Cours complet d'économie politique pratique*, t. II, Rapilly, 1830

——, *Traité d'économie politique ou Simple exposition de la manière dont se forment, se distribuent et se consomment les richesses*, septième édition, Guillaume et Cie 1861

Scheneider, Michel, *Voleurs de mots. Essai sur le plagiat, la psychanalyse et la pensée,* Gallimard, 1985

Soulié, Frédéric, *Paris ou le livre des cent et un,* t. VIII, Ladvocat, 1831-1834

Souchon, Cécile, « Philibert Vasserot et les atlas des quartiers de Paris », *Bulletin du Comité Français de Cartographie*, n° 171, Mars 2002

Stendhal, *Lucien Leuwen*, in *Œuvres romanesques complètes* II, édition établie par Yves Ansel, Philippe Berthier et Xavier Bourdenet, Gallimard, coll. « Bibliothèque de la Pléiade », 2007

Stendhal, *Paris-Londres. Chroniques*, édition établie par Renée Dénier, Stock, 1997

——, *D'un nouveau complot contre les industriels*, suivi de *Stendhal et la querelle de l'industrie*, édition établie, annotée et présentée par Michel Crouzet, La Chasse au Snark, 2001

——, *D'un nouveau complot contre les industriels,* in *Œuvres complètes de Stendhal*, Cercle du Bibliophile, 1967-

1974, t. XLV

——, *Souvenirs d'égotisme*, in *Œuvres intimes II*, édition établie par V. Del Litto, Gallimard, coll. « Bibliothèque de la Pléiade », 1982

——, *Œuvres intimes I,* édition établie par V. Del Litto, Gallimard, coll. « Bibliothèque de la Pléiade », 1981

——, *Racine et Shakespeare*, in *Œuvres complètes*, Cercle du Bibliophile, 1967-1974, t. XXXVII

——, *Féder ou le mari d'argent*, in *Œuvres romanesques complètes* III, Gallimard, coll. « Bibliothèque de la Pléiade », 2014

Thiers, Adolphe, *Histoire du consulat et de l'Empire*, t. I, Prodhomme, 1845

Tocqueville, Alexis de, *De la démocratie en Amérique*, t. I, Société berge de librairie, 1837

——, *Mémoire sur le paupérisme* (1835), in *Œuvres* I, sous la direction d'André Jardin avec la collaboration de Françoise Mélonio et Lise Queffélec, Gallimard, coll. « Bibliothèque de la Pléiade », 1991

——, *Deuxième article sur le paupérisme*, in *Œunres* I, même édition, 1991

Turquan, Joseph, *La générale Junot. La Duchesse d'Abrantès (1784-1838)*, Jules Tallandier, 1914

Vallès, Jules, *L'Argent, par un homme de lettres devenu homme de Bourse*, Ledoyen, 1857

——, *L'Argent*, in *Œuvres* I (1857-1871), texte établi, présenté et annoté par Roger Bellet, Gallimard, coll. « Bibliothèque de la Pléiade », 1975

——, *L'Argent*, Paleo, 2009

Vessilier-Ressi, Michèle, *Le métier d'auteur. Écrivains, compositeurs et cinéastes, auteurs de théâtre et de radio-télévision*, Dunod, 1982

Veuillot, Louis, *Mélanges religieux, historiques, politiques et littéraires,* Gaume Frères et J. Duprey, 1859

Zola, Émile, *L'Argent*, in *Œuvres complètes*, éditions établie sous la dir. de Henri Mitterand, 1967

——, « Notes Massias », dossier préparatoire de *L'Argent*, BnF, Ms. NAF 10269, fos 104-105

——, « L'Argent dans la littérature », in *Œuvres complètes*, t. X, « Œuvres critiques I », édition établie sous la direction de Henri Mitterand, Cercle du Livre précieux, 1968

——, *Les Romanciers naturalistes*, in *Œuvres complètes*, t. XI, même édition, 1968

Archives Nationales, Cartes et plans, F/31/73-96

Courrier de l'Europe et des spectacles, 23 février 1808

Dictionnaire de l'Académie française, sixième édition, 1835, t. I ; septième édition, 1878, t. I

Dictionnaire universel contenant généralement tous les mots françois, tant vieux que modernes, et les termes de toutes les sciences et des arts, La Haye, A. et R. Leers, 1690

Dictionnaire universel françois et latin : contenant la signification et la définition tant des mots de l'une et de l'autre langue, avec leurs différens usages, que des termes propres de chaque état et de chaque profession : la Description de toutes les choses naturelles et artificielles ; leurs figures, leurs espèces, leurs usages et leurs propriétéz ; l'Explication de tout ce que renferment les science et les Arts, soit libéraux ou méchaniques, avec des remarques d'érudition et de critique, Tome I, F. Delaulne, H. Foucault, 1721

Le Drapeau blanc, 20 novembre 1822

Explication des ouvrages de peinture exposés au profit des Grecs, Imprimerie Firmin Didot, 1826

Gazette nationale ou Le Moniteur universel, n° 345, « Extrait des registres du sénat conservateur », 15 fructidor an VII

Le Globe, no 32, 1824, no 137, 1825

Grand dictionnaire universel du XIXe siècle, Larousse, 1866-1876

Journal de la Société de la Morale chrétienne, t. I, 1822

Revue de l'Instruction publique, 4 févier 1858

Journal des connaissances utiles, octobre, nevembre et decembre 1831

Journal des Débats, 28 octobre 1834

——, 28 mars 1837

Journal des économistes. Revue mensuelle d'économie politique et des questions agricoles, manufacturières et commerciales, t. 17（avril à juillet 1847）, Guillaumin et Cie, 1847

Producteur, journal de l'industrie, des sciences et des beau-arts, t. II, Sautelet et Cie, 1826

Revue encyclopédique, ou analyse raisonnée des productions les plus remarquables dans les sciences, les arts industriels, la littérature et les beaux arts. t. XXIX, janvier 1826, t. LX, octobre-décembre 1833

Trésor de la langue française, Gallimard, 1971-1994

アガンベン（ジョルジョ）『いと高き貧しさ　修道院規則と生の形式』（上村忠男、太田綾子訳）、みすず書房、二〇一四年

石田佐恵子『有名性という文化装置』勁草書房、一九九八年

岩本吉弘「シャルル・デュノワイエと『二つの産業主義』――王政復古期フランスにおける産業主義と自由主義（前）」、『一橋論叢』第一一七巻第二号、一九九七年
ヴァレス（ジュール）『子ども』（上・下）、朝比奈弘治訳、岩波文庫、二〇一二年
植田祐次編『十八世紀フランス文学を学ぶ人のために』世界思想社、二〇〇三年
エマソン（ラルフ・ウォルド）『エマソン選集〈6〉代表的人間像』（酒本雅之訳）、日本教文社、一九六一年
小倉孝誠『「パリの秘密」の社会史――ウージェーヌ・シューと新聞小説の時代』新曜社、二〇〇四年
オルテガ・イ・ガゼット『芸術の非人間化』（神吉敬三訳）、『オルテガ著作集3』白水社、一九九八年
柏木治「フランスの王政復古と幻視――天空の十字架、大天使の出現、蘇る聖遺物崇敬――」、「ルルドの奇蹟と聖母巡礼ブームの生成」、浜本隆志編『欧米社会の集団妄想とカルト症候群――少年十字軍、千年王国、魔女狩り、KKK、人種主義の生成と連鎖』明石書店、二〇一五年
――、『スタンダールのオイコノミア～経済の思想、ロマン主義、作家であること～』関西大学出版部、二〇一七年
カステル（ロベール）『社会問題の変容　賃金労働の年代記』（前川真行訳）、ナカニシヤ出版、二〇一二年
木崎喜代治『マルゼルブ　フランス一八世紀の一貴族の肖像』岩波書店、一九八六年
喜安朗『近代フランス民衆の「個と共同性」』紀伊國屋書店、一九九四年
ギユー（ルイ）『ラムネーの思想と生涯』（伊藤晃訳）、春秋社、一九八九年
工藤庸子『評伝　スタール夫人と近代ヨーロッパ　フランス革命とナポレオン独裁を生きぬいた自由主義の母』東京大学出版会、二〇一六年
グリーン（エドウィン）『図説　銀行の歴史』（石川通達監訳）、原書房、一九九四年

ケインズ『雇用・利子および貨幣の一般理論（上）』（間宮陽介訳）、岩波文庫、二〇〇八年
コンパニョン（アントワーヌ）『アンチモダン　反近代の精神史』（松澤和宏監訳）、名古屋大学出版会、二〇一二年
鈴木康司『闘うフィガロ　ボーマルシェ一代記』大修館書店、一九九七年
スミス（アダム）『国富論Ⅰ』（大河内一男訳）、中公文庫、一九七八年
ゾラ（エミール）『金』（野村正人訳）、『ゾラ・セレクション7』藤原書店、二〇〇三年
――、「文学における金銭」（佐藤正年訳）、『ゾラ・セレクション8　文学論集１８６５－１８９６』藤原書店、二〇〇七年
富田俊基『国債の歴史　金利に凝縮された過去と未来』東洋経済新報社、二〇〇六年
ブーアスティン（ダニエル）『幻影の時代　マスコミが製造する事実』星野郁美、後藤和彦訳、東京創元社、一九六四年
フェーヴル（リュシアン）、マルタン（アンリ＝ジャン）『書物の出現』（関根素子ほか訳）、ちくま学芸文庫、一九九八年、下巻
藤原真実「作品はだれのもの？――ディドロの『出版業に関する手紙』とその前後」、『人文学報』首都大学東京人文科学研究科人文学報編集委員会編、第三三三号、二〇〇一年
フランクリン（ベンジャミン）『フランクリン自伝』（松本慎一、西川正身訳）、岩波文庫、一九五七年
ブルデュー（ピエール）『ディスタンクシオン　社会的判断力批判Ⅰ』（石井洋二郎訳）、新評論、一九八九年
――、『芸術の規則Ⅰ』（石井洋二郎訳）、藤原書店、一九九五年
ベニシュー（ポール）『作家の聖別　一七五〇～一八三〇年　近代フランスにおける世俗の精神的権力到来を

めぐる試論』片岡大右、原大地、辻川慶子、古城毅訳、水声社、二〇一五年
ポミアン（クシシトフ）『コレクション　趣味と好奇心の歴史人類学』（吉田城、吉田典子訳）、平凡社、一九九二年
ポランニー（カール）『経済の文明史』（玉野井芳郎、平野健一郎編訳）、ちくま学芸文庫、二〇〇三年
ホルクハイマー（マックス）、テオドール・W・アドルノ「文化産業――大衆欺瞞としての啓蒙」、『啓蒙の弁証法　哲学的断章』（徳永恂訳）、岩波文庫、一九九〇年
マーシャル、P・D・『有名人と権力　現代文化における名声』石田佐恵子訳、勁草書房、二〇〇二年
マルタン＝フュジエ（アンヌ）『優雅な生活〈トゥ＝パリ〉、パリ社交集団の成立 1815-1848』（前田祝一監訳、前田清子、八木淳、八木明美、矢野道子訳）、新評論、二〇〇一年
宮澤溥明『著作権の誕生　フランス著作権史』太田出版、一九九八年
宮下志朗『書物史のために』晶文社、二〇〇二年
ミル（ジョン・スチュアート）『自由論』（塩尻公明訳、木村健康訳）、岩波文庫、一九七一年
山田登世子『メディア都市パリ』青土社、一九九一年
――、『有名人の法則』河出書房新社、一九九四年
ル＝ゴフ（ジャック）『中世と貨幣　歴史人類学的考察』（井上櫻子訳）、藤原書店、二〇一五年

ここには挙げていないが、創元社版『バルザック全集』をはじめ、すでに邦訳のある文学作品については、そのつど参照させていただいた。

あとがき

前著『スタンダールのオイコノミア～経済の思想、ロマン主義、作家であること～』を執筆していたときに、直接スタンダールには関係しないものの、同時代の産業主義や経済思想に目を配る必要があって、何本かの論考を書きためていた。その原稿が本書のもとになっている。中味はかなり変化しているが、いくつかは形を整えてすでに大学の紀要にも発表している。一応「初出」を示すとすれば、第一章と第二章は「一九世紀前半における〈銀行家〉の社会的地位と文学空間（一）」（関西大学『文學論集』第六七巻三号、二〇一七年）、第三章は「革命から第一帝政時代の金融界とその周辺——一九世紀前半における〈銀行家〉の社会的地位と文学空間（二）」（同、第六八巻二号、二〇一八年）、また、第四章の一部は「一八二〇年代の〈個人主義〉論とスタンダール」（同、第六七巻一号、二〇一七年）、さらに第七章は「王政復古期における銀行家たちの文化活動——一九世紀前半における〈銀行家〉の社会的地位と文学空間（三）」（同、第六八巻三号、二〇一八年）がもとになっている。それ以外は、未発表の原稿を下地に書き下ろした。

一九世紀前半の「銀行家」を追いつつも、隣接する主題へと大きく傾斜している部分もあり、本書はかならずしも一貫したテーマで書き継がれているわけではない。当時の銀行家の多くが依拠していた自由主義のイデオロギーや個人主義の議論にもかなりのページが割かれている。とはいえ、全体としては銀行家を中心とする金融世界が、この時代、どのようにして「思想」をもち、いかにして文学や芸術と関係をもつにいたったかという点に主たる関心が払われている。一九世紀の「金」と文芸の関係は、銀行家という存在を無視して語ることができないからである。

ただ、書いているうちに、ロマン主義という時代も人間どうしの繋がりによって歴史が動いているという、あたりまえの事実を再認識することになった。文学研究者はどうしても作家という強烈な個性に捕らわれて、すべてをそこに収斂させる方向で歴史をみようとする癖がある。現実には作家の周りにはさまざまな団体があり、組織があり、それにまつわる人間関係がある。そしてその磁場のなかで歴史を動かす力学が生起する。よく知られた政治的党派やサン＝シモン派のような思想集団だけではなく、日本ではあまり研究されないキリスト教道徳協会や産業振興協会といった組織が、じつは強力なネットワークをつくり、同時代の文化活動に深く影響しているのである。このあたりのことについてはほとんど触れることができなかったが、その調査を含めて今後のあらたな課題としたい。

本書の出版は、関西大学研究成果出版補助金によっている。同補助金申請にあたっては、同僚である関西大学文学部の工藤康弘教授、友谷知己教授、そして長年スタンダール研究会の仲間である中央大学文学部の小野潮教授にお力添えをいただいた。また、今回も大学出版部の宮下澄人氏には最初から校正の段階まで多大なご尽力を賜った。記して感謝する次第である。

二〇一九年一月

索　引

【著者略歴】

柏木　治（かしわぎ　おさむ）

1956年、和歌山県生まれ。現在、関西大学文学部教授。
専攻はフランス文学および文化論。
主要著訳書に『スタンダールのオイコノミア――経済の思想、ロマン主義、作家であること――』（単著、関西大学出版部、2017年）、『欧米社会の集団妄想とカルト症候群　少年十字軍、千年王国、魔女狩り、KKK、人種主義の生成と連鎖』（共著、明石書店、2015）、『文化の翻訳　あるいは周縁の詩学』（共著、水声社、2012）、『ヨーロッパ人相学　顔が語る西洋文化史』（共編著、白水社、2008）、『ヨーロッパの祭たち』（共編著、明石書店、2003）、『スタンダール変幻　作品と時代を読む』（共著、慶應義塾大学出版会、2002）、『東西文化の翻訳　「聖像画」における中国同化のみちすじ』（共編訳、関西大学出版部、2012）、『衣服の精神分析』（共訳、産業図書、1993）などがある。

銀行家たちのロマン主義
～一九世紀フランスの文芸とホモ・エコノミクス～

2019年 3 月31日

著　者　柏木　治

発行所　関　西　大　学　出　版　部
〒564-8680　大阪府吹田市山手町 3 - 3 -35
TEL 06-6368-1121／FAX 06-6389-5162

印刷所　石川特殊特急製本株式会社
〒540-0014　大阪府大阪市中央区龍造寺町 7 -38

ISBN 978-4-87354-703-9 C3098　　落丁・乱丁はお取替えいたします。

関西大学出版部　既刊書のご案内

スタンダールのオイコノミア

―経済の思想、ロマン主義、作家であること―

柏木　治　著

一九世紀前半、社会の資本主義化が進むなか、文学活動もまた市場経済と密接に関係するようになった。本書は、個人的な金銭問題から同時代の産業主義的経済思想にいたるまで、金にかかわる諸現象の総体を「オイコノミア」とみなし、スタンダールがこれにどのように向き合ったかを検討しつつ、金銭と文学活動の関係に迫る。

四六判上製　定価　本体三、〇〇〇円＋税